平原的密碼

許輝——著

那些春去秋來的年歲、持續千年的征戰，小麥香熟時的火黃……

遵循著過往的規律，一切都在廣袤原野裡潮起潮落，
平原上來去過許多興衰，未來也會有更多故事在這發生，
而平原也將繼續承載著文明的使命，孕育大地最珍貴的贈禮。

目 錄

平原的四季

立春的到來總是讓人心生歡喜的。

不管陰晴雨雪，立春這一天，我都會挑一本書，今年這一本是《麥作學》，泡一杯金銀花茶，到東邊的房間，面朝東，坐在椅子上，讀上半天。東方太陽升起，是植物和動物甦醒的起點，又是浩瀚海洋的方向，總是讓人期待的。面朝東的方向，能透過事物的變化看到太陽正向北回歸線方向漂移，東窗早晨的太陽由窗戶的北部升起，氣溫整體向暖，陽臺和飄窗裡冬天太陽能照晒到的地方逐漸向南萎縮，有些地方在夏至到來以前再也照晒不到了。拿著書，雖說是讀，但往往只是半讀半想，有時候沉湎於冥想，有時候和自己腦袋裡一個叫莊周的古人對話，有時候做白日夢，直到妻子敲敲敞開的門說「吃青蘿蔔啦！」，我才從自己的世界裡驚醒。

今年新冠肺炎疫情期間，我時常與妻子分開。有時候她在南城新居和我在一起，我需要一點獨處的空間時，就放一盆花在敞開的門口，她就不

會隨便過來，打掃清潔的機器人也進不來，互不干擾。有時候她去老城，老城的房子有一塊大露臺，種著各種蔬菜，有一些果樹和花草，還有一些散養的烏龜，那裡是她放心不下的地方。因此她這邊住住，那邊住住，住在那邊的時候，她在大露臺上拔草種菜，不覺半天便過去了，身心的愉悅似不可盡言，還能記錄許多園子裡的歡喜時刻，寫成一篇篇「果蔬紀」。她在樓上引吭高歌，別人也不知歌聲出自何方。我們每天透過訊息聯絡，也經常利用語音說一些葷素相搭的話。但終於兩邊的社區都實行嚴格管控了，要求出門量體溫、戴口罩不說，每家每兩天只允許一人外出，採買物品，妻子和我分困兩居，度過了孟春的最初時光。

青蘿蔔曾經是平原上最流行的水果，生吃青蘿蔔，然後喝些熱香的茶或白開水，是平原人的最愛，也是平原人身強力壯的祕訣之一。有一年冬天我跟一輛小貨車下鄉，到一個叫高灘的地方去拔青蘿蔔。高灘之所以叫高灘，不是因為那個地方姓高的人多，或最早住的是高姓人家，而是因為高灘的地勢略高於周邊，那裡又是沙土地，因此最適合種植球根類植物，如青蘿蔔、紅蘿蔔、胡蘿蔔、番薯、花生、馬鈴薯，都長得特別好。

高灘街上有一些土屋茶館，茶是南方茶區人家嫌棄的茶梗，茶桌只有小板凳高，桌面之間的裂縫能掉下去一個小孩，桌腳是鋸下的幾根刺槐樹枝隨便釘上的，茶碗是粗瓷刮嘴的大碗，一個一個反扣在茶桌上，茶壺是歪嘴、斜把、肚大、口小的殘缺瓦糙壺。冬天或初春，高灘附近的老年男人，泡一壺茶梗浸出來的醋茶，裹著黑糊糊的大棉襖，坐在茶館向南的牆根，晒著太陽，聽大鼓書或柳琴戲，掰一塊切成米字形的青蘿蔔，放在嘴裡咬一小口，水滋滋甜絲絲的，再喝一口茶，剝一粒花生扔在嘴裡，用保養欠佳的黃牙慢慢磨碎。

村莊人家的院子裡，有三個大地窖，一個貯藏青蘿蔔，一個貯藏番

薯，一個貯藏大白菜和胡蘿蔔。打開地窖蓋，下到地窖裡，地窖裡有點溼熱，掂起一個青蘿蔔看，只見那青蘿蔔表層有水氣，潤溼潤溼的，根部起了少許白毛，跟剛從地裡拿出來時基本上一樣。「都是好的，沒有一個壞的，還是紅心的䎦。」這一家的男人打包票說。他把「的」字說成「地」字，「心」字說成捲舌音，表示他的真誠。於是起窖、裝車、運走、進城，有一部分進了菜市場，有一部分進了餐廳，有一部分進了澡堂。

這人家當時只有男人，沒有女人，女人都結伴成群，到街上的澡堂子洗澡去了。街上的澡堂子，從初秋開放，一直到仲春才熄火。通常每個有集市的日子開，連續開兩天，第一天男人洗，第二天女人洗。第一天到當天下午，池子裡的水已經稠得像稀飯了，還得在澡床旁邊等，等洗好的浴客穿上衣服走了，才能占到一個床位。在澡堂子裡，冬天人們泡過熱水澡後的終極享受，就是躺在床上，身上裹著浴巾，泡一壺熱茶，買一個切成十字花或米字花的青蘿蔔，朋友相對，說著閒話，嘎嘍嘎嘍地吃青蘿蔔、喝熱茶，度過一個下午或一個晚上的舒心時刻。女人們洗過澡，沒有在澡堂裡逗留的，都熱氣騰騰、五官分明、面若桃花，一路出來，一路掰開青蘿蔔分食。生吃青蘿蔔，必須直接用手抓、用手掰，才是黃淮平原的習俗，才顯得過癮，才覺得稱心如意。

但是過了淮河，到長江流域，人們就不吃生青蘿蔔了，基本上都不吃生蘿蔔，不管是青的，還是紅的、白的，許多人甚至不知道生蘿蔔能吃。跟南方的朋友聚會時，切了一盤青蘿蔔，端到桌上，南方的朋友不知道這是做什麼的，半天沒有人拿來吃，最後小聲地問一句：「生蘿蔔可以吃呀？」大家這才小心翼翼地分了，小口小口地吃，用手搧著嘴、呼著氣說：「好辣、好辣，無法吃，吃不下去。」不過喝口熱水，馬上就好了。

在澡堂裡，吃過青蘿蔔，喝過熱茶，拿著鞋，出門，往東方的田野裡

去走一走。一直走出去，一直走到沱河轉彎的地方。沱河轉彎的地方是一大片溼地。沱河是可以轉彎的，淮河也會轉彎，灘河也會轉彎，浚河也會轉彎，唐河也會轉彎，渦河也會轉彎，泉河也會轉彎，潁河也會轉彎，黃河也會轉彎，沙河也會轉彎，奎河也會轉彎，北洲河也會轉彎，泗河也會轉彎，但是汴河不會轉彎，因為汴河是人工河。城市和智慧消失在身後不見了，初春的平原，主角是冬小麥，像厚墩墩的毯子一樣，鋪蓋在略微有點起伏的平原上，只是風還滿涼，昏暗的陽光也不暖和。

小麥從地中海沿岸傳進中國不知有多少年了，這樣的平原景象也不知有多少代了。《詩經》裡說「丘中有麻」、「丘中有麥」，又說「碩鼠碩鼠，無食我麥」，但不知道丘中有麥的麥，是大麥，還是小麥，老鼠要吃的麥，是春小麥，還是冬小麥。雖然《詩經》裡男女的心態多為冀望渴求之態，而缺敲定之實，但那些詩句裡描摹的物像卻是假不了的。到了三國曹操的時代，冬小麥在黃淮平原糧食中的比例，恐怕已經不小了，不然曹操也不會下達行軍令說：「士卒無敗麥，犯者死！」

有幾頭黃牛散落在麥地裡，不時低頭啃一口趴在地皮上的冬小麥。這是可以的，只要小麥還沒返青拔節，牛吃一吃沒關係。牛和馬都可以吃一吃，但羊不能吃，羊的嘴小，貼著地皮啃，就把麥根啃掉了。有一個人開著手扶拖拉機，拖拉機後面拉著一個鐵塊，在麥地裡來來回回碾壓，可能今年氣溫偏高，冬小麥提前返青會遭受凍害，因此鎮壓一下阻止它們提早返青拔節，夏季就會有好收成。

初冬的河流一覽無遺。冬天和初春都是枯水期，雨水少，水面瘦削，水體羸弱。大量乾枯的蒲草傾倒在溼地和淺水裡，醬色蒲棒上的種子早已被風吹得七零八落，風把帶絨毛的種子帶到哪裡，開春後它們就在哪裡經營出一個新的族群。

初春時節黃淮平原的風向飄忽不定。有時是西北風，高緯度的寒流會匆匆殺到，把生命急切迎春的心態死死壓下，不讓它萌芽。有時候是東北風，雖然東北風大多偏涼，但大體而言它們是平和的。

　　從平緩的堤坡上往淺水溼地裡看，有一個健壯的男人，穿著紫紅色連身橡膠服，身上背著一組電瓶，用一根竹竿繞著電線，在水裡電魚，用另一根竹竿綁上絲網，在水裡打撈因觸電昏迷而漂浮到水面上的魚。他看起來很辛苦，冷風還沒退盡，穿著冬衣還有些涼意，他卻下到小腿深或半腰深的水裡，全神貫注地在水裡電魚。但我卻對他很反感。我想扔一塊碎石擊中他的頭部，等他抬頭察看時，我早已跑得不見人影了。但我已經過了做惡作劇的年齡了。我想過去跟他談一談，不過他不會聽我的，做實事的人不會接受別人的空談，哪怕是智者的空談。於是我在堤坡上的枯草地裡坐下，面向電魚人，從地上拔起一根黃背草，把黃背草的一頭劈出一些毛根，我舉起它，讓西北風把毛根吹亂。這時我閉上眼說，如果被風分離出的毛根是單數，這個人就電不到魚；如果被風分離出的毛根是雙數，只好讓這個人電到少量的魚。我睜開眼睛仔細看，分離的毛根是雙數。我又想，不管怎麼說，經我這麼發功一弄，魚大都跑掉了，他最多也只能電到個位數的魚。

　　這個月的野菜當推野養菜。由城裡到原野上去挑野菜，總要有一點儀式感。選一個太陽天，準備一個杞柳籃、兩把家庭養花用的小鏟子，如果家裡有抹泥狀物用的小鏟子也是很好的。去找一個臨水且無人的田地或土堤，最好是尚未開始耕種的荒地，那裡是野養菜喜歡聚集生長的地方。兩個成年人，一個人提杞柳籃，另一個人手裡拎一把小鐵鏟，相伴著前往臨水的荒地。忽然眼前就幻化出童年或少年時期，一個很小的人，跟著最寵愛他的大姨，一大一小兩個人，到灘河的河坡上去挖野菜的情景。

　　初春暖陽照晒在灘河北坡上。大姨在挖野菜，孩子在那裡則只是玩。孩子跑到坡頂上，看見一個背糞箕子拾糞的老人，從去年秋收過的番薯地裡走過。老人突然停下腳步，把糞箕子從左肩膀上拿下來，放在番薯田埂上，從糞箕子裡拿出一個糞耙子，在已經收成過的番薯田埂上這扒扒、那扒扒。忽然扒出一個渾身通紅的番薯；忽然又扒出一個大的，比茶杯口還粗的，但是被老人扒成兩截了，皮是紅的，心是黃的，老人把它們都撿起來，扔進糞箕子裡。孩子嚇呆了，趕緊跑回去告訴大姨，說：「大姨，大姨，有個老人偷人家的番薯。大姨挺起腰，對孩子笑笑，說：「我去看看。」大姨跟著孩子爬到河坡的坡頂上，大姨瞇著眼，用手遮在眼睛上方，不讓太陽刺到眼。她看了又看，然後轉頭對孩子說：「老人在撈番薯呢！」大姨柔軟的手撫摩著站在她身邊的孩子的頭，又對他解釋說：「那不是偷的，是撈的。」

　　孟春露天菜園裡的蔬菜，黃心烏和黑心烏總是顯眼的。隨便靠近平原上的一個村莊，只見村頭已經拆遷的一戶人家，房子拆得只剩半公尺高的一圈牆框了。不知道是誰，不想讓一塊空地閒著，把牆框裡的地面翻墾起來，施肥，種成一塊菜園。人類馴化蔬菜已經不知道有多少個千年了，蔬菜於是習慣依偎於人，有人氣的地方，蔬菜就長得好。就像這個拆遷後剩下的破牆框，種糧食、種蔬菜，都長得好。這裡的黃心烏和黑心烏，都長得棵大稈壯，葉片黑厚油亮。但是季節已經到了，它們抽出了脆嫩粗實的花莖，人們叫這些花莖為菜薹。菜薹是初春最好吃的時令菜之一。把粗嫩清香的菜薹沖洗後，不用刀切，只用手折斷，放在熱油鍋裡翻炒一下，便是一道接近原生態的美味。像炒茄子、炒蘿蔔一樣，菜薹也吃油，因此用油不可吝嗇。用刀切斷和用手折斷的菜薹，味道也大不相同。

　　孟春時節，可在室內做些四肢和胸部的擴張運動，以迎候春天的到來。

河邊垂拂的柳條已然鵝黃，村莊周邊的樹木似乎還看不出動靜。但是金銀花在人家菜園的圍籬上已經吐出了淡綠紫暈的新芽。怪不得金銀花又叫忍冬呢！在城市裡也是一樣的，哪怕你把它種在北邊絕少見得陽光的陽臺上，寒冬西北風肆虐，春暖遙遠無期，看起來它已經凍得瑟瑟發抖，它好像不行了，葉片也落得差不多了。但是沒有關係，它都撐得過去，而且還綽綽有餘，每年也會最早萌芽，在你最不留意的時刻，常常是一夜之間。

　　孟春的「孟」字，是初始的意思，也是排行老大的意思，古人常用孟、仲、季來指稱月分，因而孟指四季中各季的第一個月。這個月應該對家人更寬厚些，因為收斂的冬季要去未去，生長的春天說來未來，寒暖也仍在反覆進行拔河比賽，尚未見定論。

　　孟春與家人在一起，嗅到金銀花葉片的清新氣，又最要習得忍冬的品性。只因忍得嚴冬，才可先得春氣。忍不得嚴冬卻又急於發芽抽葉，定難過春寒料峭這一關。一個人遇到些挫折也不完全是壞事，可以讓他「橫盤整理」，不過於急躁，不過於躁進，要小心點，透過晃動和震動，把根基晃實、震牢，才好像忍過嚴冬的金銀花一樣，在初春率先綻芽發葉。初春時節，真是要小心點的，說話且慢聲細語些，走路且穩重輕柔些，做決定時且目光長遠些。

　　這個月，宜放鬆心境，無所負載，以待春光的展開。

　　原野上的飛鳥還是喜鵲更多。這倒不是說喜鵲在冬天多，或者在夏天和秋天少，或者現在氣溫升高，候鳥減少，顯得喜鵲變多了，其實喜鵲一年四季都是多的。喜鵲不是候鳥，牠們整年都生活在這裡。有一段時間我在善水軒寫書，喜鵲們常會在一天中的任何時段落在窗臺或陽臺上。牠們體型較大，體重較重，但反應靈敏。由於受「喜鵲叫，喜事到」的俗語影

響，當喜鵲落在窗臺或陽臺上時，我就一動也不動，仔細地觀察牠們，怕一有動作把牠們嚇跑了。喜鵲噠的一聲落在窗臺上，牠們總是扭動頭頸，往窗戶裡看，有時還把頭湊近窗玻璃往裡面看，好像因為玻璃反光看不清似的。當喜鵲落在陽臺上時，牠們就在陽臺上大步跳，從柵欄上跳到花盆上；再從花盆上跳到地上；再從這個花盆跳到另一個花盆上；再從花盆跳到柵欄上；再一彎腿、一縱身，展翅飛去。古書裡有所謂「獺祭魚，鴻雁來」之類的說法，但大雁等代表性的候鳥現在幾乎看不到了，也許這是我們生活在城市中又有各種壓力的人注意力轉移造成的現象。我們早就記不起「一群大雁往南飛，一會兒排成一個『一』字，一會兒排成一個『人』字」所描述的美妙意境了。我們的記憶力都在衰退。

初春時節，平原上的昆蟲大都還見不到。田埂上、枯草叢裡、河堤旁、老房子的牆縫裡、瓦片下面、灌木叢裡、麥地裡、村莊殘存的豬圈牛棚裡，再怎麼翻找，都很難找到，牠們要麼還在冬眠，要麼就躺在一個別人看不見的地方，豎著耳朵，等待春天的呼哨。

初春有人偶然走到平原上去，看見一個老人抱著瓦罐澆菜園。因為是枯水期，小河裡的水已經快乾了，只剩下河床上的一點點。一位瘦削精幹的老人，把棉襖脫下來扔在河岸上，只穿著一件灰粗布內衣，懷裡抱著一個粗瓦罐，上上下下地，從河底下淘一點水，再把水抱到河岸的菜園裡，澆到菜根上。這時不要隨口胡亂指點評論，不要貿然叫人家用電動抽水機澆園。比起效率高又省事的電動抽水機，老人用瓦罐淘水澆園的做法，表面看的確顯得又蠢又笨。但當你建議老人使用電泵時，老人就會用《莊子》裡面的話回你：「我聽我老師說，有機械就必定帶來算計機巧之事，有算計機巧之事就必定帶來算計機巧之心；機心藏在胸中，質樸純潔就存不進來；心中缺少質樸純潔，天然的本性就不穩定；天性不穩定，就會被

天道拋棄；我不是不知道那玩意，我是恥於用它！」

孟春的花事大概總有一些吧！家養的瑞香開花了。瑞香不怎麼怕冷，從仲春開始，除了盛夏和隆冬，它都在奮力地生長，積蓄能量。它的葉子厚厚實實的，鑲著白色的花邊。暮冬瑞香開始打花苞，初春它的花苞越來越飽滿，有點紫色的暈圈，像是要足月待產了。早晨醒來的時候，突然嗅得盈室的花香，最初不知道從哪裡來的，便開了門從陽臺上探頭往草坪和綠化區看，但這時香氣反而淡了，才知道花香源自室內，是在自己的身邊。

社區裡的結香也開了。結香的花不是潔白，是一種濁白。結香開花時不長一片葉子，兀自先把花開了，亭亭數朵，惹起人複雜的思緒來。老式的花我大都養過，本來也是要養結香的，但知道結香的花有些毒氣，不適合養在家裡，猶豫了許久，最終沒能體驗養結香的趣味。結香的結是有原因的，是因為結香的枝條極其柔軟，哪怕把結香的枝條打個結，也不會折斷。這和金銀花的枝條形成鮮明對比。金銀花的枝條十分脆，稍有彎曲，便會折斷。

仲春的到來總是讓人心生嚮往的。

無論颱風下雨，驚蟄這天，我總會挑一本書，今年這一本是《河流學》，泡一杯水芹梗子茶，到東邊的房間，面朝東偏南的方向，坐在椅子上，讀上半天。東偏南的方向，是海洋暖溼氣流吹來的方向，這是大陸季風區的特點，當東南風吹來時，亞洲大陸東部就變得溫暖溼潤了，萬物都發葉旺盛了。雖說是讀，但往往只是半讀半想，有時候沉湎於冥想，有時候和自己腦袋裡一個叫孔子的人物對話，有時候做白日夢。直到窗外像是隔著一層層窗紗濾過來的鳥叫聲喚醒我。

原來室外起了濃霧，這是仲春和仲秋常有的事。看不清是什麼鳥在

叫，但肯定不是喜鵲了，喜鵲的叫聲有點粗獷。這也許就是那種叫黃鶯的鳥吧！略微有點婉轉、有點潤澤，但又不全是。古人說到仲春的物候，認為仲春桃始華、鴿鵝鳴、鷹化為鳩。意思是說，仲春這個月，桃花始開，黃鶯（黃鵬）鳴叫，鷹變化為鳩鳥。鳩到底是現在的什麼鳥呢？應該不是斑鳩，有可能是布穀鳥。對照我們現在的氣候和物候看，兩千多年前的季節，比現在要稍提早一些。那時的中原一帶，春二月桃花始開，我們當下的黃淮地區，農曆的春二月，還是以杏花的開放為主，桃花要晚一點才會開；布穀鳥也要到暮春，才會飛到晴空中，叫得很清亮。

我丟下書，快速穿上鞋，出門走到平原上去。我在平原上行走，即便沒有大霧的誘導，我也必須到平原上去走一走，清理一下頭腦裡雜亂的思緒。

大霧裡的平原，什麼都看不見，只隱約看得見腳下的土路。印象中前面是浚河的大河灣，河流在那裡深切到地面下去，平坦的原野在大河灣的兩邊極盡可能地伸展開去。我推測著方位往浚河大河灣的方向走，平原上的候蟲還聽不到一點動靜，但想必牠們已經伸腰蹬腿，靠近洞口醒著睏了吧！古人以五天為一候，每一候裡都有不同的事物變化、生離死別。這時，忽然聽見前方隱約有些嘈雜的人聲和馬嘶聲，還聽得見沉重的牛車行駛時地面微微的震動。嗯，我想，前面一定就要接近一個很大的村莊了，不然為什麼會有那麼多馬車、牛車和人聲？那時只有春耕、春種，才能掀起這麼大的動靜。

一九七〇年代，馬車和牛車都還存在，至少在黃淮流域都還存在。那時候馬車比牛車珍貴，馬也比牛值錢。馬車速度快，運輸量也不小，如果有馬車，那就是主要財產了，不管送公糧、賣餘糧、運肥料、收小麥，都用得上它。但是在秦朝以前，記載較多的還是馬車，因此一駟就是四匹

馬，千駟是四千匹馬。戰國後期以前，因為人騎馬尚未流行，人通常不單獨騎馬，馬一般做駕車用，沒有無車的馬，也沒有無馬的車，所以車與馬通常相提並論，駕馬就是駕車，駕車也就是駕馬。一車兩馬稱駢，駢即兩物並列成雙；一車三馬為驂；一車四馬為駟。另外就是牛車，牛車較大、較重，速度慢，一般用來運輸，稱為大車。

　　兩千多年後的馬車，沒有了戰爭的用途，主要就是用於運輸。馬車的車輪都換成了輪胎，駕車的馬也都固定為三匹：後面一匹駕轅子，叫轅馬，牠的工作最重、最累，因為牠既要負責馬車的穩定，關鍵時刻還要有力氣把車拉上坡。前面兩匹馬叫梢馬或哨馬，牠們只負責往前拉，不用負重，所以輕鬆多了。但兩千多年後的牛車又叫大車，還是又慢又笨。牛車有四個車輪，車輪由結實的實木製成，外面打上鐵釘和鐵箍，一個男人都不容易把一個輪子搬起來。牛車上有兩排橫木，人可坐在上面，但牛車太顛，如果是空載，坐在上面，屁股幾乎受不了；載重時屁股好受點，但載重時很少還有人坐在上面。

　　因為牛車速度太慢，通常無法進城上集，除非城市集鎮相距不遠。所以牛車幾乎只做農活，比如運肥下地，運收穫的莊稼回村等等。拉大車的牛都是兩頭，有黃牛，也有水牛，水牛的力氣更大。用一頭牛拉，力氣不夠，載重後拉不動，用三頭牛拉，不好安排牠們各自的位置，所以都用兩頭牛並排拉。

　　大霧散去了。你可能以為剛才的大河灣停留過千軍萬馬，但大霧散去後的大河灣，除了植物和地面上幾乎看不出浮水印，什麼痕跡都沒有留下。太陽出來了，十霧九晴，說的就是這個季節常見的輻射霧。

　　在河岸上找到一根乾枯的馬唐草，我一條腿半蹲著，一條腿半跪著，膝不著地，背對河灣，面對平原大河灣正在返青的麥原，把馬唐草結種子

的那一端撕開，用右手半舉著，東來的風把撕開毛頭的那一端吹亂。這時閉上眼，心裡想，我們不喜歡瘟疫，但是瘟疫喜歡我們。如果吹向西邊的毛頭多，表示地球上的瘟疫很快會被趕跑；如果吹向西邊的毛頭少，那瘟疫就還會待一陣子。我睜開眼，這時風突然停了，兩邊的毛頭大概一樣多。

　　仲春時節我去各處看杏花。杏花開後，才輪到桃花、李花、梨花、山楂花、橘柚花開放。平原上到處都有杏樹，平原上也到處都有一點點低丘淺山。杏樹在這些低丘淺山上長得更好，花開得更密。從村莊外的池塘走過，這時池塘旁的柳條，已經爆滿了綠芽，圍著不規則的池塘，長出了一圈綠暈，鳥群在柳葉柳枝間鳴叫跳躍，順著本性歡樂。還是南朝謝靈運說得好，這樣的景致叫作「池塘生春草，園柳變鳴禽」。池塘的堤埴上長出了春草，園子裡的柳樹換了鳴禽。這裡的塘，是堤岸的意思。

　　杏花大致有紅、白兩色，白的是潔白，紅的是粉紅。「一枝紅杏出牆來」，作者看到的是粉紅色的杏花；「杏花白，菜花黃」，作者看到的是白玉色的杏花。一路走過，便點點滴滴在心頭了。本來在一個地區裡，所有粉紅色的杏花都開得早，所有白色的杏花都開得晚。但如果有杏樹長在離水較近的地方，那麼所有離水較近的杏樹都早開花，所有離水較遠的杏樹都晚開花。如果一棵開白花的杏樹長在離水較近的地方，一棵開粉紅花的杏樹長在離水較遠的地方，那麼長在離水較近的白杏花一定開得早。

　　雖然仲春在平原大環境裡還看不見從隱匿處跑出來的候蟲，以及那些隨季節而生或發出鳴聲的小昆蟲，但在村莊外面的菜園裡，細細觀察，就能找到陽光暖晒的薄荷葉或黑心烏葉片上的瓢蟲。小心地伸出手指，指著瓢蟲背上的黑點數一數，並不是常見的七星瓢蟲，而是一種十幾星瓢蟲。

　　仲春的「仲」字，是居中的意思，也是位居第二的意思，古人常用

孟、仲、季來指稱月分，因而，仲指四季中各季的第二個月。

　　仲春這個月應該對家人更關愛點，因為春天來到，家人可能為了事業和理想，會收拾行囊，離開溫適的家庭，去到無法預料的遠方打拚。

　　仲春對家人應該是熱情有加的。隔著千山萬水，要對孩子們說些鼓勵的話，哪怕大膽些，再大膽些，倒也沒有關係。一年的光陰，說長，並不長，說短，也不算短，仲春做出了決定，或許三年五載後，便有收穫；或許一年到頭，竟見得到效果，好在一年初始，還有些豪擲和任性的本錢。也打著陽春的名義，和妻子在暖床上纏綿，說些見不得人的甜言蜜語，做些見不得人的花式動作，且甩去陳年束縛，便縱情兩日何妨，由著順天應時的生命衝動，只是不要辜負了這般大好春光。

　　仲春時節，可到園林野外做些漫步張望的活動，仰望藍天、白雲以及翠柳、鳴禽，喜迎仲春的到來。

　　泡茶用的水芹梗子，是我冬天剪下老了的水芹梗子在太陽下晒乾的。水芹是一種辛辣蔬菜，和大蒜、大蔥、洋蔥、蘿蔔、薄荷等在氣味上有點類似。有一年在市場裡買過水芹後，就想種水芹，到農村找來找去，找到了湖邊的一戶農家。這戶人家孩子大了離開家鄉，鄉下只有老夫妻倆生活。老太太當家，在門前的幾分地裡種菜秧子，每天早晨拔一點，到附近的市集去賣，丈夫在家看家護院，做她的幫手。原來水芹是溼生植物，只要田地潮溼，或有點淺水，就能快速蔓延，迅速占領大片田地，冬春不死。水芹是她家的廢物，長在菜埂間的排水溝裡，她卻棄之不及，怎麼鏟都鏟不盡。我要花錢連根買一把，她說你要你就挖走，不用錢。我還是挖了一把，丟了五十塊給她，上車回家，種在陽臺上無底孔的盆子裡。水芹一落土，就施展本事，迅速長起來，不但長滿了無底孔的盆子，還長到成塊的土地裡，把別的蔬菜都擠得不見蹤影。辛辣有氣味的蔬菜，還有苦的

和麻的蔬菜，都是身體很歡迎的，家裡的餐桌缺少綠色蔬菜時，到露臺割一把，炒兩個雞蛋，或燙一燙涼拌，都很受到喜愛。吃不完卻已老了的水芹，剪下變硬的莖，剪得短小些，在太陽下晒乾，裝進茶葉袋，保存在冰箱裡，時不時喝上幾根，想來沒有壞處。

仲春的早點有油茶和油酥餅。騎了幾輛腳踏車到附近的鄉鎮去吃。先起個大早，在城中最高處的十字路口集合，相跟著往鄉下騎。先騎過一座老橋，沿兩河之間的引河大堤風行，你追我趕的。堤上的白楊樹綻出了醬色的淡葉來。農人正從河道裡抽水漫灌冬小麥。喜鵲又回到牠去年在高高的樹杈上搭建的窩。最好吃的油茶和油酥餅在小集市外面的一個十字路口。一個用棉布包裹得密不透風的巨大白鐵壺，你要吃一碗，他就用右手把大鐵壺隨手一掀，不多不少，正好是一碗。油茶裡有豆皮絲，有花生仁，有海帶絲，有麵筋片，再淋上香油，撒一把切好的香菜，吃一口，真是香得要人命。油酥餅油晃晃地煎著，要打一個雞蛋煎在裡面，才最好吃。

這個月的野菜由蒲公英稱王。仲春最是挖採蒲公英的季節。先在河堤的草叢裡看見零星的小黃點，在仲春時節，那無疑就是蒲公英了，也只能是蒲公英。蒲公英長著邊緣波紋一樣的葉片，正抽出鼓鼓囊囊的花萼，要開出鮮黃色的花朵。蒲公英總是雙雙對對生長在一起，看見一朵鮮黃色的花，它的旁邊就必定還有另一株，它們有時同時開花，有時稍有先後開出花來。有一個穿老式工作制服的男人，每年都到河坡上挖蒲公英，他說他家人肝不好，中醫說要經常煎蒲公英的汁水來喝，才好得快。

蒲公英既是中藥，也是很好的食材，連根挖的最好。新鮮的蒲公英挖回家裡，晚餐可以拿幾株蒲公英洗淨，用手從根部撕開，放進開水鍋裡氽燙一下，撈上來，淋些香油、香醋，撒一點鹽，拌一拌，就是一盤鮮香可

口、風味佳絕的涼拌菜。蒲公英也可以煮湯，煮湯時湯鍋裡放幾株從根部撕開的蒲公英，撒一撮乾蝦仁，打一兩顆雞蛋，攪成蛋花，又是一盆清新解毒、涼血潤肝的美食。蒲公英又可泡水喝。新挖回來的蒲公英，在開水裡汆燙一下，撈上來，擺在竹蔑淺筐裡，放在春陽下反覆曬乾，裝進茶袋或玻璃瓶裡，隨時取用。用這種方法製作出來的蒲公英茶，有一股甜滋滋的香味，十分爽口，飽飲一頓之後，毛孔舒張，通體順暢，頭腦也變得十分清爽。如果不經過開水汆燙，把剛挖來的蒲公英直接曬乾、裝袋、貯藏，在相同的環境下，直接曬乾的蒲公英很快就會長黴、變壞，拿這樣的蒲公英來泡茶，乾澀難咽，還有一種乾石灰的嗆味。這大概正是中藥材炮製的祕訣，手撕還是刀切，汆燙或是不汆燙，用塊還是用粉，看起來沒有差別，但藥材的理化效果，已經因此而改變了。

仲春會有春分節氣到來。春分這一天，白天和夜晚等長。過了春分這一天，北半球的白晝就一天比一天長了，人們醒著的時間似乎更多，光亮的刺激也使人更興奮。人們用於工作或交往的時間也更長，工作的自然環境也更友好。

這個月，可在無人處大聲誦讀自己喜愛的詩文，進入忘我的情境，佐以動情的手勢，最終被自己的誦讀感動。

在古代，由於春天降臨，萬物復甦，生命伸展，人們並非完全知道是什麼原因、什麼規律使然，因此人們就會在春天做很多祭祀，感恩那些看不見的支配力量。在黃淮流域，人們要祭祀天帝、祭祀祖宗、祭祀山林、祭祀有名的河流。當然，不可遺漏地，人們還要祭祀社稷。社是土神，稷是穀神。祭祀土神和穀神，是最大眾化、基層化和普及率最高的一種祭祀。平民百姓可能無權祭祀天帝、天神以及名山大川，但燒一把柴草也能向土神、穀神表示一番敬意。土神和穀神又牽連到千家萬戶，久而久之，

社稷就成了國家的代名詞。

　　仲春常常會有春雷響起，這不算奇怪。上午雲朵較多，下午天陰得較重，在人們不經意時，突然有一聲春雷在天地之間炸響了，把地球上的人們嚇了一跳。接著又響了一個雷，又響了一個連環雷。傾盆般的大雨倒下來了。可是很快又停住了，天空雲開雨散，晚霞出現在西邊的天際。仲春很少有連陰天和連陰雨，下得較大的雨也很短暫，孤零零的，不會持續。但如果春雷在孟春響起，人們覺得奇怪，百姓們還會有傳言，說這一年天氣會異常。但仲春春雷響起，人們則會覺得受用，這是該下之雨，是有利於萬物的吉祥之雨。

　　仲春是黃淮平原種植春玉米的最佳時節。更早些時候，一九六○、七○年代，一場透雨過後，人家屋後的白杏花開滿了樹，平原上的村莊出入口總會湧出一隊人、車、牛、馬，那便是一種被稱為人歡馬叫的情景。那些人是下田種春玉米的。大家在田地端停下，分成兩人一組，這兩個人又有分工。前面一個人拿冀耙子在已經建好的田埂上，照一定要求刨出一個個等距離的坑穴；後面一個人背著一個秫秸籃子，每次從籃子裡抓一把玉米種子，每個坑穴裡丟兩三粒進去。丟多了浪費，種子也很珍貴，不要浪費才好，丟少了就怕補種起來麻煩。

　　要不說春雨貴如油呢！又一場透雨後，除了冬小麥的蒼青以外，大平原上，大片的玉米苗柔嫩鮮綠，非常喜人。玉米是見風起、聽雨長的，雨後到玉米田，蹲在玉米田埂裡，靜了心聽一聽，只聽見玉米吸水拔節的聲音，聲聲在耳。待玉米出苗半揸或一揸高時，人們要下田巡查一遍，發現田埂裡有瞎苗未出的情況時，要立即補種。待玉米長有兩揸高時，人們還要下田巡視一遍，發現一個坑穴裡兩三棵玉米都長得好時，人們要用鋤頭鋤去其中的一棵或兩棵，留下那棵最強壯的，以免兩棵或三棵爭風、爭

肥、爭光。兩棵或三棵玉米長在一起，看起來數量多，但肯定都長不好。這也是莊稼的優勝劣敗法則吧！

玉米是外來物種，在明清時期引進。在西方文化全球擴張之前，歐亞大陸的物種和文化傳播，遵循著東西方向的橫向傳遞，即文化和物種的流布，主要沿東西緯度的方向擴張，而不是主要沿南北經度的方向傳布。但在西方文化全球擴張之後，歐亞大陸這種物種與文化的傳播規律被打亂，文化和物種傳播呈現出複雜的狀態。玉米和番薯、馬鈴薯等高產便利作物一起，不僅在中國的平原上大面積種植、高產量收穫，還充分利用了中國廣大而零碎的山區等邊緣性耕地，種植並收穫，使中國人口得到很大成長，它們對人口的支撐與承載能力是革命性的。

貼梗海棠在街角的僻靜處開花了，嬌豔惑人，叫人起妖孽之心。

牆角地邊的蠶豆也開花了。蠶豆花酷似蝴蝶。有一種是白色的花，花萼處有醬黃色的橢圓形斑點，像白蝴蝶；有一種是帶紫暈色的花，像紫蝴蝶。

春睏竟開始來湊熱鬧了，這在秋天和冬天是想都不敢想的事。春睏是生理現象，春氣和暖，催人睡眠，春睏來了，擋都擋不住。但春睏時最好不要被孔子老先生撞見，宰予的教訓已夠深刻，雖然還不能確定宰予是否因為春睏。《論語》裡說：「宰予晝寢。子曰：『朽木不可雕也，糞土之牆不可杇也，於予與何誅？』子曰：『始吾於人也，聽其言而信其行；今吾於人也，聽其言而觀其行。於予與改是。』」

這段話的意思是，宰予白天睡覺，孔子說：「腐朽的木頭不能雕刻，用穢土築成的牆難以粉刷好，對宰予，我沒什麼可責備的了。」孔子又說：「以前我看人，聽了他說的話就相信他會這樣做；現在我看人，聽了他說的話還要看他怎麼做。經過宰予的事情以後我改變了看法。」

平原的四季

看看，被孔子痛罵一頓並棄之不誨也就算了 —— 雖然可能老師之前就不怎麼喜歡宰予，甚至對宰予有成見。但還被老師總結出一句智慧的流行語「聽其言而觀其行」，且一直保留下來，這可就虧大了。

田埂上的野薺菜在仲春都次第開花散種了。它們開花的空間梯次是這樣的：沿江平原較早，江淮地區次早，淮北平原稍晚，黃河中下游最晚。它們開出小丁丁的白花，一點都不顯眼，但是伏下身到田坡、路邊去看，就能看見星星點點的小白花，在這個季節，那多半是野薺菜的花，真是野薺菜花繁蝴蝶亂的景致。野薺菜的種子成熟以後，便被零亂的春天吹到四周，待明春的雨水來催醒它們。

季春的到來總是讓人心生擾動的。

無論陰雨晴暖，清明這一天，我總會挑一本書，今年這一本是《稻作學》，泡一杯蒲公英茶，到東邊的房間，面朝南偏東的方向，坐在椅子上，讀上半天。現在太陽更向北回歸線歸來了，天氣越加溫暖了，陽臺和飄窗裡冬天和初春太陽能照晒到的地方，有些在仲冬到來以前再也照晒不到了。雖說是讀，但往往只是半讀半想，有時候沉湎於冥想，有時候和自己腦袋裡一個叫老子的古人對話，有時候做些白日夢。

因為清明前去墓地祭掃的人多，也常常會因各種事務耽誤，因而我們好多年都不能在清明前去馬山公墓看父母。倒是有時間了就去一趟，到公墓裡，在父母墓碑前，祭上一份親情，不急不躁地，坐一坐，看一看四面的山景、天空、雲朵，聽一聽禽鳴，和父母說一會兒貼心話，再離開。

馬山是平原上的一小片低山。黃淮海平原雖然平原面積廣大，但也不時有一些低山或淺丘，匍匐在大平原上。馬山山叢的周邊都是農田，清明時，農田裡的小麥長得深綠粗壯，這時如果下到麥田裡，細細察看，就能發現小麥已經抽出了莖稈，這已經不是初春寒風中牛馬偶爾踩踏的冬麥

苗，也不是仲春乾旱時大水漫灌的麥田了。像人類一樣，這時的冬小麥已經長成了青年、壯年，它們根鬚抓實，莖稈粗圓，葉片寬厚，即將抽穗揚花。稠密的麥稈上偶爾能看見一種叫野豌豆的蔓狀植物，它們緣著麥稈一直攀爬到麥稈的頂端，不費力就能得到更多的風、熱和光，這正是野豌豆多年進化練就的本領。

小麥也有小麥的進化策略。麥類植物的每一粒種子上，都有或長或短的麥芒，這是它們擴張領地的利器。當麥子成熟後，帶有麥粒的麥芒很容易附著在其他動植物上，被帶到遠方，麥粒就此安家落戶，繁衍傳承。不過當小麥被人類馴化後，占領地盤這些費力煩神的工作已經無須它們自己去做，人類會想方設法比它們自己做得更好。

麥地裡高出一般小麥一頭的，是野燕麥，它們很會擠占人類專供小麥的水肥等資源，它們的生存能力似乎更強，在麥田裡總是無法將它除盡。暮春的後期，麥田的女主人有時就會下到麥田裡，專門把高出普通小麥一頭的野燕麥拔去。拔起來後先抱在懷裡，差不多懷裡抱滿時，麥田裡看不見野燕麥的身影了，麥田的女主人就會把懷裡的野燕麥抱回家，把它們扔給牛吃，或扔在院子裡，讓雞、鴨、鵝啄去。

現在回想起來，每年未能照傳統習俗在清明時節去看父母，根本不是因事務忙，而是我一貫不拘常規的觀念使然。記得父親去世時，我就有個想法，想把父親的骨灰撒到父親的老家泗洪，他工作過的新汴河以及他生活過的宿州的河流、平原、農田裡去，母親並不反對，母親的思想一直是非常開明、開放的。不過最後由於種種原因未能施行，而是按常規在馬山公墓買了一個碑位，把父親的骨灰安放在那裡。後來母親就和父親在一起了。

我們不依常規，有時間就去馬山看父母。有時候一年一兩次，有時候

一年多次，只要有機會，就會去馬山，去走一走、說說話。最初幾年，去之前要在城裡找花店，買一束花抱著。後來有幾次沒買到，或一時找不到花店，就直接去了。到馬山公墓山腳下的院子裡，下車，把車裡的蘋果拿著，是那麼一個意思，放在父母的相片前。後來乾脆什麼都不帶，快到公墓時，下車從麥田裡採幾根青麥穗，並不多採，以免浪費將要成熟的糧食，再從田埂上扯幾根爬根草束成一小把；或者到公墓後，從山路上採幾枝素樸的野花，或幾根野草，也用野草束起來，獻到父母的相片前。父親種過地，對農村、農田有感情，母親雖然出身農村的富裕家庭，但也是在農村長到十八歲才出來工作的，看見農村的東西，想必他們都會喜歡。

老子說的大概也是這個意思吧！老子說：「天地不仁，以萬物為芻狗。」芻狗就是古代祭祀用的以草編結成的狗。這句話的意思是：天地並不講求私授偏愛，天地把萬物都當作祭祀用的草狗。人們用草狗祭祀，是帶著一種相親相愛的心情，透過祭祀用的物品表現出來，祭祀過了，心意也表達了，祭祀的物品並不重要。

除了祭祀親人，清明節氣的到來，總是讓人心生雜亂的。俗話說，清明前後，種瓜種豆。種瓜種豆，這是說到清明節氣了，黃淮流域就該種瓜種豆了。由於中國古代的曆法主要是月亮曆，是根據月球與太陽和地球之間的位置推算出來的，因而每年的立春、春分、清明、立冬等節氣並不固定，而是有早有晚。西曆則主要是太陽曆，是根據太陽與地球的關係推算出來的，比較固定，這是西曆的優勢。但對大海中的水手來說，月亮曆卻更與潮汐的規律吻合，這是月亮曆，即中華農曆的優勢。月亮曆和太陽曆因此而各有優劣。華人使用的農曆則主要是在月亮曆的基礎上演變而來的。在中華農曆中，一年並非從立春開始，而是從大年初一，也就是正月初一開始的。

清明前的陽春天，暖洋洋的太陽照在人身上，人的身體裡不由得就有一種種瓜種豆的基因甦醒過來，就會迫不及待地要去播種買秧。有時，初春去鄉村集市買種子，早早起床，到集市上看見炸油條和糖糕的，饞得要命，馬上去買兩根澄亮的油條、幾塊紫紅的糖糕，一邊在集市的人流裡逛，一邊吃下去，那可真解饞。種子買回來，偏偏遇見寒流突襲，於是種子得一直擱置到清明前後，才有機會往土裡種。有時，仲春到朋友的蔬果棚裡去拔辣椒秧，拔回來種到盆裡，並不見長，寒流來了，還得拿進屋裡保暖。馬鈴薯和扁豆可以種得稍早些，仲春的中後期，把它們種下土裡，早一點，或晚一點，它們都能長出土層，冒出壯實的新芽來，即便接著又來一兩場寒流，也沒有太大的關係。

季春這個月，田野裡的蟄蟲，陸續都出來了。古漢語裡的蟲字，既指昆蟲，也泛指所有動物，因此蟄蟲這個複合詞，就既指冬眠的昆蟲，也指冬眠的動物。我仔細回想了一下，古漢語裡的「蟲」字，雖泛指動物，但似乎主要包括昆蟲、飛禽和走獸，好像沒怎麼聽過包括魚類，不過這還得找時間去細查一番。夜晚逐漸能聽到零星的蛙鳴了，暖和些的年分，青蛙的呱呱聲會響成一片。這時專程到野外荒河灣裡去看，已經看得到成群黑點點的小蝌蚪，在去年乾枯的蒲草和淺水裡，游來游去找媽媽的身影了。

田埂、河坡和草地裡的蒲公英，開始大量開花、結子。有時候從河坡上往下望，整個河坡都開著高高矮矮鮮亮的黃花。但這也是蒲公英喧鬧的謝幕式。除了較高的土丘淺山，或背光陰溼的地方，蒲公英很快就從田野裡消失了，人們要等到來年才能重新見到它們成雙成對的花影。

在河坡上掐一株種子成熟的蒲公英，側對著偏東風站立，伸直手臂，閉上眼，心裡想：風吹過後，如果這株蒲公英上的種子剩下的是單數，那麼我暮春和初夏在田野裡逗留的時間，可以達到五天；如果風吹過後，我

手裡這株蒲公英上的種子剩下的是雙數，那麼我暮春和初夏在田野裡逗留的時間就可以翻倍。我睜開眼，剛才一陣較大的風把蒲公英上的種子全吹走了。我愣住了。後來我反應過來 —— 風給了我自主權。

孔子是帶頭喜歡在暮春的田野裡興奮遊玩的。他在《論語》裡贊成曾皙的觀點，即在暮春三月，春天的衣服已經穿上身，五、六個成年人，六、七個小孩子，在沂水裡洗澡，在舞雩臺上吹風，然後一路唱著歌走回城。這裡的沂水，並不是歌曲裡那個沂蒙山裡的沂水。這個沂水，是當時泗水的一條小支流。曾皙是曾參的父親，他們前後同是孔子的學生。曾參似乎比他父親有才幹。曾參曾說出「吾日三省吾身：為人謀而不忠乎？與朋友交而不信乎？傳不習乎？」這樣智慧的話來，而且據說曾參還編寫了《大學》。《大學》先是《禮記》中的一個篇章，後來被宋朝的朱熹單獨拿出來，成為一本書。

孔子和曾皙一樣，喜歡暮春三月出去玩。但這要具備一定條件，才能讓玩心盡興。除了暮春這個季節條件，還要有五、六個成年人，六、七個小孩子，甚至還要穿上這個季節才能穿到的衣服，如此這般，才能盡性地在野河裡游泳，在祭臺上吹風，然後胡亂隨意地吼唱著回家。也真是夠縱情的！

暮春平原河堤上的刺槐花開得最是喧鬧。在河流轉彎的地方，遠遠地向河對岸看去，只見一道白亮的飄帶，在綠色的平原上悠然飄過，消失在元氣氤氳的無涯之中。那就是暮春平原上盛開的刺槐花。過了河，穿行在河堤的刺槐林裡，人被一股溫暖清新的槐香氣包裹著。越是往前走，似乎越走進了平原腹地，或者說越感覺走不出平原腹地。四周悄無聲息，只聽見蜜蜂這裡、那裡的嗡嗡聲，還有偶爾珠頸斑鳩的咕咕叫聲。隨意轉出河堤刺槐花的重重包圍，卻是一片小河灣和它的溼地，河水清亮，河灘上的

草地碧綠，草地外又是深不可測的刺槐林，清白的刺槐花遮天蔽日。這時，就斜靠在河灘的草坡上，背枕著無涯的刺槐花雲，閒坐上半天一日，那總是不嫌多的。

平原上的刺槐花也叫洋槐花，是暮春的美食。採了刺槐花，用竹籃子背回家，略微淘洗淘洗，放在大臉盆裡，倒些麵粉，倒點水，水不能多，用手攪一攪，把尚乾略溼的麵粉和刺槐花攪成若即若離狀，然後放在籠裡，入鍋蒸。麵粉熟，槐花也熟了。打開蒸籠，用筷子把噴香的槐花美食夾一塊放嘴裡，還熱著呢！嘴裡鼓鼓的，慢慢咬，或也是咬春的一種，只道是把一整個春天，都咬進肚子裡去了。

季春時節，氣溫漸高，衣裳漸薄，可至園林野外，模仿飛禽、蜜蜂、蝴蝶，做波浪形蝶飛蜂舞的運動，釋放生命的熱情。

季春的季，是指一個季節的末尾，是一個季節裡最後的那個月，古人常用孟、仲、季來指稱月分，而季指四季中各季的第三個月。

暮春這個月，應該對家人更鼓勵些，煮點鮮藕給他們吃。把小節的鮮藕洗淨、下鍋，加清水淹沒，半小時後熄火撈入中等大小的菜盤中，淋上琥珀色的蜂蜜，可以給親人帶來溫潤和滋養。暮春，外部的吸引力更大，人們迫不及待要實現一個冬天累積的夢想，要傾洩一個冬天蓄積的能量，從今以後的日子，有可能發生翻天覆地的變化，要讓走出去的人思念家中的味道，讓漂泊的心知道回歸。

貯存在池塘、淺水和藕田中的鮮藕，可以一直保存到暮春。需要的時候，藕工們就會穿上連身橡膠衣，進到池塘或淺水中，把整隻手臂插進泥裡，掏出一根根鮮嫩的藕來。有時候藕在泥淖裡太深處，藕工把一隻手臂插進泥裡還搆不到，就得盡量斜著身體，一直把半邊臉都貼在水中，才勉強搆得著，把雪白的藕身從泥裡挖出來。

梨花在暮春開得最盛。暮春到黃河故道去看梨花。那方圓數百公里，都沙地酥軟，蜂飛燕舞，梨花如雲，香氣暈人。開車在梨花的花海裡徜徉，幾個小時，也走不出梨花的海洋。暮春時節，梨鄉人也是最辛苦的，因為要幫所有的梨花授粉。是的，沒錯，要幫所有的梨花人工授粉，而不是哪幾朵授，哪幾朵不授。光靠蜜蜂等小媒人授粉，授粉率完全達不到豐產的要求，也不能保證牠們授的都是優質花粉。

幫梨花授粉，用的不是普通梨樹上的花粉，而是用一種叫黃梨的梨樹花粉。那種黃梨樹，每一個村莊都有，它們樹勢強、花粉旺，用它的花粉來授粉，結出的梨子，體大肉酥、鮮甜可口。授過粉後，小梨都結出來了，到一定的時候，卻又得疏果，把不需要的、搶營養的果子疏去，讓旁邊的果子壯大。有時秋天到梨鄉梨園去，常見成堆的酥梨丟棄在人家門口，路過的雞見多不怪，都懶得上去啄一口。可能是當年的梨大豐收，稍有毀壞的梨賣不掉，勉強去賣還不夠工錢，那樣的梨，只好成堆成堆地丟掉了。

暮春是蝴蝶和各種小昆蟲的天下，油菜園裡、菜地裡、蠶豆地裡、豌豆地裡、留種的蘿蔔地裡、留種的香菜地裡、留種的大蔥地裡，到處都聽得到小昆蟲的嗡嗡聲，看得見蝴蝶的翩翩身姿。不用說，蝴蝶是這個季節的主角，牠們主要在各種草本植物上此起彼落，成為這個季節代表性的符號。蝴蝶是完全變態昆蟲，牠的一生，要經歷卵到幼蟲，從幼蟲到蛹，再從蛹到成蟲，此即蝴蝶的成長過程。蝴蝶的壽命不長，長的一個月，短的也就幾天。蝴蝶的使命就是交配和繁殖，這個使命完成了，牠們就會在人們完全沒有察覺的情況下，死亡且消失。

古人春天主祭戶神，這也是古代普通百姓都能進行的祭祀活動。先秦時期有五祀，即五種不同祭祀對象的祭祀活動。所謂五祀，對一般百姓而

言，指的是對住宅內外五種神祇的祭祀。這五種神即門神、戶神、井神、灶神、中霤神。門和戶是人出入的地方，單扇為戶，雙扇為門，戶指的是單扇門，也泛指一般的門，因此後來有一個合成詞叫門戶，從構詞法看，門與戶是同義詞，因而這叫同義詞並用；井與灶牽涉人的飲食；中霤則指人的居處。

暮春最惹人注意的動物是家貓。家貓晚餐時刻就在籬笆外、草坪上，或圍牆邊叫春，一起，一伏，有時聲嘶力竭，叫人聽了身上起雞皮疙瘩。但這也是春深的訊號，告訴人們生命都在甦醒、起身、生長。不過叫春的貓在同個地方也待不太久，牠們很快就會轉移到別的地方去，那時，就聽不見牠們叫春的聲音了。

暮春是吃香椿芽的季節。現在的香椿芽大多是大棚菜，或矮化品種。在大棚裡種植矮化的香椿，春天早早就發出了嫩芽，提前上市，可以賣個好價錢。特別是高檔的賓館酒店，食客們好吃這一口。香椿芽的標準配備，是豆腐。賓館酒店一般是嫩豆腐，不能用老的。居家則老嫩不論，老豆腐還有老豆腐特有的口感和體驗呢！蒸過的豆腐，用刀劃些直橫線，捏一把燙煮過的淺黃色香椿芽放在上面點綴，再淋點濃醬油和麻油，就完成了。如果是老豆腐，便把豆腐切塊，直接與香椿芽拌在一起，澆上香油、濃醬油，老豆腐有濃郁的豆子香，香椿芽則有一種香椿樹的苦香氣，這便成就了暮春一道絕配的家常涼拌菜。

椿樹有香椿樹和臭椿樹的分別。香椿樹就是香椿芽那種苦香味，臭椿樹則有一種苦臭氣。小時候爬樹，爬過香椿樹後，手是香的，爬過臭椿樹後，手就有一股臭味。《莊子》裡惠子曰：「吾有大樹，人謂之樗。」這裡的樗，就是臭椿樹。《莊子》裡又說，上古有大椿者，以八千歲為春，八千歲為秋。這裡說的大椿，有人說是一種不知為何的樹，也有人說就是

香椿樹。說大椿就是香椿樹的學者，應該已經考慮到椿樹還有香臭之分。

　　這個月，宜於無人處輕浮嘯叫，借此回歸本能，體驗獸性，感悟生命的衝動。

　　暮春代表性的野菜是野蒜。這個月是到原野裡挖野蒜的好時節。野蒜又叫野蔥。雖然大家都叫它野蒜，但它吃起來，偏就有一股蔥的味道。先是在賓館院落的停車場邊，發現砂石地裡這幾株、那幾株，不間斷地長著一些瘦弱的小草，有幾個女人蹲下身，圍在一起看什麼，上去問時，才知道有人認出那是野蒜，包餃子，或做涼拌菜，都是很好的。於是男人從腰帶上取下小刀來挖，把挖出來的野蒜貢獻給女人。

　　野蒜在哪裡都能生長，但它們更喜歡生長在農田田埂的斜坡上，在碎砂石的淺丘山坡上也常見它們的身影。你從一道田埂和荒坡上走過，走累了，在田埂的斜坡上坐下來休息，眼睛看著不遠處正在歇耕反芻的牛，看著遠處有水鳥飛過的湖面，手則不自覺地從草地上拔下一根草的葉子來搓弄。但很快你就發現，手上有一股辛辣的衝味。把手拿到眼前細看，原來手裡搓弄的是一根小野蒜。在你的屁股附近，野蒜正一叢一叢地生長著。它們的辛辣氣味，一天比一天濃烈，它們的地下球根，也在一天一天膨大。

　　田野裡還有一種叫灰灰菜的野菜，也發芽了。灰灰菜的嫩葉上，似乎有一點淡淡的灰白色粉狀物，可能正因如此，人們叫它灰灰菜。灰灰菜葉嫩可食，莖老可做拐杖，它在先秦的書面語中叫藜，古書裡經常提到這種植物。比如，《莊子》裡說了一個不知真假的故事，說孔子的學生子貢，騎著高頭大馬去看他的同學子思，子思戴著破了的帽子，穿著用束髮布綁著的鞋，「杖藜而應門」就是拄著藜做的拐杖去開門。

　　《莊子》裡又有一段，說「孔子窮於陳、蔡之間，七日不火食，藜羹

不糝，顏色甚憊，而弦歌於室」，意思是說，孔子被困在陳國和蔡國之間，七天沒有糧食，藜菜湯裡連個米粒都沒有，他臉色憔悴，卻還在屋裡彈琴唱歌。《莊子》是道家的代表性作品之一，從《莊子》文字的表面來看，只要儒家贊同的，道家就會反對；只要儒家認可的，道家就會質疑。因而《莊子》裡關於孔子和門徒們的故事，一般都真假難辨，不能完全當史實看。不過從這些文字中，我們已經知道，灰灰菜的故事，在中國至少已經有兩千多年的歷史了。

孟夏的到來總是讓人心生孟浪（魯莽、冒失）的。

立夏這一天，無論晴陽雨雷，我總會挑一本書，今年這一本是南北朝的《齊民要術》，泡一杯榴葉茶，到南邊的房間，面朝南略偏東的方向，坐在椅子上，讀上半天。現在太陽更向北回歸線歸來，天氣已經暖熱了，陽臺和飄窗裡冬天和春天太陽能照晒到的地方繼續萎縮，有些地方在季秋到來以前再也照晒不到了。雖說是讀，但往往只是半讀半想，有時候沉湎於冥想，有時候和自己腦袋裡一個叫孫武的古人對話，會看見大霧濃裡的河灣裡兵車陳列的壯闊場面，有時候做白日夢。

這個月，許多花都在開放，或者開始開放。人們把梔子花或白蘭花佩在衣扣上，以祛瘟避邪。常見的梔子花，大致分為大葉梔子和小葉梔子兩種，大葉梔子葉大、花巨，小葉梔子葉小、花略小。白蘭的花高潔香正，十分雅致。不過白蘭花不耐修剪，剪得稍過一點，白蘭的樹勢立刻就會減弱，甚至瓦解崩壞，因此修剪白蘭，要控制些，不要稍過。

含笑的花開起來，有濃郁的香蕉或香瓜的甜香味。含笑開花十分猛烈，不保留，滿樹都是花，滿園都是香甜濃厚的香蕉或香瓜味。垂絲海棠進入盛開期，在農業大學的校園裡開了滿滿半面牆，嬌紅的花朵蜂擁怒放，如耳環綴飾般下垂，妖豔而惑人。

　　孟夏的中後期盛行西南風。西南風是熱風，風吹到臉上，熱呼呼的。幾個晌午的西南風一吹，小麥眼看著就黃熟了。正如唐朝白居易在〈觀刈麥〉中所言：「田家少閒月，五月人倍忙。夜來南風起，小麥覆隴黃。」白居易這個五月覆隴黃，說的是渭水流域。在江淮以及黃淮海地區，一般在孟春中下旬，就會自南而北，先後進入麥收階段，從江淮之間，到海河流域，小麥收割的時間差，可以多達半個月以上。

　　小麥黃熟時，整個平原像是被掀開的蒸籠，有一股小麥粉大饅頭的熱香氣。這股熱香氣散發出來的時候，農民就被農耕文明的生理時鐘推動，不用政府因時頒政，都會自覺地開始準備鐮刀、繩索，並餵飽牛馬，以備收割、捆紮、運輸小麥。

　　開鐮前的那一個晚上，整個平原似乎都睡不安穩，都有些躁動。好不容易才有了些安穩，但焦慮感一直隱隱地瀰漫在平原上。不知覺地，先是有一輛馬車在濛濛黑影裡，嘎吱嘎吱地從莊裡駛出來。車上的人都穿著棉襖，都迷迷糊糊地打著瞌睡，倚在車上坐著不動，收麥時節的瞌睡就是多了一點，人都睡不夠。晚上睡得晚，早上卻起得早，剛從被窩裡鑽出來的人，怎麼幫馬車套車套，怎麼趕車出莊，都只能記住個大概。

　　馬車上一般只有幾個男人，但偶爾也能拉一車、半車婦女，一起往田裡去。婦女都帶了鐮刀，是一早割麥子用的。有些年分天氣不好，或麥子面積大，就得趕緊點，男人辛苦，婦女更辛苦，她們彎著腰在田裡一割就是三、五、七天，那罪不是一般人能承受的。男人割麥割不過婦女，男人的腰彎不下去，沒有耐力，割一兩天就落後、被超車了，婦女們都習慣了這種苦累，要是讓她們做裝車、卸車這些粗活，她們也做不了，且沒有興趣、無精打采、常常恍神。割麥子倒像成為婦女們的一種專利。

　　車上有婦女的時候，氣氛會活躍些，婦女們帶來另一種特殊的氣味。

大多數情況下，她們裹著棉襖，和裝車的男人擠在一起時，男人的心裡都暖暖的，覺得貼身，瞌睡蟲也全跑了。趕馬車的人也有了精神，不像平常那種萎縮的樣子，有時興起，他還會把馬車趕得飛顛。鄉下的路都不怎麼好走，馬跑起來時，空車顛簸得特別厲害，車上的婦女都坐不穩，都被震盪得連蹦帶跳，婦女們只好都蹲下來，嘴裡上氣不接下氣地罵：「討厭鬼，慢一點。」話好不容易才講完，車又來個大震盪，婦女們都擠撞在一起，有些蹲不穩的，情急中一把抱住身邊的男人。老實的男人便讓她們抱住，半句不吭，調皮搗蛋的男人立刻大叫：「耍流氓啦！耍流氓啦！小繞他娘，小繞他爸不在，妳就不老實。」車上的人轟然大笑，還有的男人故作調笑，各式各樣的笑聲在朦朧裡貼著黏滯的麥梢或大秋作物青青的葉片，向四面八方擴散，越散越遠，最後，散到看不見的還在夜色裡的平原深處去了。

　　沒有婦女的時候，馬車上就很安靜，車子踽踽地往前走，出了村子，直往田野的深裡去。麥收時農村的早晚也都還涼，多數人都穿了夾襖或棉襖，那時毛衣很少，在農村裡毛衣更少，再說毛衣穿脫不方便，要是纏束麥芒在裡面，還很難清除掉。車子一顛，原來是轉到麥田裡了，田裡都是昨天放倒的麥個子。車子停下，車上的男人都跳下車，用杈子慢慢地往車上挑麥子，馬們都靜靜地抬頭凝視夜色中的遠方。過了一會兒，兩匹梢馬低下了頭，尋找腳邊的青草或麥稈吃起來，只有轅馬仍靜靜地凝視著遠方，好像陷入了沉思。轅馬在靜立時也還在承擔著車子的重量，平常在轉彎、下坡和任何情況下，牠都肩負著更大的責任，所以牠的沉思和嚴肅都是應該的，牠應該給人更老成的印象。

　　麥稈凝滯。因為夜裡的露水把收割下來的麥子都打溼了，人的褲管很快也就被露水弄溼，早晨的霧氣還有點大呢！人的頭髮也有點溼漉漉的

了。這時，天已有些發白，人們在做事時，身體都醒過來了，精神漸漸地充盈了全身，早晨微涼清新的空氣在大平原上流動。這時已能看見剛才馬車走過留下的車轍旁的一朵野花上，停著一隻收攏了翅膀的黃蝴蝶，剛才要是車轂轆正好從野花上軋過去，那麼野花和停留在野花上的黃蝴蝶就都不在了。花和蝴蝶都是溼漉漉的。

早晨的涼氣還是重。但是早霞出來了，幹活的人的肌肉裡充滿了力量，他們把一堆一堆的麥子杈住，舉送到車上去 —— 現在，車已經裝得很高了，有一個人在上面踩車。踩車是一門技術，車踩得好，又結實又好看，在路上走時像一座黃黃的土丘在移動；車踩得不好，還沒到路上就會歪斜，得幾個人拿杈在斜倒的那一邊撐住，跟著車走，說不定車一晃，麥都倒下來，那就更麻煩了。

太陽突然出來了，天立刻就暖了，人身上的棉襖再也穿不住，都甩在地上了。一夜的露水霎時也就乾了，黃蝴蝶以及田野裡的各種蜂蝶都飛起來了。在別的田地裡割麥的人也能看得清楚了，向田裡挑水送飯的幾個女人也從田地的兩端過去了。車裝好，幾個男人丟了杈來拉繩煞車，他們都壓在繩上，用力氣和自身的重量把車煞得緊緊的。

馬車被趕往大路上去。三匹馬不再像來時那麼輕鬆自在了，牠們在人一連串的吆喝和鞭打之下，低著頭用力把車從還有些鬆軟的莊稼地拉出，一個大顛簸後馬車終於上了大路，一切都還順利，車子沒歪，也沒陷在地裡。三匹馬兒發喘，又馬不停蹄地迎著太陽往莊裡走去。

太陽很快升起來，從這以後，麥收新的一天就徹底開始了：太陽會很快烘乾一切有水氣的東西；麥黃杏的氣味從人家的院牆裡散發出來；沒牙的大娘正從石榴樹上摘下鮮嫩的葉子，洗淨了放在大鐵鍋裡，加上一鍋水讓柴火把它們燒開，燒開時就會有一兩個老人，或年輕點的中年婦女，來

把榴葉水舀到木桶裡，悠悠地挑了朝田裡割麥的人那裡去；田裡的麥香氣也漸濃起來，麥香氣到晌午時，比籠裡的饅頭還香，整個大平原上都是這股香氣，別的什麼氣味也聞不到了。

馬車和板車一趟一趟地把麥子運到麥場上。烈日當空，男人的身上只剩一件短褲或一條長褲，長褲是因為怕麥芒刺入才沒脫去的。婦女的上衣都因汗而溼了，但她們不可能再脫什麼衣服，只好一遍又一遍地用肩膀上的毛巾擦拭，或任由汗直滴入乾乾的土裡去。

午後起了一陣烏雲，閃電雷鳴也發作起來，人們很緊張，田裡的人都趕回到麥場上幫忙把麥整齊擺放。但是雨並沒有下下來，烏雲很快散去，人們略為休息休息，又忙著把麥子攤開，婦女們仍回到原先割剩的麥子田裡去。馬兒已經歇息了兩個小時，現在又套上馬車往田裡去了。牛車也嘎吱嘎吱地往田裡去了，牛車更笨重，但任何運輸工具在這時都是亟需的。

孩子們都自發地玩鬧般背著籃子去田裡拾麥穗。割麥的婦女現在開始在田地兩端坐下來吃飯了，麥收時節吃的都是好麵粉，都是去年省下來留到現在的麥子磨成的粉，平常好麵粉是吃不到的。菜也有一些，還有豬肉呢！雖說只有幾片，但人是太嘴饞了。場上也忙了起來，忙著把麥稈整齊擺放，怕夜裡下雨會被淋到發芽，又忙著把脫下來的麥子堆起來，拿塑膠布蓋上。

天漸漸黑了，田裡的婦女還低著頭、撅著肌腱割麥，直到天完全黑了，一點也看不見了，她們才直起腰喘一口氣，上麥莖裡尿這一天在麥田裡的最後一泡尿，然後，她們把帶來的繩子鋪在地上，捆緊一大捆新割下來的麥子，背上往莊裡的麥場上去了。

假若夜裡沒有雨，不需要搶場的話，那麼麥收的這一天大約也就過去了。男人從場上回到家裡，還沒吃到飯就倒在床上睡著了。孩子們更不用

說，早就倒在糞堆邊、樹底下、鍋臺旁睡得不省人事了。婦女們都還在操持，煮飯、餵豬，家裡要是有上了年紀的人做飯，那就好多了；要是沒有，就都得自己回來做，柴煙熏得滿屋，風箱拉得直哼唧。麥收時節一般都晚吃飯，快半夜了才吃，吃過飯倒頭都睡死了，門都不記得關，由狗看著吧！覺還沒睡飽，莊裡就有人吆喝了，新的一天又開始了。

夜色朦朧裡，馬車又拉著一車婦女出了莊，婦女們身上的睡意都還很濃呢！

幾十年前，收麥還如同打仗呢！不趁著天晴把小麥收到場上去，一場暴雨澆下來，大半年的心血就毀了。青壯年男人和女人沒日沒夜地在田裡忙，老年人就在後面做好後勤支援工作。老人們自覺自願到麥場上幫忙：飼養員餵草時幫忙續續草，給歇晌的牛或馬倒個料、拌個草，哪怕傍晚在場邊看壯年勞力們忙碌工作，他們也不願待在家裡。老太太們更閒不下來，除了煮飯、帶孩子、餵豬，她們還負責給田裡工作的人煮茶。

黃淮地區中北部並不產茶，那時候平原上的人很不容易喝到茶葉泡出來的茶，於是人們就會發明許多替代品。春天用茅草的根煮茶，甜絲絲的，十分可口，用茅草的根煮水喝，還有預防疫病流行的功能。春天人們還從野外挖來蒲公英，煮食或者煎茶，除了解渴外，也有清熱、去火、抗病毒的功效。大麥產量低，比小麥的季節稍早些，大麥收成後，人們把大麥仁炒得略微焦糊後，用來泡茶喝，那種麥香濃郁的焦糊氣味，叫人難忘。秋天酥梨收成後，人們用酥梨加冰糖煮茶喝，既能強身固本，又能潤燥養肺。

麥收時節，人家院裡和房前屋後的石榴樹，都枝繁葉茂了。老婦人用大水瓢從水缸裡舀水，往土灶的大鐵鍋裡添滿水，然後續上柴、點上火，再到院裡的石榴樹上，摘一把石榴葉下來，扔進鍋裡煮。乾柴烈火，水沸

湯開。這時便熄火，掀開鍋蓋，用鐵舀子把榴葉茶舀到兩個大木桶裡。舀好水後，又抱出一疊粗碗，放在一個小籃子裡，再撩起肩膀上的毛巾，擦一把額頭上的汗，出門到村裡的路上，兩頭張望，看看是否有下田的車或人，順便把榴葉水帶到田地兩端，給田裡搶收小麥的乾渴人們送過去。

這時節應該對家人更寬容點，放他們出去闖蕩，讓他們去吃苦頭，任他們去摔跟頭，假以時日，或許一不小心成功了呢！不試一試，或總覺得可能抱憾終生，也終會心有不甘。

秋天播種的豌豆，仲春開始發芽長大，暮春在籬笆上直挺挺地往上竄，豎起了一堵豌豆牆。在無依傍的地面，豌豆也能垂直生長，直挺挺地鑽向天空，顯得霸氣十足。但豌豆忌連作，因而你今年在某個地方看到了豌豆，明年就不應該再在那個地方見到了。

初夏到平原的小鎮上去。小鎮早餐店把飯桌擺在門口露天的地上，靠街面的桌子旁，立著一塊硬紙版，上面用歪七扭八的字體寫著幾個大字：鮮豌豆稀飯一碗十元。這是告訴路過的人，今年的新豌豆下來了，來嘗個鮮吧！忍不住就走過去，在桌旁坐下，道：「來兩根新炸的油條、兩塊糖糕、一碗新豌豆稀飯。」慢慢地咀嚼、吃著，看著集市上的車水馬龍，感受人生的一種滋潤和悠閒。

鎮外右邊河道裡的植物正在生長。沿著溼地的草坡走進去，依次便看到一些溼生植物和水生植物。先看到的常常是空心蓮子草，這是幾十年前物種入侵的一種留存，空心蓮子草生命力極強，在近水的岸邊和溼地都能快速繁衍、擴張。蘆葦已經在溼地或淺水裡，竄出了紫暈色的幼芽，蘆葦是典型的挺水植物，它們在水邊、溼地和淺水裡，都長得很好。叢生的蘆荻也長出半公尺高了，蘆荻長得和蘆葦有點像，但蘆荻通常長在水岸邊，長相也比蘆葦粗壯。野水芹向天空豎起了新生莖，水芹是挺水植物，它的

根紮在溼地或淺水裡，莖和葉卻挺出到水面上。

水葫蘆還小，葉片白綠，它們成片地聚浮在水面上，水葫蘆是浮水植物，也是繁殖力極強的外來物種，豬喜歡吃它們。豬吃起水葫蘆，滿嘴白沫，吃得無比解饞。水面上看得到一些浮萍了，浮萍是經典的浮水植物，它們只能漂浮在水上，無法在水下生活。菱角也是浮水植物，大多長著菱形的葉子，它們結的菱角，也是菱形的。蒲草已經綠遍一片湖灣，這種挺水植物的幼芽清甜可口，用油煎出來，有一種脆香。這時透過水面看得到水下的水草，這些水草有些可以撈起放在魚缸裡養金魚，它們只生活在水面下，都是沉水植物。荷葉初生，無法確定荷是挺水植物，還是浮水植物，荷的葉浮在水面上，荷的莖挺出水面，荷的根紮在泥裡，不過看起來，荷更像是挺水植物。

孟夏宜於偏荒處做助跑跳高運動，助跑後跳起來摸飄來飄去的柳梢，或在平原上跳起來摳空氣中不存在的某物，充分地舒展筋骨、活絡血脈。

這個月又宜學孔子燕居。「燕」在古代漢語裡通「宴」，是悠閒、舒適、安然的意思。燕居就是閒居，或退朝而居。當然，燕居時立些規矩，或廢除一些規矩；或弄點儀式感，或廢除點儀式感，更好。例如：閒居在家時，孔子不過分講究儀容；睡覺的時候，孔子也注意自己不要像屍體那樣僵躺著，那樣睡既難看，也不科學。在其他方面，孔子也做得一板一眼。他要求家人吃飯時不交談，睡覺時不講話；吃飯就是吃飯，睡覺就像睡覺的樣子。

在吃的方面，孔子食不厭精，膾不厭細。這意思是說，孔子在主食方面不嫌碾得精白，魚肉則不嫌切得細。此外，糧食久放變質、魚腐爛、肉腐敗，他不吃；食物顏色變壞，他不吃；食物氣味難聞，他不吃；烹調得不好，他不吃；非吃飯時間，他不吃；不照一定規矩切割的食物，他不吃；

佐料放得不對，他也不吃。還有，宴席上肉即使多，但他吃肉不超過吃主食。看來孔子的自制能力滿強，衛生習慣也不錯，如果有疫情發生，大概不容易傳染給他。

孔子很會生活，角色變化也流暢。孔子在家鄉時，恭順謹慎，好像不會說話的樣子；但一旦到了朝廷，他說話清楚流暢，十分慎重。孔子在齋戒沐浴時，要求一定要有浴衣，而且還得是布做的；齋戒時，他則一定要改變飲食的內容和習慣，居處也一定要改變。孔子一切都照規矩來，這樣他不累，也覺得心安理得；別人見了，也會受他的影響。

這個月可到小城的環城河邊看樹。平原小城的環城河邊有許多大柳樹、大白楊樹，還有楝樹、杏樹、榆樹，更多的是河灘溼地裡的蘆葦、蘆荻，還有一長叢槐樹。這一長叢槐樹的長度有六七十公尺。這些槐樹還沒有長成大樹，只是一叢叢的，半個人高的樣子。槐樹的葉子在孟夏時已經長得很豐滿了，孩子們會成群結隊地到環城河下寬闊的河灘上玩，在河灘上打鬧、捉迷藏、跳橡皮筋、彈彈珠、抓石子、跳田字格、鬥雞、跳繩，在河水裡洗澡、抓魚、摸田螺、用柳樹枝做成魚竿釣魚、摸河蚌。

上午總能見到幾個乞丐在環城河灘的柳樹下。他們有時一個人安靜地待著，有時兩、三個人坐在樹下說話。孩子們見到他們很好奇，都湊過去問這問那。也會有孩子立刻跑回家，趁大人不注意，從饅頭竹筐裡偷一個白饅頭，飛快地跑回河灘，送給乞丐吃，但那些乞丐不會當場就吃，而是把饅頭放進他們隨身攜帶的大布袋裡，收藏好。還有的孩子把口袋裡捨不得吃的糖果拿出來給乞丐吃，乞丐就高興地吃起來，還連聲說甜，孩子們受到鼓舞，下次還會想把自己不捨得吃的糖果帶來，送給乞丐吃，看他們吃得甜絲絲滿足的樣子。

對乞丐們沒有新鮮感之後，孩子們就分散開來各自去玩了。有三個小

孩子，兩個男孩，一個女孩，卻鑽到槐樹叢裡找螳螂。他們先從槐樹的枝幹上找深紫色的桑螵蛸，那是去年螳螂媽媽用尾部排出的黏液織成的小房子，橢圓形的樣子，非常堅固，用手捏都捏不動。小房子分成左右兩排，每一排裡有一片片隔扇，裡面總共有一百多個螳螂卵。桑螵蛸其他地方都堅硬無比，但唯有房子的左右兩側有許多柔軟的門戶，當冬天過去，暖熱的夏天降臨時，小螳螂就會從左右兩側的門戶走出來，來到這個熱鬧而複雜的世界。孩子們找到桑螵蛸後，就知道小螳螂一定會在附近的槐葉或嫩枝上，這時必須一片一片槐葉仔細看，一段一段槐枝細細瞅，才能看到近乎槐葉色的小螳螂，螳螂的保護色是很厲害的。

仲夏的到來總是讓人心生煩惱的。

芒種這一天，無論陰雨晴熱，我總會挑一本書，今年這一本是《稻作學》，泡一杯香菜梗子茶，到南邊的房間，面朝正南方向，坐在椅子上，讀上半天。現在太陽更向北回歸線歸來了，天氣炎熱了，陽臺和飄窗裡冬天和初春太陽能照晒到的地方，有些在仲冬到來以前再也照晒不到了。雖說是讀，但往往只是半讀半想，有時候沉湎於冥想，有時候在自己腦子裡和平原上的一條河流對話，有時候做白日夢。直到窗外傳來驚呼聲，有人在社區盡頭處喊了一嗓子：「要下暴雨啦！那誰家，趕快把晒在外面的被子收回家去！」

我從書本上抬起頭來，才發現窗外已經黑壓壓一片。仲夏的暴雨，有時下在上午，但常常在下午兩、三點烏雲聚集，半邊天都烏黑，緊接著狂風颳起，再接著暴雨驟降。這時候如果正好在平原上走路，倒有緣全程欣賞烏雲、飄風、驟雨的來去。

到大平原上徒步行走。土路乾白，從兩邊翠綠的玉米田裡，通往很遠很遠的遠方。正走著，猛然一抬頭，看見遠處烏黑的雲塊在聚集。「暴風

雨快來了！」心裡想著，卻不加快腳步，也不減緩步伐，又不是要著急地趕往某個目的地，只不過是舉足由心而行罷了，便任由天氣變幻。

這時卻貿然想到《莊子》裡那個天籟、地籟和人籟的故事。子游向南郭子綦請教：「冒昧地向您請教人籟、地籟、天籟的道理。」南郭子綦說：「大地吐出氣息，它的名字叫風。這風不颳就算了，一旦颳起來成千上萬個孔洞都會發出怒號聲。你難道沒聽過大風呼嘯的聲音？高峻參差的山陵及百圍大樹上孔穴遍布，有的像鼻子，有的像嘴，有的像耳朵，有的像蓋房子橫木上的開口，有的像杯圈，有的像石臼，有的像深而大的池沼，有的像淺小的泥塘；風吹過這些孔穴發出的聲音，有的像急流水聲，有的像箭的疾飛聲，有的像怒喝聲，有的像吸氣聲，有的像叫喊聲，有的像嚎叫聲；有的聲音深沉，有的聲音哀切；風吹過就彷彿領唱，孔穴因風而響就彷彿在應和；風小和聲就小，風大和聲就大，疾風過後所有的孔穴都寂然了，你難道沒看到風的餘力還在搖動樹葉和草梢？」子游說：「地籟是眾多孔洞發出的聲音，人籟是竹管並列而成的樂器發出的聲音。冒昧地請教您天籟是怎麼一回事？」南郭子綦說：「風吹萬孔發出各不相同的聲音，而發出這些千差萬別聲音的，都由各孔洞不同的形狀決定，促使它們發出獨特聲音的還能是誰呢？」

烏雲越聚越多，越積越厚。風從玉米田的盡頭湧浪般推擁而來，又排山倒海般掠過我，咆哮著去了遠方。風的推力過於猛烈，把我吹得一屁股蹲坐在發白的土路上。我拚盡全力站起來，繼續前行，但風把我向後推得只能向路面弓腰，才能稍微前進一兩步。哦！真是個心如湧泉、意如飄風呀！我停下來側耳細聽，想驗證子游向南郭子綦請教的天籟和地籟。暴風掠過時，玉米田裡的玉米嫩葉，發出嫩葉摩擦的輕微沙沙聲；池塘邊的大樹樹葉翻舞，發出難以捕捉的嘩嘩聲；不遠處平原腹地那個名為山頭的緩

慢凸起小山頭上，風颳過一個石坑，發出轟轟聲；高大的白楊樹上鳥窩發
出有彈性、有節奏的咯吱聲；飄風馳過湖水水面發出魚嘴吐泡的嘰嘰聲；
狂風掠底而過，辣椒園裡滿園的辣椒相互觸碰，發出撞擊聲；河灘上的大
片紅草倒向一邊，發出細密的沙沙聲；暴風從老橋洞下穿過，發出擁擠的
尖叫聲；老柳樹的大樹洞窩響起嘎吱聲；村莊裡兩排房子中間變成了風道，
發出你爭我搶擠壓通過的哎喲哎喲聲；豬圈圈頂的人字梁，發出咯咯聲；
風颳過旗杆上的旗幟，發出哆嗦聲。

　　這時我總會想，一個人並非只能留在城市裡批評他人；也並非只能留
在人群中干涉社會。一個人還可以選擇只在人跡寂寥的邊緣地帶體驗天
地、領悟生命。

　　當然，我又想，一個人並非只能選擇在人跡寂寥的邊緣地帶體驗天
地、領悟生命。一個人還可以留在城市裡批評他人，也可以留在人群中干
預社會。對一個有主見的人來說，人生的一切，都是無可與不可的。人總
會因不同的選擇，而造就不同的人生。人有什麼樣的選擇，就會有什麼樣
的人生。

　　一個人必須永遠在人生的現場，這樣的人生才有意義，不管那是什麼
現場。一個人可能總會遭遇糟糕的未來，如果不在現場，他的人生就會定
格在「糟糕」二字上；如果堅持，甚至賴在現場，他總會迎來他心目中的
那個巔峰時刻。

　　頃刻間，飄風過盡、烏雲壓頂、雷霆轟炸、暴雨如注。豆粒大的雨點
砸在頭上、臉上，真痛！還是跑起來吧！並非真的要跑到哪裡去躲避風
雨，只是要做出一種條件反射的樣子，遇到下雨時，人總要往某個地方跑
一跑，去避一下雨。

　　忽然跑到河堤上搭蓋的一個小小的人字形窩棚裡了。棚子裡的兩個老

人正叼著煙袋吸菸，見有人衝進來，渾身雨水，卻也不驚不訝，只是把屁股往土坯旁邊挪一挪，讓來人有個地方坐下而已。原來窩棚是半埋在地下的，因而窩棚的門口，用鐵鍬挖了些大塊的土疙瘩堆在那裡，以阻擋雨水。雨粒砸在窩棚上，密集而沉重。棚外的雨簾像厚窗簾一樣厚實，只看得見一片黑幕，別的什麼都看不見。

兩位老人吸著菸，菸火吸亮時，似乎看得見他倆皺紋縱橫滄桑的臉；菸火沒有吸亮時，只感覺那裡有人坐著，沉默著，散發出人的氣味，聞著吸到肚裡的菸味，卻看不見一點人影。

「雨來我也來。」似乎有一個老人嘟噥了一句。

「雨去我也去。」似乎另一個老人嘟噥著說。

倒也神奇，頃刻間，老人們不見了，只見雨聲稀疏、風和日麗、蛙聲四起。這時走出河堤上的窩棚，平原上已經清爽秀麗得無法言說，只覺微風輕拂、暑意盡消。站在河堤上往河裡看，只見上游來水迅疾而過，在河灣裡留下大量枯枝、敗葉、泥塵、碎屑。

一個又一個暴雨來襲的夏天過去了。河灣堆積了一層又一層泥塵雜物。泥塵和雜物越積越高。有人秋天到河灣來察看了一番。過了幾天，一個黎明，一個男人用木製的獨輪車推了些木棍、柴草來，卸在原來的河灣上，用一天的時間搭了個人字形的窩棚。次日，又是黎明時分，那個男人還是用木製獨輪車推了些木製農具、陶罐，車後跟著一個黃皮膚的女人，在窩棚外卸了車上的器具，女人開始在窩棚內外收拾，男人在窩棚不遠處選了一塊河流製造的鬆軟沃地，用木鍬墾翻起來，並撒上一些圓形的、細微到幾乎看不見的種子。

不要告訴我這位先生種下的是一種叫面瓜的夏季瓜果，仲夏不是種植面瓜而是享受面瓜的季節。

　　我想起有一個夏天我在平原上長途步行，傍晚在一個小集鎮找一家旅館而宿，住在二樓的房間裡。清晨起床，一眼看見與二樓平齊的側房房頂上堆了土，整理成一片瓜園。我立刻推開秫秸紮成的籬笆，進入這個空中瓜園。瓜園裡的夏瓜品種多樣，有西瓜、金邊小甜瓜、菜瓜，還有一種類似西瓜但比西瓜小的打瓜、有番茄。但是，最重要的是，有兩壟面瓜。

　　面瓜，那可是我仲夏的最愛。我走進生長著面瓜的瓜壟中，在一個湯盆大小已經成熟的面瓜前蹲下，滿含深情地注視著它。面瓜就像它的名字，當它們成熟時，你掰開它們，它們的瓜瓤呈現在光亮中，閃閃發光。它們不僅吃起來粉粉的、沙沙的，還帶有面瓜特有的甜香味。太陽出來了，面瓜們醉臥般沐浴在仲夏熱烈的陽光裡。十幾個或大或小，已經成熟或即將成熟的面瓜，它們金黃或鮮綠的面紋，在陽光下閃耀著金黃的光亮。

　　哦！不被打擾且進行中的生命真令人感動，也讓人陶醉。我長時間蹲在雍容富態的面瓜面前，欣賞它們無與倫比的優美、自在和從容，我為此而激動萬分。那一個早晨改變了我的那一段行程。我從旅館老闆手裡買下了那十幾個已經成熟或即將成熟的面瓜，背著它們，踏上了返家的路程。

　　《呂氏春秋》說，夏季的第二個月，蟬始鳴，半夏生，木堇（槿）榮。意思是說，仲夏這個月，蟬開始鳴叫，半夏生長，木槿開花。蟬有春蟬、夏蟬和寒蟬之分，春蟬是一年中最早出現的蟬，寒蟬出現在夏秋時節，夏蟬則最為常見。黃淮大平原上盛夏常見的夏蟬是油蟬，牠體型較大，叫聲響亮，成為盛夏到來的象徵。蟬和所有的昆蟲一樣，身體都分為頭、胸、腹三大部分以及相應的節狀肢。

　　現在蟬越來越少了，因為蟬所面臨的環境，越來越充滿不確定性。夏天，交配過的雌蟬首先要用牠的排卵管在樹上挖三、四十個小孔，並在每

個小孔裡產六到八顆卵。蟬卵孵化後，幼蟲會掉落到地面上；或牠自己造一根絲線來，再緣著絲線溜滑到地面。幼蟲的胸部有兩把大鉤，牠就靠這兩把大鉤在地面上挖洞，然後鑽入一公尺深的地下，在那裡生活四、五年，甚至有的在地下生活八、九年，靠吸食樹根的汁液過活。蟬要在地底下等到仲夏的暴雨來臨，才有出頭之日。一場浩大的暴雨，把地面泡得十分鬆軟，幼蟬靠牠的大鉤挖出一個洞，爬到樹上，蛻去外殼，成為吱吱叫的知了。

仲夏這個月，對家人要有耐心。這個月不說過頭的話，不做過頭的事，慎做家庭中的重大決定。苦夏要以苦相對，多吃涼拌苦瓜、涼拌苦菊，並以泡椒鳳爪改味。居家時動作輕緩，宜常哼詼諧小曲。

仲夏這個月有夏至節氣。這一天太陽到達北回歸線，太陽直射地面的位置為一年中的最北端，飄窗裡太陽能直接照到的部分也是一年裡最少的。平原南部的單季稻開始插秧了。夏至的「至」，是極致的意思，這天白天最長，此後的白晝越來越短，直至冬至。北回歸線約在北緯二十三度半，這條線又稱夏至線，這一天太陽在北半球天空中的位置也最高。

河邊的幾棵大桑樹結滿了或白綠色，或淡紅色，或深紫色，或深黑色的桑葚。白綠色的是剛結成的桑果，還沒成熟；淡紅色的是正在成熟的桑果；深紫色的是已經成熟的桑果；深黑色的是成熟得略微過頭的桑果。早起的鳥都要趕到河邊那幾棵大桑樹上聚餐，牠們一撥來了，一撥走了；走了一撥，又來一撥，一直延續到快中午才稍有停歇。也許是桑果太多太多了，鳥們這啄一口，那啄一口，吃的沒有啄落浪費的多，食物多了，也就忘記要節省了吧！幾棵大桑樹下面，到處都落著桑葚，地面這一塊、那一塊被染得深紅。

我走到樹下，伸手從桑樹低垂下來的枝條上摘深紫色的桑葚。我一言

不發地盡快多摳，一邊摳，一邊往嘴裡塞，一邊狼吞虎嚥。有時我一手拉著桑樹的枝條，另一隻手摳枝條上的桑果，一邊塞進嘴裡。桑樹條上的桑葚太多了，一根桑枝從上到下結滿了或白綠，或淡紅，或深紫，或深黑的桑葚，吃都來不及吃完，眼睛又發現手邊還有一根結果更多的枝條。

實在吃不下時，我停下來。我的嘴上、臉上，或深紫、或淡紅，像是剛剛茹毛飲血過。我慢慢挪到桑樹下面一根裸露在外的粗樹根上，緩緩坐下，喘喘氣、歇一歇。空氣暖熱起來。平原上的聲音很遠，光斑在視線的盡頭跳動。這或許是一種原生態的生活吧！餓了就去捕捉小動物吃掉，再吃點桑葚之類的水果改善改善口味。

這或許又是一種不需要太動腦筋的生活，我很喜歡。我很喜歡這種生活，但不知道別人會不會讓我喜歡這種生活；不知道別人會不會干預我的這種喜歡；也不知道別人喜歡還是不喜歡這種生活。但是，我還是喜歡這種生活，我不管別人喜歡不喜歡，我也不管別人要不要讓我喜歡這種生活。

這個月黃淮平原上所有野生的黃鱔都出眠了。在老塘裡、在小河溝裡、在湖邊的溼地蘆葦叢裡，黃鱔都開始了一年中正常的捕食生活。我在一條下過暴雨後積了許多水的小河裡釣了一大袋黃鱔。我把裝黃鱔的布袋在河水裡浸得溼溼的，這樣一路走回去時，黃鱔就不會死掉。我把黃鱔鉤收起來，把剩餘的黑蚯蚓全部放掉，倒進小河岸邊潮溼的地方，然後我一路吹著口哨，走回城裡。

母親會把我釣到卻吃不完的黃鱔養在水裡。母親每天中午都會做一大盆營養豐富又可口的黃鱔湯給全家人吃。母親先從缸裡把已經吐乾淨的黃鱔撈出來，放進鍋裡。煮熟後的黃鱔很容易把肉從脊骨上推下來，黃鱔的脊骨這時一定還是完整的。黃鱔湯裡打上雞蛋，放些乾金針花、莧菜，勾

點芡粉，這樣湯會顯得濃稠；出鍋後再淋點香油、老醋，撒點胡椒粉。胡椒粉和醋對黃鰭湯的美味產生點睛作用，沒有醋，黃鰭湯的鮮提不出來；沒有胡椒粉，就無法吃得大汗淋漓、筋脈通達、暢快無比。最不能放的是辣椒，雖然辣椒也鮮香，但辣椒和黃鰭湯卻最不搭。

　　仲夏宜在原野上奔走呼號、釋放自我；或於河堤茂密的樹林裡，甩去面具，裸露自我，縱情奔跑、跳躍、放歌，直至嗓音嘶啞、腰腿痠麻、疲憊不堪為止。

　　仲夏又宜讀書、累積。宜整理一個心愛或順眼的小本子，寫上何人何年何月何日何時何地，用來記錄讀書感悟，抄寫鍾愛的段落、詞句。

　　仲夏最宜讀某一類書。分類可照學科分，比如機械類、醫學類、文學類、哲學類、數學類、物理類、電子類、電影類、地理類、歷史類、水生植物類、社會學類、政治學類、昆蟲學類、天文學類……等等；也可照內容分，比如文學有寫實類、虛構類、當代類、歷史類……等等；還可照形式分，比如文學有小說、散文、詩歌……等等。

　　仲夏集中讀了一類書，到秋天就知道自己賺到了，或賺得很多，或賺得少些，但總是賺了，會有很大的成就感。

　　仲夏，平原上的金針花陸續開花了。在平原人家的房前、屋後、池塘邊、田埂旁，金針花開出鮮黃色的花。金針花又叫萱草、忘憂草、黃花菜……等等。少量的金針花，新鮮的採下來，必須在開水裡略微煮燙，分解、去除花中的毒素，才能食用。如果數量多，就煮燙後攤在竹蔑編的淺筐裡，拿到太陽下晒乾，晒乾後收藏在乾燥處，以備日後食用。

　　這個月的野菜當推馬齒苑。馬齒苑是一年生肉質草本。仲夏的馬齒苑，雖然在水肥好的地方長得有點老了，但大多仍又肥又嫩。快中午時，走過一座荒廢的水閘，那裡雖然道路依然，卻空幽寂寥、杳無一人，連鳥

叫聲都很難聽到。突然發現腳下的砂石路旁生長著一大棵一大棵肥嫩的馬齒莧，連綿不絕，它們肥嫩得叫人不敢相信。我趕緊蹲下去看它們，長時間欣賞著它們。這倒不是因自己發現了野菜而激動，而是想到在這個荒廢無人的水閘上，生命仍在兀自推進。它們並非為了給人看，也並非為顯示自己的存在而存在，它們只是為自己的生命而存在。

仲夏，我開車穿過平原上的村莊時，常常會碰到水泥路上，有村裡的老年人在路上慢慢地走，或開著低速電動三輪車到村外的河堤去。仲夏的河堤上很涼快，那裡風較大，樹很多，村裡的老年人坐在樹蔭下，說說話，做點雜活，度過暑夏。

遇到有老年人在路上慢慢走的情況，我一定不會按喇叭、催促。那是他們的村莊，是他們生活的地盤，身為一個外來路過的人，不可反客為主，擾亂人家本就享有的安寧生活。我會一直開著車，不聲不響，保持一定距離，不急不慌，慢慢跟著走，直到他們岔到另一條路上，或他們轉往河堤，或路邊有人發現有車在不聲不響地跟行而指示老年人讓路了，我才會稍稍加點速度，盡量不出聲響地開走。外來人不應該打擾當地主人的平靜生活，不要喧賓奪主。

茉莉開花了。茉莉要大水、大肥、大晒，花才開得潔白、開得香。水少了、肥薄了、太陽晒得少，它們就開不好花，甚至不開花。太陽越晒得強，茉莉花開得越白、越大、越香。養茉莉主要是為了賞花、得花，茉莉不開花，就失去養茉莉的意義了。茉莉適宜叢栽，單獨的一株，種在盆裡，枝形稀疏，很是難看。一個花盆裡多種幾株，它們相互幫襯，整盆的茉莉就好看了。茉莉不是那種適宜孤處的花木。

茉莉也要勤換盆，兩年，或最多三年，茉莉就連花也不愛開了，這時就得淘汰舊的，更換新的。好在茉莉容易換新，只要剪些兩年生的枝條插

在土裡，它就能生根、發芽、開花。拿新鮮的茉莉花泡茶，有點植物的氣息，不習慣時就會覺得不好喝。晒乾的茉莉花，可以直接泡水喝，也可以做成糕點，還可以用來熏茶。北方的花茶，大多用茉莉花來薰製。花茶現在是一種有獨立內涵的製作茶。但花茶最初在中國北方出現，或許只是為了用它的花香來壓制北方飲用水中普遍存在的苦澀味。

季夏的到來總是讓人心生煩躁的。

這是夏天的最後一個月，也是最熱的一個月。大暑這一天，無論陰雨晴熱，我總會挑一本書，今年這一本是《逍遙遊》，泡一杯薄荷茶，到南邊的房間，面朝南偏西的方向，坐在椅子上，讀上半天。現在太陽正向赤道回歸，暑熱的天氣即將達到頂峰，陽臺和飄窗裡夏至前太陽照晒不到的地方逐漸又能照晒到了，這些地方在冬至到來前將一直能夠照晒到。雖說是讀，但往往只是半讀半想，有時候沉湎於冥想，有時候和平原上的一些集鎮說話，有時候做白日夢。

這個月我常把紅茶、綠茶、咖啡、炒黃豆、枸杞、嫩柳芽、蒲公英、百合、小火黃茶、烏龍茶、白茶、花茶、金銀花、水芹梗、炒大麥仁、荷葉、薄荷葉、石斛……等等，隨取兩、三種，或三、五種，放在一杯茶裡泡著喝。有時覺得味道很好，有時覺得味道很怪，於是，酷暑就變得不那麼逼人了。喝茶，或只任由自己的愛好和舒適，不一定非得怎麼喝；或不怎麼喝吧！喝茶或全憑自己的任性和突如其來的靈感。

季夏的浮躁氣似乎總不完全消退。我便常常清晨邁開大步，到平原上去徒步行走，到一些鄉鎮的集市去趕集，來退退酷暑的戾氣。鄉村暑夏的集市和春秋時節不同，暑夏的集市就像早晨市集，人們趁早到集市上趕集購物，太陽出來時已經回到家裡做農活了。太陽太毒烈了，人們覺得晒不起。

　　趕集，這是黃淮地區農村的語言，黃淮海平原上的人大概都這麼說，或懂得其中的意思。「走，趕集去！趕集去！」集是名詞，大概是從集體、聚集、焦點的意思變化而來。這大概也是個古漢語；古代人少，不像現在出門會人擠人，於是心煩，不太願意出門；人少時，人與人之間交流的心情就很迫切，哪裡人較多，大家就都想趕到那裡去聚集聚集，見見老朋友、老熟人，會會新面孔，交換點自家的農產品、編織品，或談談戀愛，約個春天見過的情人什麼的，約定俗成，流傳下來，就成為中國北方官話區的語言，意為定期交易的市場。

　　集，有各式各樣的集，有大集，也有小集。所謂的大集和小集，又多有兩層意思：一層意思是場面大、地方大、聲勢大、人員多、歷史久、商品豐厚，這是大集。反之，則是小集；另一層意思是正式和非正式、主要和次要。對大的集市來說，正式的、主要的集市是大集，非正式、次要的、發揮補充作用的集市，就是小集。例如露水集（早晨市集），露水集是兩種意義上的小集，既說明它的集市小，也表示它的規模小，露水集這個名稱，是從自然、生活中順延而來的，言明時間短促，頗具文學象形的色彩：太陽升起，露水消散，這個「集」也就散了，不耽誤那些時間抓得緊，想儘早解決柴米油鹽的人。而天天集呢？天天集就是大集了，集大、人多到天天有如集日，那還不算大集嗎？甚至就是個小小的城市了。騎路集也是個小集，說的是集市的模樣：這個集是騎在路上的，是在路上成集的；當然，騎路集有缺點，如果是在鄉村的偏僻處，那還沒什麼要緊，但如果是在國道大衢，那就有礙交通了。另外，從時間上來說，除天天集，各集逢集的日期也各有不同，特別是相鄰的集市，時間上要相互錯開，以免趕集的人過於分散，無法形成集市，你一、三、五，我就二、四、六，你一、四、七，我就三、六、九，當然這都是農曆，叫作「逢初一、初

三、初五」，或「逢十二、十四、十六」；時間的選定，有的是沿襲傳統的市場規律，有的是當地政府所認定，時間久了，也就形成習慣了。

「集」，有以上的涵義，「趕」，則言明了成群結隊、爭先恐後和爭分奪秒。趕過集的人都知道，碰到集日，尤其是大集，在通往集的每一條鄉村小道上，都有各不相同而又大同小異的人紛紛往集上趕。說各不相同，是說不同的人——男女老幼、高矮胖瘦、推車提籃——確實是形形色色、五花八門；說大同小異，是說趕集的人都是農民，城裡人不趕集，因為城裡每天都有「集」，是「天天集」，鎮裡和「集」上的居民、人員、工人也不趕集，因為「集」就在身邊，無須去「趕」；要「趕」的，只有農民，還有那些農民出身、做小生意的人。

做小生意的要趕，是因為他們以趕集維生，他們不是當地土生土長的人家，他們的貨品和買賣，都只為農民而設，都只與農民打交道。為了交易，他們有時一天要趕兩個相近的集：早早地趕到集上，然後在不到晌午時再趕到另一個集上，時間緊，賺頭少，他們不「趕」當然不行。

農民要「趕」，除因集是專為農民而設，還因農村通常都很忙，農家的工作總是做不完，況且還有春耕春種、夏收夏種、秋收秋種、冬季農田水利基本建設等時間限定的活動。在這種情況下，趕集成了奢侈的事，來回跑個一、二十里路不算辛苦，反倒成為一種特殊待遇。「沒事你趕什麼集啊？」這是說沒事不用去趕集，有事才能去趕集。有什麼事呢？農村所謂的「有事」，也就是柴米油鹽、耕種之事，娛樂啦、玩啦、休閒啦、交友啦……那都不算「有事」。

除有事的人須趕集以外，還有一種人，即年老體衰、無法工作的老年人，主要是老先生們——老太太在家忙的多，老先生們在家閒的多——也有趕集的奢侈和特權，這是幾十年辛勤勞動後才獲得的權利。「我表

叔在家嗎？」「趕閒集去啦！」這叫「閒集」—— 不同於年輕力壯的閒人 —— 理所當然地閒了，才有趕集的奢侈和特權。對他們來說，這種「趕」不是趕忙、趕緊的「趕」，而是趕場子、趕熱鬧的「趕」，與那種有事才「趕」和因做生意才「趕」的，已經不是相同意思了。

除了農民、做小生意的，和趕閒集的老人們外，趕集還有另一種特別的人，那就是我。

我也是個趕閒集的。

從上小學就趕。那是在一個表姐家，跟著表姐夫趕黃河故道的一個集，賣蔥。表姐夫是個急性子，在集上等不到半小時，就急了，不論斤賣，改論堆賣了。把蔥分成一堆一堆的，便宜賣，一堆幾塊錢，早賣完早回家，到家就被表姐罵得低頭認罪。上國中時我也「趕集」，那純粹是玩，不知道是為什麼，也不知道是幹什麼，沒有什麼目的。一個國中生，盛夏，光著脊梁，小外衣披在肩膀上，一個上午步行走到離城二、三十里的一個集上，在集上、人群裡磨蹭、漫步幾個小時，再一個人，或唱著歌，或一聲不響地走回城裡，天天如此。安插在農村時自然更趕過不少集，有時趕集是為了柴米油鹽，但主要是為了火柴、煤油和肥皂，那時火柴、煤油、肥皂供應不足，不託人都買不到；有時則是賣點口糧換錢。

一九八〇年代初期拿了薪水後，在都市裡上班，趕集的興致不但沒減，反而更加旺盛，趕集的形式也變得更加多樣化了。有騎腳踏車去的，有一次把腳踏車靠牆放好，就斜在腳踏車邊閒坐慢看，看婦人帶個髒孩子在人群裡擠；看炸糖糕的一邊炸一邊賣，生意好得很；看四個老人玩撲克；看草藥商人伶牙俐齒地叫賣……。有坐小四輪拖拉機去的，那次是我感冒發燒還沒好，走得實在累了，就請求一輛小四輪走慢點，自個兒爬上去，一路顛簸著到了湖溝集。有坐三輪車去的，那次叫了一輛人力三輪車，在

淮堤上秋風秋意地行，又進入蓄洪區裡，攀上莊臺，看盡一種新壯闊。有坐公車去的，那是在春節期間，由父親提供資訊讓我去的，集市外搭了戲臺，臺上有戲班子唱泗州戲，臺下什麼人都有，做買賣的、套圈有獎的、站在腳踏車後坐上的、站在小板凳上的、站在手扶拖拉機上的、因為風大，拿圍巾裹住頭部只露出兩隻眼睛的……。

還有步行去的。有一年我沿老灘河步行，連趕了灘河附近的六、七個集：灰古集，那集上一個禁捕青蛙的廣告，至今還在我眼前晃動；浚溝集，那是個灘南大集，集外陡峭的河岸和蔥郁的樹林，叫人流連忘返；泗山集，那大概就是個露水小集了，一街滿是黃泥，但出了集，路就乾乾爽爽的了；枯河頭集，那真是個露水集，我因為太晚到，夜間就在集外的麥秸垛裡睡了半夜。露水集都早，早上爬起來買兩根油條吞下，買一碗稀飯喝完，再轉身面迎陽光，舉步往東邊的洪澤湖，一路走了過去。

酷暑時節，清晨在平原上迅疾地走著，去趕一些鄉集，冒一身大汗，身心頓然放鬆起來，腳步也顯得輕快，酷暑也似乎沒有那麼酷了。

走得舒爽時，不由便大誦起《莊子·讓王》中的句子：「日出而作，日入而息，逍遙於天地之間，而心意自得，吾何以天下為哉！」意思是，太陽出來了就種地，太陽落下了就休息，在天地之間悠然閒適、心滿意足，我為什麼要為天下操心！一瞬間，顯得那麼自在、得意、逍遙。過一會兒，我卻又覺得自己定力不夠，做不到。

一個人在平原上徒步行走時，時常會邊走邊和自己說話，或和自己頭腦裡的一個形象模糊的人物對話。那個人說出一個有爭議的社會問題，讓我選擇，或回答。我總會對他說：「我的回答就是三個不。」他說：「是哪三個不？」我說：「不反對，不認同，不表態，就是這三個不。」他說：「那你是認為雙方的觀念不可協調嗎？」我說：「對這個問題，我是三句話。」

他說：「哪三句話？」我說：「不同的觀點，肯定能達成共識；但對某個具體的人而言，不確定能達成共識；而對特定的某人來說，和他一定無法達成共識。就是這三句話。」他說：「這⋯⋯你得讓我好好想一想⋯⋯好好想一想。」

季夏好吃的東西有伏羊湯。

抓湖灘裡兩、三歲的成年公羊，凌晨出露水時，在黃河故道邊的沙土地上宰殺，去皮、角、蹄和內臟，砍成兩半，肉質深紅，摸起來無水分、彈性大。這時，屠夫去忙別的，不再管羊肉的事，羊肉就攤在露水地裡，吸收一些天地的氣息。

天亮前羊肉已送到城市的羊肉店裡。這時羊肉店便開門迎客了，但當日羊湯用的羊肉，只能是前一天送來。客人要一碗羊肉湯，是清水的，也必須是清水的才好吃。店家把煮熟切好的羊肉夾一些在漏勺裡，在滾開的羊肉原湯裡滾一滾，撈起來，倒進大碗公裡。又手撕一把粉條在漏勺裡，也在滾開的羊肉原湯裡滾一滾，撈起來甩甩水，倒進大碗公裡。又夾一些當地特有的黃豆餅，一元硬幣大小，鮮黃得可愛，也在羊肉原湯裡滾一滾，撈起來，倒進大碗公裡。再舀一滿勺原湯，倒在碗裡淹沒那些肉和菜。這樣，一碗羊肉湯就做出來了，送到客人的桌子上，給客人享用。

但這一碗羊肉湯，只是具備了伏羊湯的基本元素，還要有一些最佳配料，才真正爽口、好吃。羊肉湯送到桌上，客人可到砧板處，自取洗淨切碎的香菜，根據自己的喜好，拿多或拿少，撒進湯碗裡，伏羊湯的香鮮氣便有了。桌上還有一碗用羊油和辣椒製成的辣油，半固體，紅通通的。用小勺挖一些放在湯碗裡，用筷子攪拌開，這時碗裡的清水羊湯，立刻變成一碗紅油辣湯。把嘴湊上去吸一口，臉上的汗就下來了。真是鮮香無比！

羊肉店門外，有賣油酥燒餅的。客人吆喝一聲：「來兩個油酥燒餅。」

油酥燒餅馬上就被送來，油晃晃的，芝麻焦黃。把油酥燒餅對折，大口吃羊肉，大口喝羊湯，大塊咬油酥燒餅，出一身熱汗，也就百病全消了。盛夏伏天，大碗喝羊肉湯，是一種以熱攻暑的方法，用羊肉湯的暖熱，把身體裡的虛毒逼出來，使心情敞開、身體強壯。

這個月，在非保護地裡生長的西瓜、香瓜、小瓜、菜瓜等慢慢下市，各種梨果開始逐漸上市。早上出門，從小巷走過，看到瓜農的手扶拖拉機停在牆下，就想多買幾個西瓜帶到樓上去。一來可以連續吃幾天不用下樓再買，另外，天氣悶熱，希望能用這種方式，讓瓜農早點把瓜賣完，早點回家休息。上前隨口一問，才發現西瓜漲價不少。一方面是因天氣依然酷熱，另一方面，瓜田裡的西瓜，已經快過收穫期了，這一年的西瓜季，就快結束了。於是買了六、七個大西瓜，分裝在三個袋裡，請瓜農幫忙抬到樓上。瓜農的老婆則留在瓜車旁看瓜。

這個月是夏季的最熱月，宜在僻靜無人處以拳捶牆，以腳跺地，撒潑痛罵，縱情宣洩難耐的酷暑。

這個時節應該對家人更寬厚點，包容他們小小的過失，耐心聽他們說話，哪怕是一些不怎麼入耳的話，等時過境遷了再找機會指出或更正。要知道，家庭事務永遠要抓大放小，而在家庭事務中，又永遠沒有大事，只有小事。

曾經在這個月，我跟著裹小腳的大姨，清晨從平原上一個濃蔭匝地的村莊出發，翻過那座叫山頭的一片淺山，到山頭後面一個叫王溝莊的姥姥家去。大姨的小腳看起來很難走路，但她走得並不慢。那時的我只是一個孩子、一個少年，我一點都不懂為什麼大姨要把腳裹成小腳，也忘記要去詢問一番，只知道那是歷來如此和本該如此的，從我見到大姨的第一面時，就是如此了。

　　過了山頭就是王溝莊了。有一條大河、一條小河，還有一大片河邊的蘆葦溼地，圍繞著姥姥和大舅的那個村莊。到姥姥和大舅家後，我馬上就能光著腳，到大河裡游泳，到小河裡遊玩，到小河邊和水草蘆葦地裡釣魚。這個月，是孩子們一年之中最後，也最能縱情瘋玩的時節了。到了秋天，孩子們從裡到外，從心性到身體，都要收斂起來了。

　　這個月的野泥鰍已經很肥了，用多種方法可以捉到牠們。一種方法是釣泥鰍，就是用魚鉤來釣。另一種方法，是用籠子捉泥鰍：傍晚放些誘餌在籠裡，把籠子的一頭塞住，放在淺水裡即可。還有一種方法，是挖泥鰍：找一處剛退水的泥灘，用泥做一圈小水壩，用臉盆把壩裡很少的水舀乾，就可以開挖了，從泥灘的一端挖起，兩手筆直地插入泥裡，再全翻過來，就能看見泥鰍在泥裡鑽來鑽去，這時把牠們拾起扔進身邊的臉盆裡即可，一直把泥壩裡的泥全部翻過一遍，幾個臉盆裡就滿滿地都是泥鰍了。

　　第四種捉泥鰍的方法，是下竹籠。傍晚時把竹篾做成的籠穿上蚯蚓，拴上細繩，下到蘆葦灘、蒲草灘、水草灘或較陡直的淺水裡。第二天早晨，天還沒亮時，就去收這些籠。這時聽得到遠處的樹林裡有晨鳥的啼叫，還有黃牛吃草的聲音。夏蟲一般都是晚聚，牠們清晨起得晚，因此早晨的蟲鳴聲比較少。快走近水邊時，腳步踩在地面的震動就傳到水裡了，因此淺水和水草裡撥起很多水花聲，那是因貪吃被卡住的泥鰍驚慌失措的掙扎聲。到了水邊，把一個個籠拿起來，放進臉盆裡，不一會兒臉盆就被泥鰍占滿了。

　　整個夏天，陽臺上的米蘭基本上會一直開花，不過暑熱達到頂峰時，它們也會稍稍休息些時日。從仲春開始，米蘭就可以出屋了，它們在陽臺的陽光下生長，會事半功倍，早早開出花來。大致跟茉莉、白蘭、含笑一樣，米蘭需要較強的光照和較高的熱能，只有較強烈和長時間的光照，以

及較高的溫度，它們才能花開不斷、香飄不息。

　　米蘭長出的花苞，小小點的，魚卵或小米般大小，起初是青果色，成熟時就變成了黃橙色，鼓鼓囊囊的，像極了小米的樣態和形狀。人從外面回到家裡，嗅到一股香氣，脫了衣服，洗了澡，出了浴室，穿上新衣，身心一頓放鬆。這時，又聞到一股香氣暗自襲來，卻不知香氣來自何方。開了陽臺門，整個陽臺這時都很香呢！原來米蘭花期開始了。暫且把米蘭搬進屋裡，不讓它的香氣浪費，讓屋子裡到處都瀰漫著米蘭的香氣。

　　北邊的小書房裡掛著自己臨的一幅米蘭畫，推門而入，便見花開數枝，香盈斗室。想要保留農耕文化鄉愁的家庭，依然會大致遵循山水為上、花木次之、人物棄絕的原則，只在居室的牆面掛山水和花木畫，並植竹、養蘭，以潤澤天性、頤養身心。

　　這時節孩子們都在玩蟋蟀。這也是紅辣椒開始大量成熟的季節。孩子們夜晚帶著手電筒、小紙筒和蟋蟀草，到城市的老街、小巷和磚瓦堆附近，他們側耳傾聽，聽到那種甕聲甕氣或雄壯粗沉的叫聲，就知道有善鬥的好蟋蟀了。他們循聲找到老磚牆的牆縫，手電筒一照，就看見一隻翅膀油亮的蟋蟀，正摩擦著翅膀，響亮地叫著呢！孩子們用手電筒照牠，再用手裡的蟋蟀草慢慢把蟋蟀撩到牆縫外，小心地用兩隻中間空的手掌圈住牠，讓牠鑽進紙筒裡，就可以帶回家，放在泥做的無把杯裡養了。

　　孟秋的到來總是讓人心生快意的。

　　這個月，人會徒生感恩之心，並產生無以回報之慨。

　　立秋這一天，無論陰雨晴暖，我總會挑一本書，今年這一本是《考工記》，泡一杯荷葉茶，到西邊的房間，面朝西偏南的方向，坐在椅子上，讀上半天。現在太陽已經向赤道方向回歸了，天氣的熱度下降，陽臺和飄窗裡夏天陽光照晒不到的地方逐漸又能照晒到了，這些地方在冬至節氣到

來之前將一直都照晒得到。雖說是讀，但往往只是半讀半想，有時候沉湎於冥想，有時候和自己腦袋裡的一個影子對話，有時候做白日夢。

沙土地裡的花生可以收穫了。花生種植連片、面積大些的地塊，早晨要帶一兩架犁去，犁在前面把花生犁出來，後面的人蹲在地上，把花生連果實帶花生秧裝進糞箕裡，背到田地兩端，用車運回村裡。由於花生地一般種植面積不大，因而收穫花生時，多數情況下要用人工去拔。三五個人到小塊花生地邊，放下板車，從田地兩端開始，一人負責一趟，蹲在地上，往前挪著拔，連花生帶秧子。拔到頂端以後，再回過身來，把花生和花生秧抱到田地兩端，攤開來晒，再去拔下一趟。直到把一塊地的花生全拔完，幾個人才回到田地兩端，坐在地上，喘口氣，把帶秧子的花生都裝到板車上，運回村莊。

孟秋是芝麻開花的季節。芝麻有一根主幹，主幹上打滿了花苞，開花的時候，芝麻先從下面開起，一層層往上開，正如那句歇後語說的：芝麻開花──節節高。芝麻屬旱糧類，在田邊、田地兩端、河坡等的小地塊都能種。現在已經很少有農家大面積種芝麻了。一家一戶的，在一些零散的地塊種點芝麻，到冬天拿到集鎮上的油坊，磨點香油出來，裝在玻璃瓶或塑膠桶裡，可以供自己家裡食用，或送給住在城裡的兒子、女兒，讓他們放心食用。

這個月，水果中的早熟品種開始陸續上市。這時候，要做好充分的準備，準備在這一年即將到來的秋季裡一飽口福。街角一些叫什麼什麼果園的水果店，已經開始把剛應市的水果擺放在人行道旁醒目的位置上了，有葡萄、酥梨、蘋果、奇異果、紅棗、石榴等等，整個平原上，水果的香氣逼人。這時到黃河故道真正的果園去，只見道路兩旁的果樹上果實纍纍，都用紙袋套著。有些果實太多的樹枝，下面用木棍支撐著，以免果枝折

斷。果園裡的收購處，裡裡外外堆滿了水果，許多女工坐在小板凳上，把大小不等的果實，分裝到不同的水果箱裡，送往世界各地。

從這個月開始，大秋作物陸續收穫。農人進入秋忙時節。有些農村的學校開始放短暫的秋假。

玉米和馬鈴薯、番薯一樣，都是明清時期先後引進的糧食作物，這些栽培作物的原產地也都是南美洲。由於產量高，玉米在整個華北平原的種植早已普及。玉米也分春玉米和麥根玉米兩種。麥根玉米是麥收成後接著麥根種的玉米。春玉米就是春天小麥還在返青拔節時播種的玉米。在淮北地區，春玉米一般在杏花成形的時節播種。

我們知道，淮北地區春玉米種植的季節，大概在春天的三月。當然這裡所說的三月，不是農曆的三月，而是西曆的三月。這個季節，還是比較早的。往南過了淮河，玉米的種植逐漸大幅減少，但淮南及江南的山區則常見，甚至到嶺南山區，到雲貴高原的山區，玉米也這一塊、那一片地生長著。往北到黃河中下游平原，玉米的種植面積，則和淮北一樣多。

春玉米種得早，等冬小麥成熟收割時，春玉米已經有半公尺高了，嫩青嫩青的，和漸黃的冬小麥形成鮮明的對比。冬小麥收完後，有一段時間，田野裡由春玉米扮演主要角色，能一眼就進入視野的莊稼，也就是青翠一片的春玉米了。幾場雨後，玉米快速地拔節生長，雨後站在青蔥的玉米田兩端，側耳聆聽，能清楚地聽到玉米拔節生長的聲音。它們的個頭長得很快，兩天不見，就長得比一個人高了。

盛夏時節最惱人的農活就是打玉米葉。玉米越長越高，越長越壯，也越長越密，如果不及時把下面的玉米老葉打掉，玉米田裡通風不好，蟓蟲大量繁殖，就會影響玉米開花、結實。但打玉米葉不是力大健壯者們的事，壯士們不屑做這種不需要太多「力氣」的工作，於是這些都派給婦女

和勞力較弱者做。

天氣酷熱，婦女和勞弱者背著糞箕來到玉米田地兩端，一人分兩趟玉米，啪啦啪啦地打起來，人很快就看不見了。站在田地兩端，只能隱隱約約聽見打老玉米葉的聲音，怎麼看都看不見人。糞箕都扔在田地兩端，糞箕裡放著荷繩，以備捆紮打下來的玉米葉。

打玉米葉雖然不是重活，但特別讓人難以忍受。玉米葉長得密，盛夏酷暑，鑽在密不透風的玉米田裡，人汗如雨下，玉米葉又刮皮膚，做一趟下來，手臂上、臉上、脖子上，都是紅紅的血印，又被汗所觸碰，又疼又癢。偏偏玉米田裡螟蟲特別多，弄得人一身麻酥酥的，衣服也早已被汗透斑駁了。

天快黑時，人們漸次走出玉米田，把堆成小山一樣的老玉米葉拚死盡可能地用力綁成小捆，然後撅腚弓腰，背著比人大出好幾倍的玉米葉，一步一步艱難地回到村裡的牛屋前。當天的報酬是以打下多少玉米葉來計算的。稱過重量以後，玉米葉就被倒在牛屋門前越來越大的一堆葉子上，它們是牛的飼料。

此後，婦女們趕緊回家燒火做飯。男孩子就到村莊旁邊的小河或池塘裡洗澡。壯年男人也陸續來到小河或池塘邊，他們脫光衣服，赤身裸體，然後站在淺水裡，講一些髒話，把身上的泥都搓到水裡去。天完全黑了以後，小河或池塘裡洗澡的人，漸漸就沒有了。到最後一個人也沒有，小河和池塘邊就徹底安靜下來了。這個世界就完全留給田野裡的植物、動物和昆蟲了。

春玉米初秋開始收穫。夏玉米，也就是麥根玉米，即收過小麥以後播種的玉米，要仲秋或暮秋才能收穫。以前收玉米，是用人工掰玉米棒的方式，到玉米田裡，一個個把玉米棒掰下來，玉米的秸稈則留在地裡。收玉

米的人都帶著大籃子，用來裝掰下來的玉米棒；或用一塊結實的粗厚布，方形的，四個角綁上繩子，平鋪在地上，等玉米棒放滿了，把四個角的繩子抓起來，就是個很好的容器。

籃子或厚布裝滿了，自然有人來把裡面的玉米運到田地兩端去，集中起來，用馬車、牛車，或用架子車（板車），拉回村裡的晒場上。秋天雨水較少，晴朗的天氣多，因此攤在場上的玉米碰到大雨侵蝕的情況不多，比較容易順利地晒乾。晒得半乾的玉米棒，有一些把玉米皮扯過來，綁在一起，掛在農房外面的屋簷下，掛成一排，黃燦燦的，繼續晾晒，成為鄉村一道樸素的風景。這樣的玉米可以一直掛到第二年春天，那時，要麼把它們拿下來吃掉，要麼把它們當成種子，種到地裡去。

大部分玉米卻要脫粒。玉米脫粒十分困難，在沒有脫粒機的年代，農人只好用手工脫粒。他們先發明一種從玉米棒上脫下一排玉米粒的工具。找一塊結實的長條形硬木板，靠一頭釘一根粗鐵釘，鐵釘要從下面斜釘上來，穿過板面，露出一定的釘尖。需要脫下一排玉米粒時，農人把玉米棒壓在木板上，一頭對準鐵釘尖，用手掌往前推動玉米，玉米粒經過鐵釘尖時，就被推下來。然後，再用兩手各拿一個脫下一排玉米粒的棒子，用力搓動，讓它們相互扭擠，最終把玉米粒從棒子上全部脫下。

脫下的玉米粒堆在木板附近，累積到木板快被淹沒時，就用一種高粱秸編成的簸箕，把玉米粒撮到簸箕裡，端到院子的平地上，倒在地上，給太陽晒。晒過幾天太陽後，玉米粒已經乾焦了，這時拿回家，放到一種用蘆葦編的摺子裡，就可以存放較長時間了。

孟秋要去平原上徒步行走。

平原上瀰漫著各種作物成熟的穀香和果香，也充滿了各種誘惑。你只要從道路上轉彎，彎到農田或果園裡，就有無數美食擺在你面前。你可以

在果園吃到飽，只要你有肚子裝，不會碰到有人怪怨你把水果吃掉。你到田地兩端摘幾個正在晾晒的花生吃，吃得滿嘴白沫，農人會丟過來一把果實大而飽滿的花生，還勸你再多吃點。你從瓜園經過，看見瓜園正在拉秧，秧子上還有一些黃澄澄的小香瓜，真是可惜，趕緊去摘下來，用手擦擦，吃起來，瓜農笑你偏挑到個小、不太熟的，又到瓜棚邊挑了幾個大的送給你吃。

這個月宜心境放鬆、輕快，宜在原野上疾走或奔跑。在無人看見的地方，一邊奔跑，一邊盡量伸直手臂，把雙手伸向天空，好像在乞求什麼，又好像要擁抱什麼，又好像在呼喚什麼。總之，要放鬆心情，要釋放些什麼。

這個月，又適宜坐在大平原的一個土坡上吹口哨。要盡量吹得婉轉些、尖細些、粗獷些、厚重些、粗糙些。逐漸送走惱人的酷暑，也忘卻秋老虎的存在。

初秋時節，平原集鎮上的牛馬市逐漸復甦了。農人在牛馬市交易牛、馬、驢、騾。不過，牛馬市並不僅限於交易牛、馬等大牲口，也交易豬、羊等家畜。

牛馬行裡的交易人員大都是中老年男人，因為只有中老年男人才更有經驗，才有本事把買賣雙方撮合成交，又能讓買賣雙方都皆大歡喜、心滿意足。他們相互捏著對方的手指，用衣袖擋住，或用一把芭蕉扇遮住，用手指分別跟買賣雙方談價錢，這樣就不用說出話來而洩露商業機密，如果交易中的馬或驢直挺挺地伸出了性器官，他們還會欣賞地指點，說：「看看，這傢伙，硬著呢！硬著呢！」「硬」是個雙關語，一方面是指馬或驢的生殖器正硬著，另一方面，是暗示這頭牲口身體好。

平原鄉村集鎮邊的牛馬市，有著濃烈的農耕文化氣息。那裡最不缺少

的，就是牲口家畜、牛屎馬尿、木椿木棍、席地或倚牆而坐的農人、土話土語、磚頭瓦片和豬臭羊臊的動物氣味。在集鎮的牛馬市裡，也最容易讓人想起莊子和東郭子的對話，甚至連氣味都是吻合的。

東郭子問莊子：「所說的道，它在哪裡？」莊子說：「無所不在。」東郭子固執地說：「見到實物我才認同。」莊子說：「好吧！在螻蛄和螞蟻身體裡。」東郭子說：「為什麼在那麼卑賤的東西裡呢？」莊子：「嗯，那就在稗子那類雜草裡吧！」東郭子氣得簡直要跳起來：「為什麼在更卑賤的東西裡了？」莊子說：「在瓦片磚頭裡。」東郭子說：「為什麼越來越卑賤了呀？」莊子道：「在屎尿裡。」東郭子氣得不跟莊子交流了。

莊子說：「先生的問題，本來就沒有涉及本質。官長向市場管理人員了解踩豬腿的用意，原來越往豬腿下面踩越容易知道豬的肥瘦。你不必鑽牛角尖，沒有事物能夠脫離道。大道是這樣，大言也是這樣。周全、周遍和全部這三種表述，名稱不同，實際相同，都是對道無所不在的描述。」

莊周舉的這個踩豬腿的生活現象發生地，很可能就是類似後來平原鄉村的牛馬市。如果真是這樣，那兩千多年前，牛馬市這類的市場，就存在於黃淮平原的大地上了。

這個月夜來香仍然開花，還似乎比夏天開得更熱烈，它細長的花苞長得更豐滿，它釋放出的濃香也似乎更醇厚。夜來香的花晝收夜放，每當夜幕降臨，它就打開花瓣，釋放出較為濃厚的香氣，因此得名夜來香。

有幾年，我種植的花草比較多，有一、兩百盆，引來一些蚊蟲，這是養花種草必須要付出的一點小代價。但是自從園子裡養了幾盆夜來香以後，家裡的蚊子幾乎沒有了，想必夜來香釋放的香氣，有驅趕蚊蟲的功效。不過夜來香養在室外最好。養在家裡就要謹慎點，畢竟它的香氣有較大的刺激性。

這個月，是無花果最猛烈結果的時期。經過一個夏天的束縛和委屈，無花果似乎也要盡情地釋放，也要把累積的能量，透過果實呈現出來了。

無花果葉片下的果實，起初一點點、青綠色，像母雞肚裡剛剛形成的卵，好多個緊湊在一起。可是過兩天再去看，那些綠色小點點的卵都膨脹起來，鼓鼓的，裡面的內容物像是要包裹不住了一般。再過兩天，早晨起來去看，那些卵都長得像雞蛋那麼大了，有的還已經暈出了腮紅，近日即可成熟了。

再過兩天去看，無花果大都皮紫面紅、小嘴咧開，第二天就能採摘品嘗了。可是第二天早早起來到園子裡去看，卻傻眼了，那些最大、最紅、最甜的無花果，被起得更早的小鳥一個個都啄了幾口。小鳥們可真會挑選，沒紅透的牠不啄，可是，紅透了的，牠每一個上面只啄幾口，這讓人也無法吃了呀！不過，心裡並不責怪小鳥，種這些花花果果，不就是給人看、給人吃、給鳥看、給鳥吃的嗎？人吃也是吃，鳥吃也是吃。圖個快活就好了。

孟秋這個月，應該對家人有更多欣賞。要看到他們的收穫和進步，鼓勵他們的拚命和一往無前，稱讚他們，哪怕只是零星的收穫。意見相合時，聽我的；意見不合時，聽他或她或他們的。吃飯時要對伙食讚不絕口，回到家中要能敏銳地發現家中的潔淨和煥然一新，並及時給出誇張的讚嘆聲。

這個月開始想讀更多的書了。到書櫃那裡，拿起一本書，像是第一次見到它，覺得那麼新鮮、那麼好，必須要讀一讀它了！又見到另一本書，又覺得好，又覺得必須要補一補課了，因為秋天已經到了，我們的心理動機暗地裡已經調整了。又見到一本書，還是覺得好，也必須要放在手邊讀一讀了，心裡反覆地想，怎麼也不能錯過這個讀書的季節了。

把瞬間發現的這一疊書都搬到寫字檯邊，倒一杯白開水，任由西天的陽光從窗簾裡透進來。但是前幾天放在筆架上的一片無花果葉子掉下來，掉在茶杯裡，白開水變成了無花果葉子茶。就這麼驚訝地張著嘴坐著，手裡捧著書，不一定真讀，看著乾了的無花果葉片，在窗簾透進來的陽光特寫下，在白開水裡慢慢舒展。這樣子就適合秋天了，就是對秋天的致敬了。書不一定真讀，只是一種心靈的儀式。

傳統貼秋膘的日子到了。快中午時，到菜市場買一塊乾爽的肥牛肚，在清水裡洗一洗，稍微抹點鹽搓一搓、揉一揉，去除肉腥味。再沖洗乾淨，放在鍋裡大火燉煮。八分熟時撈出牛肚，切成糕點大小的條或塊。另用大口鍋，加入原湯和清水，放入切成條或塊的牛肚，再加入八角、桂皮、橘皮、大蔥段、大蒜瓣、薑塊、冰糖、枸杞、白蘿蔔塊、石斛、醬油、鹽。燉熟出鍋，用深鍋盛裝，澆點醋，淋幾滴小磨香油，撒些香菜碎葉。餐桌上有燒酒侍候，家人聚餐，或夫妻對飲。一日復一日，秋天就會變得結實而爽快。

雞冠花開起了紫紅色的花，在一戶人家的西牆邊。它開得真是灑脫和無所顧忌。美人蕉開花也十分潑辣，甚至都有點粗獷豪放的味道了。這兩種花，都適合開在原野裡，或原野與村莊接合的位置。它們與原野之間，有一種天然的搭配。

這個月，拂曉時分的鳥啼聲，有了些蒼茫的氣息。在林蔭道裡散步的人，漸漸地，也只能聽到寒蟬的嘶嘶叫聲了。

田野荒坡上的乾牛屎附近，有兩個黑色的蜣螂，分別在往兩個方向推糞球。牠們有點你爭我搶的味道。有一個蜣螂往下坡推，牠推著推著，就和屎球一起滾到坡下，消失在草叢裡不見了。另一個蜣螂往坡上推，牠起初推得很艱辛，但推著推著，草坡就變得平緩了，牠把屎球推到草坡的最

高處，就和屎球一起滾到草坡的另一面去了。

　　草坡的一個窪地裡臥著一頭水牛母親，牠在反芻，顯得很穩重。母牛旁站著一頭小水牛，毛色有點淡黃，還不像成年水牛那麼黑。小水牛看著遠遠走過來一個人，牠有點拿不準，於是回頭看看母親。母牛一直在反芻，是見多不怪的那種表情。小牛還是拿不準，牠一會兒回頭看看正在反芻的母牛，一會兒回頭看看正在走近又走過去的那個人。

　　現在，水牛吃草、蜣螂推屎球、一個人從附近走過，這些畫面能夠同框的機會，越來越少見了。原野上各種動物的糞便越來越少，推糞球的蜣螂也就越來越難得一見。

　　仲秋的到來總是讓人心生舒適的。

　　白露這一天，無論陰雨晴暖，我總會挑一本書，今年這一本是《天工開物》，泡一杯銀杏葉子茶，到南邊的房間，面朝正西的方向，坐在椅子上，讀上半天。現在太陽更向赤道方向回歸了，地球北半球氣溫越加下降，陽臺和飄窗裡有更多地方能夠照晒到陽光，太陽升起時北邊的窗戶逐漸照不到朝陽了，太陽落下時北邊的窗戶也逐漸照不到夕陽。雖說是讀，但往往只是半讀半想，有時候沉湎於冥想，有時候和自己腦袋裡一個古代善占卜的人對話，有時候做白日夢。

　　這個月要收穫高粱了。高粱在黃淮平原越種越少了，現在想見到大面積種植的高粱，已經十分困難。作為雜糧，高粱大概多用於釀酒。以前各地有許多打著高粱名號的白酒，高粱應該是這一類酒的主要或特別的原料。高粱磨成粉，單獨做成死麵餅，是一種深紅的顏色，粉倒是滿細，但總是沒有小麥粉做成的香甜。高粱粉也可以和小麥粉等混合在一起，做成死麵餅或發麵饅頭，這樣的雜粉饅頭，現在賣出的價錢，比單純小麥粉的饅頭，要高出許多。

高粱大概有兩種顏色的果實。一種是深紅色，這種顏色十分顯眼，紅高粱的名號響亮，就是根據它的顏色來的。另有一種高粱，果實的顏色是青綠色的，這品種種植得較少，不是很容易看到。有一種高粱的莖，細長高挑，夏天高粱長起來後，身高最高的人走在高粱地裡，也見不到人影。高粱的果實聚結在秸稈的頂端，尚未成熟時，它的果實向著天空，一旦成熟，它的果實就低垂向下，顯得果實纍纍的樣子。還有一種高粱，莖不是很高，它的果實在秸稈頂端聚成紡錘狀。

高粱是一種地標式的作物。它的生長南界在秦嶺、淮河一線。秦嶺和淮河，是中國中東部自然地理的天然分界線。淮河、秦嶺分南北的概念，是二十世紀初的中國地理學家提出的。高粱生長的南界在秦嶺、淮河一線，這個意思就是說，在自然氣候條件下，高粱最適宜的生長區域，是在秦嶺、淮河以北。

一般情況下，在秦嶺、淮河以南生長的高粱，產量和品質相對而言都會差很多，甚至無法形成商品性。淮河以北的平原地區，才是高粱快樂成長的天然家園。同樣以秦嶺、淮河為界的動植物，還有烏龜、竹子、橘子、茶樹等。隨著時間的推移，現今中國中東部自然地理實質分界線，已經大致北推了一個緯度，即一百一十公里左右，到達徐州、鄭州一線。這樣的氣候變化，對人類的生活、農作物的生產及管理，都會產生較大影響。

這個季節，平原上，曾經漫天遍野的黃豆，也該收穫了。

在先秦的典籍裡，把豆稱作菽，將其列為五穀之一。所謂「五穀」，一般指的是稷、黍、麥、菽、麻。稷是小米，稷起初與粟同物異名，後來才成為廟堂用詞，稷也是五穀中最重要的糧食作物，其起源地一般認為在黃河流域；黍是黃米，或去皮後叫黃米；麥是小麥；菽是大豆；麻是大麻

子，也是古代食物之一。後來民間素有「五穀雜糧」之說，把五穀與雜糧並列，也有將五穀歸於雜糧一類的意思，說明人們對糧食的概念發生了變化。

菽曾經是大豆的專名，漢朝以後叫豆，菽又成為豆類的總稱。大豆的原產地為中國，但起源為中國北方還是南方尚有許多爭論。如果是北方的話，則可能由中國東北傳至黃淮流域，再由黃淮流域擴散至長江流域。另有多中心說，指出大豆可能在黃淮、東北、南方多個地區同時起源，然後向四方擴散。

二十世紀大豆在淮北地區又稱黃豆。一般西曆六月上旬小麥收割以後，就開始種黃豆了。種黃豆也像種小麥一樣，是用耙子整平的，這樣黃豆出苗時，成行成壟，便於收割。

黃淮平原上季節的變化，現在大多是以大面積農作物（莊稼）的替換為依據。整個春天都是宿麥 —— 即冬小麥的天下。從西曆四月分開始，小麥逐漸從青綠、深綠演變為老綠、淺黃、嫩黃、金黃和蒼黃，這段時間持續較長，因此在人們的印象中，田野總是一片黃的。麥收過後，平原有一段斑駁期，既有樹葉的深綠；也有春玉米的鮮綠；又有水稻的明綠；亦有野草的雜綠；還有少量小塊油菜花的殘黃。

黃豆出苗後，整個大平原就成了一片嫩綠的海洋。因為黃豆的種植面積大，每一塊地的面積也很大，所以看起來黃豆地的嫩綠就成為盛夏平原上壓倒性的顏色了。暮夏初秋，黃豆已經長有半腿高了，黃豆地裡的蟈蟈也長大了。蟈蟈總是蟈蟈地叫著，它們喜歡高溫和太陽，太陽越晒得冒油，它們過得越舒坦，叫得越響亮。

正午時分，從杳無一人的田野走過，能聽到蟈蟈相互比較般叫成一片。聽到人的腳步聲，牠們戛然而止，停止了歌唱。可是牠們又耐不住寂

寞，腳步一停下來，又無比歡暢地唱起來了。淮北當地叫蟈蟈為油子或叫油子，牠們都有一個大肚子，肚子裡都是籽，也就是卵。有時小孩或年輕人嘴饞，就去黃豆地裡抓幾隻蟈蟈，在荒草溝裡拔幾把荒草，點火把蟈蟈烤熟，你爭我搶地把烤得焦黃、香噴噴的蟈蟈分了吃掉，十分享受！

一到傍晚，鄉村的天氣立刻就清爽了幾分。騎腳踏車在大塊大塊黃豆地中的乾土路上穿行時，清涼的風吹在身上，因為沒有較高的莊稼遮掩，遠處的村莊都一目了然，十分舒爽、愉快！

在那種情境裡，在土地上生活著的人，能明確地感受到一種生命的存在、萬物的存在、天地的存在和自己的存在。

不言而喻，人生活在天地萬物之中，是天地萬物的一個組成部分。人從內心感激的是天地萬物；是承載養活自己的土地；是周邊的栽培作物；是人類的農作智慧；是周圍平衡而和諧的所有事物。栽培作物並沒有斷崖式地改變事物的內在規則，而只是和風細雨地順應了事物發展的可能方向，因此這種「改變」是能夠被天地萬物所接受、能夠為人類的社會倫理所容納的改變。

仲秋會有秋分節氣到來。秋分這一天，白天和夜晚等長。過了秋分，北半球的夜晚就一天比一天長了，人們睡眠的時間更多，昏暗的光線使人壓抑，人們用於工作或交往的時間也更短，更傾向於回歸家庭、收斂身心，工作的自然環境也越來越不友好。

仲秋應該對家人更慈厚些，形成一種寬厚的愛意磁場，讓家人無形中就能感受到一種慈愛、踏實和溫暖，讓家人有深厚的歸屬感。這個時節，也應該對社會更寬厚，認可大端緒，包容小過錯，盡量著眼宏觀，和諧中正。這個時節，社會也應該更豐厚涵納，慈養並收，呵護有加。

這個月宜心境悠然、狀態逍遙。這個月胸有成竹、足跡輕快、做事踏

實，可充分享受一年中心境最平衡厚實的季節。這個月沒有衝動，也沒有頹廢；沒有掙扎，也沒有偏激；沒有強迫，也沒有隱忍；沒有怒吼，也沒有呻吟；沒有躲避，也沒有逃亡；沒有增一分則盈，也沒有減一分則損。這個月又宜帶家人或友人出遊，登高望遠、品茗遊戲；踏秋草而追逐，臨河岸而歌行；遙憶消逝的歲月，暢享眼前的親情。

這個月，我家園子裡的冬瓜成熟了。這幾棵冬瓜不知道是從哪來的種子。春天土裡長了幾棵苗，看起來像西瓜苗，又或許是瓠子苗，知道它們結不好，還占地方，吸收地的肥力，就打算把它們拔了丟掉。可是卻被家中地位最高者制止了，於是只好聽她的，任由它們生長，長大了看看到底是什麼蔬菜。

它們很快就長大，莖葉粗大；又很快攀爬，爬到枇杷樹、山楂樹、架子上；又很快結果，結出一種毛茸茸的青果，也不能確定是什麼。又越來越大了，很快長成橢圓形，原來是冬瓜，這時已經認出來了！但它們把地力也吸得夠猛烈。它們每天都需要大量的水和肥，這倒也怪不了它們，它們也必須要猛烈地吃喝，來供應那幾個果實長大。到了秋天，果實已經結得巨大了，得用粗繩子把它們吊住，才不至於壓斷樹枝和棚架。收穫時用秤稱一稱，最大的有三十多斤，小的也有十幾斤。冬瓜的生命力和適應力，真的很強。

仲秋到平原的村莊附近，發現村裡村外的南瓜都已經成熟了。農民都是利用閒地的高手，他們隨手在路邊、坡角、牆角、柴屋外、大樹下、舊牆框裡、豬圈旁、荒草叢裡種下的南瓜種子，從夏到秋，都能大大小小結出許多南瓜。秋天的南瓜，看起來老黃老黃的，在秋陽下懶洋洋地晒著，煞是喜人。想拿它們來蒸或煮，都甜得不得了。

這個月，隨便種在各處的葫蘆種也結了許多。夏天葫蘆嫩的時候，可

以切成絲，炒來吃。葫蘆絲吃油，炒的時候，要多放點油。放豬油最好，最香、最肥厚，吃到嘴裡，最過癮。炒葫蘆絲最好放些辣椒，有點微微的辣味，不會凸顯素菜的單調和寡淡。葫蘆秋天老了，就只能從中間剖開，做瓢使用，或做一點消遣的玩意。

用葫蘆做瓢，稍大的和中型的，可以用來舀水。如果用太大的葫蘆做瓢，舀滿水分量太過，容易把瓢弄斷；而如果太小，又要反覆舀多次才夠用，效率不高。瓢不僅僅用來舀水，還能舀粉。把瓢放在竹器，或裝粉的器物裡，需要麵粉時，就到竹器裡，用瓢舀一些。葫蘆是能夠食用的植物果實，與人吃的麵粉、喝的飲用水不相衝突，因此可以放心使用。

仲秋時節，村頭人家院裡，有位老媽媽用碓窩子舂玉米，想必是打算晚點給家人做玉米稀飯喝的。這種往日鄉村常用的器物，現在用的人已經比較少了，但它滿滿都是農耕的味道。

我想起《莊子‧逍遙遊》裡有個故事，蜩與學鳩笑之日：「我決起而飛，搶榆枋而止，時則不至，而控於地而已矣，奚以之九萬里而南為？」聽了蜩與學鳩的嘲笑話，作者評論說：「適莽蒼者，三餐而反，腹猶果然；適百里者，宿舂糧；適千里者，三月聚糧。之二蟲又何知？」

這段話的意思是，蟬和斑鳩譏笑大鵬說：「我們迅疾從地面起飛，快速向榆樹和檀樹上飛去，有時飛不到樹上，那就落到地上就是了，何必要飛到九萬里高空向南飛呢？」於是作者評論說：「到郊外去，準備好一日三餐，返回時肚子還飽飽的；到百里遠的地方去，就要連過夜的糧食都準備好；到千里以外的地方去，就要把用三個月才準備好的糧食都帶上。這兩個小東西又知道些什麼呢？」

宿舂糧，雖然不能說最早沒有夜裡準備並加工糧食的意思，但這只是人們說話簡約的一種習慣，意思是抓緊準備，甚至是連續好幾天早起晚睡

地準備；宿舂糧之類的意思發展到現在，已經很難簡單地理解為下班後再準備乾糧的意思了。在口語和書面語中，人們都本能地說話簡約，這或許是為節省資源。

舂，是一套用石頭鑿成的生活用具，用來搗碎糧食，淮北農村叫「碓窩子」，因為現代生活中使用的碓窩子依然是石製的，推想戰國時期的物質文明發展水準，更應該就地取材，用石頭製作才對，因此或可將舂與淮北的碓窩子「混為一談」。碓窩子由兩部分組成：一部分在下，叫碓窩子，用整塊石頭鑿成一個凹陷的容器；另一部分為碓頭，也是石質的，用整塊石頭鑿成一個頭部半圓形的器物，器物對下的部分是半圓形，對上的部分是平面，平面中間鑿一個深洞，加裝一根木棍。加工糧食或蔬菜時，加工者坐在碓窩旁，碓窩子放在兩腿中間，將需要搗碎的糧食或蔬菜放進碓窩子裡，兩手握緊碓頭上的木棍，不斷地一上一下，將突出的碓頭砸進凹陷的碓窩子裡，就能把糧食或蔬菜砸成希望加工成的碎塊或粉末狀。

這個月，平原村莊外的池塘或河灣裡，菱角也成熟了。仲秋的中午，從村莊外的小河灣走過，只見一艘小木盆式的小船，漂在菱葉滿布的水面上。秋陽照射到水面和菱角呈菱形的葉片上，閃閃發光。小船裡坐著一個婦女，頭上頂一塊藍花毛巾，上身穿一件中式碎紅花衣，下身穿一條寬鬆藍布褲，兩手令人眼花撩亂地從小船兩邊的水裡往小船裡撈菱角。正午時分，村外的河灣暖且靜，她的動作雖快，卻幾乎沒有響動，偶爾聽到水嘩啦響一下，定睛望去，那不一定是她撩出的水聲，倒像是魚尾撥出的水聲。

仲秋宜在原野上疾走或奔跑，穿過農田、越過溝坡、躍過水渠、衝上坡頂、滾落草灘，都能尋找到一種生命的快感。仲秋又是一個無所顧慮的季節，春天流淌的汗水已經結晶，酷暑的忍耐和堅持也都有了收穫。這時心裡是踏實的，也是有認可感的，這時的心性是最堅固的。

這個時節，也要清楚地知道：秋天，是時令即將大轉變的季節，對人來說，更要注意福禍的相倚互換。酷暑盡了，爽秋就會降臨。同樣，爽秋降臨了，冬天也不會太遠。瘦弱至極時，就會豐腴；豐盈到頂了，免不了也要收斂。《老子》說：「禍兮，福之所倚；福兮，禍之所伏。」這意思就是說：禍啊！福就藏在裡面；福啊！裡面潛伏著禍端。

這個月，各種野草都結籽成熟了。上午到一片荷塘的塘坡。那條荷塘的塘坡比較寬，上面茂盛地長滿了各種野草。牛筋草長得十分結實、粗壯，它的花莖和花梗也很健壯。孩子們可以拿牛筋草當蟋蟀草，把牛筋草頂端的花梗折下，讓花梗上的纖維毛茸茸地露出來，用毛茸茸的那一端來撩撥蟋蟀，很快就能把蟋蟀撩撥得咬鬥起來。

馬唐草和牛筋草總是長在一起的，也總被人們認為是同一種草。雖然馬唐草長得和牛筋草差不多，但它們之間明顯的區別在於，牛筋草長得粗壯，馬唐草長得纖細。馬唐草也能當蟋蟀草，製作的工序和牛筋草一樣。如果把牛筋草比作社會中粗獷之人的話，那麼馬唐草就是纖細之人。不過，植物各有其進化策略，長成什麼樣子，都有它們各自的精妙和道理。

莎草也長得較健旺，它的花莖是菱形的，一場透雨過後，聚而叢生的莎草，更顯得綠意盎然、生機勃勃。北宋蘇軾寫過一首《浣溪沙·徐門石潭謝雨道上作五首（其五）》詞，詞道：「軟草平莎過雨新，輕沙走馬路無塵。何時收拾耦耕身？日暖桑麻光似潑，風來蒿艾氣如薰。使君元是此中人。」這首詞是蘇軾在黃淮平原上的徐州當官時寫的，平是平齊，莎就是莎草了。

牽牛花從孟秋開始，逐漸大量開放。牽牛花是草質藤本花卉，秋初和仲秋開得最盛，不過黃淮平原南北，開放的時間略有差異。牽牛花的花多是藍中帶白的顏色，也有一些是粉紅帶白的。在有露水的清晨，還有上

午，它們開得十分鮮豔。這個時節，人從鄉間的小路，或通往村莊的道路上走過，能看到它們成片成片盛開的壯闊景象，那時總忍不住要走去路邊，靠近點看它們的熱烈開放，嘴裡則忍不住嘖嘖稱奇一番。如果附近有牆面、籬笆，或灌木小樹，牽牛花就會攀緣而上，從地面一直開到牆上、樹上、灌木上、空中，形成一片花鏈。

　　另有一種打碗花，葉子、藤蔓、花，和牽牛花十分相像，一眼看過去，很不容易分辨。但如果仔細觀察就會發現，牽牛花的花和那種長管的喇叭非常像，因此牽牛花又叫喇叭花。打碗花的花，花柄短、花口較淺、花口大，很像一個口很大的碗，或因此而與碗扯上關係。又據說打碗花的花名源於小兄妹倆吃飯時在院裡追逐，一不小心被角落裡的打碗花花蔓絆倒，把碗打碎了，從那以後，如果有小孩子摘了打碗花回家，當天就不能讓他或她刷鍋洗碗，如果讓他或她洗碗，就會把碗打破。

　　仲秋時節，從堤坡往溼地和淺水邊走，一路上能看到許多不同的事物。長滿野草的窪地裡，水牛正用嘴扯潮溼土地上的青草吃，牠們一邊大口地吃，一邊甩動尾巴、搖動耳朵，驅趕叮咬牠們的牛虻一類小蟲。白色的鷺喜歡停在牛背上，為水牛清理那些讓水牛不舒服的寄生蟲。而蒼鷺則喜歡停在附近隨風吹動的小樹上，牠們有灰有白的身體也隨著小樹的晃動而抖動。

　　淺水邊成片成片倒向一邊並極有畫面感的白花，是荻。荻開起花來，浩然，如雪，又隨風傾向一邊，在茫茫荒灘上，極有震撼力。蘆葦的花略帶些灰、黃。蘆荻則依然高大強壯，它的花也粗壯有力，挺直向上。

　　淺水裡蒲草的顏色已經變得老青了不少，它們結出的蒲棒已經變成了暗紫色，用手摸一摸，毛毛的，很有彈性。顏色和毛毛的手感，是這些蒲草種子即將或已經成熟的象徵，待大風一起，它們就會隨風飛起，它們飄

落的地方，就是它們明年開始新生活的地方，也是物種擴張的地方。

季秋的到來總是讓人心生惆悵的。

寒露這一天，無論陰雨晴暖，我總會挑一本書，今年這一本是《淮南子》，泡一杯番薯梗子茶，到南邊的房間，面朝西偏北的方向，坐在椅子上，讀上半天。現在太陽更向南半球方向漂移了，地球北半球氣溫也要越加下降了，陽臺和飄窗裡有更多地方能夠照晒到陽光了。雖說是讀，但往往只是半讀半想，有時候沉湎於冥想，有時候和自己腦袋裡小時候的自己對話，有時候做白日夢。

秋天的這最後一個月，是大量收穫番薯的季節。以前，如果決定要收一塊地的番薯，這天一大早，人們都會跑到那塊地裡，集中收穫。在平原上，地塊都很大，有時候整片近千畝，一整塊田地種的也都是同一種作物。

到了田地兩端後，先出一批婦女，一人一田埂，把番薯長在地面上的秧子砍掉，露出光禿禿的田埂面。田埂面上都四分五裂的，那是因地下的番薯結得太多太大了，把田埂表面撐得裂開了。再出十幾把犁，每把犁兩個人，一個人在前面牽牛，要確保牛一直走在田埂上，不要走偏了，後面一個人掌犁，把田埂裡的番薯犁出來。每把犁後面跟著多少不等的勞力：婦女、勞力較弱者，甚至年紀稍大點的，一人背一個糞箕子，把犁出來的番薯拾到糞箕裡。糞箕拾滿後，再背到田地兩端平坦的地方去，倒在一起。

田地兩端很快就堆起了一、二十座像小山一樣的番薯堆。這樣的番薯堆一直不斷地長高、長大。十幾個人先估量全部番薯的重量，然後趁天還亮，開始用秤分番薯，按戶把番薯分成若干堆，一家一堆。傍晚時分，這塊地裡的番薯都犁完、撿好了，也派人大致檢查了一遍，大家就都集中到

番薯堆邊，把自家分到的番薯運到已經空閒的番薯地裡，開始切番薯乾。

切番薯乾的工具，都是自製的。用一個長條形凳子，一頭挖一個長方形的洞，洞上釘一個很鋒利的、和凳子面大約成幾度角的夾刀。切番薯的時候，人坐在凳子的中間略偏後的位置，用一隻手的手掌把番薯壓在凳子面上，向前推動，讓番薯從切刀上擦過，切好的番薯片就從條凳的洞裡掉下去了。如果家裡沒有這種工具，就只好用刀切，速度會慢許多，等有人家把番薯全部切完了，再去借凳子來用。

整個田地裡，人們以家為單位，都在爭分奪秒地切番薯。人們一邊幹活，一邊還會大聲聊天，講些八卦新聞，有時還講點國際大事。時不時，平輩男女之間會切換到不雅內容上，就會有婦女扔番薯打講不雅內容的男人，爆出一場大笑。

切番薯到天快黑時，眼看切不完，通常就會有家裡的婦女背一糞箕鮮番薯先回村做飯去。家裡的其他人仍在地裡，就利用月光或星光，一直切，直到把分給自己家的所有番薯都切成番薯片。切成片的鮮番薯，都就地撒在地裡，給第二天、第三天和第四天升起的太陽晒，等晒得差不多乾了，再運回家裡去。

這些事都做完了，人們才陸續扛著凳子，回家吃飯去。第二天還要收另外一塊地的番薯呢！那個年代，番薯是冬天和初春的主食。除了鮮食番薯以外，番薯乾、番薯稀飯、番薯饅頭，也是人們每天都要吃的，所以當時的順口溜說「番薯乾，番薯饅頭，離了番薯不能活」。

那時到了冬天，一大早，家裡的男人從院裡的地窖裡拿上來一糞箕番薯，由家裡奶奶輩或母親輩，用大竹籃背到村口結著薄冰的小河或池塘裡，用手裡的棒槌槌開薄冰，把大竹籃沉進冰冷的水裡，用棒槌翻攪竹籃裡的番薯，讓番薯們互相摩擦，把體外的泥巴洗掉。洗好的番薯背回家，

再用挑來的井水沖洗一兩遍，就能下大鐵鍋煮了。那時家庭人口都多，大鐵鍋也巨大無比，倒進去大半鍋番薯，猛火燒煮。到吃飯時掀開鍋蓋一看，只見番薯個個酥軟甜糯，鍋底剩下的不是水，都是紫紅晶亮的糖稀。人人都拿一碗番薯來吃，不過吃番薯必須配些鹹菜，以免胃酸過多。

人吃剩的番薯就用大鐵舀子舀到盆裡，端到豬圈裡餵豬。豬早就在圈裡撞欄，哼唧著等這一口呢！人端著重物的腳步聲一響，牠就急迫、焦躁、亢奮地用肩膀撞擊圈欄了。人一邊呵斥，一邊把一盆番薯倒進豬食槽。這時，豬就顧不了別的大吃了起來，狂吃一番，抬起頭喘口氣，看看人，是一種超級享受的神態。

番薯幾十年後越來越成為健康食品了。番薯也是初春最讓人牽掛的美食。現在吃番薯，都用電鍋煮或蒸來吃。先把番薯洗乾淨，把番薯單獨或和胡蘿蔔一起放進鍋裡，加大半鍋水，基本蓋住番薯，這是煮。上面的蒸籠裡放一個小碟子，小碟裡放幾塊鹹魚，或臘雞，或鹹鴨，或香腸，再掰幾塊花椰菜或豆腐乾，放在鹹魚或臘雞、鹹鴨之類上面。小碟旁邊放幾塊番薯，這是要蒸的番薯。所有的食物，哪怕是在一個鍋裡，蒸出來和煮出來的味道都不一樣。

半小時後，番薯熟了。這時，把蒸煮鍵拿起來，稍忍耐忍耐，在鍋裡燜一燜，這樣出來的食物更加溫潤可口。打開鍋蓋時，香甜的氣味撲鼻而來。這樣的食物很難不一下子多吃。不過倒也沒關係，即便開始覺得吃多了，番薯、胡蘿蔔、鹹魚之類都不肥膩，很難真正吃得過多。吃完番薯，再喝半碗煮番薯的水，和吃餃子相似，這叫原湯化原食，飽足感很快就順流而去了。

不過要知道的是，多吃了一些番薯，就像多吃了一些炒黃豆一樣，會多放幾個屁。常覺得肚子裡在往下清空一些東西，身體會覺得舒爽，身心

都輕巧而放鬆。但有疫情時，要控制一下食慾，以免在人多的地方情不自禁放屁，把人都嚇跑了。

這個季節，平原上陸續開始播種冬小麥了。秋雨過後，耕地的狀況變好，天氣也變成天高雲淡的模樣。天氣好時，三人一組，趕一頭牛，拉一架板車，板車上放著麥種、笆斗和耙子，到原野上種小麥去。到了田地兩端，三人分工，一個人趕牛，讓牛走直線，一個人扶耙子，另一個人在田地兩端負責倒麥種，幾輪之後再相互對調。倒麥種的人閒一點，看著牛和犁在地裡越走越遠，他就可以靠在田地兩端，拔一根牛筋草，放在嘴裡咬著，聽著藍天高空中看不見的鳥叫，晒著太陽。如果太陽晒得太暖和了，一轉眼就睡著了也說不定。

這個月宜清理心境，摒棄繁雜的人與事，把身心交付給天地，舒放開朗，寬對人生。

這個月又各方適中，最宜與家人互施中庸之道。《中庸》第二章有言，仲尼曰：「君子中庸，小人反中庸。君子之中庸也，君子而時中；小人之中庸也，小人而無忌憚也。」這段話的意思是，孔子說：「君子能夠中庸，小人違反中庸。君子之所以能夠做到中庸，是因為君子隨時拿捏分寸、恰如其分；小人之所以違反中庸，是因為小人無所顧忌、恣意妄為。」

中庸就是和諧中正。中庸之道，或可理解為常理之道，合乎常理，也就合乎常情了；合乎常情，就是不偏不倚，就是合乎常規，就能被整個家庭認可，家庭就不會動盪，就和諧了。

中庸又是以中為用。因此中庸就是無所謂過，無所謂不及；也就是不前不後、不左不右、不裡不外、不上不下；就是不偏不倚，就是恰到好處，就是不滯後不冒進，就是在最適當的天時地利人和的環境中做最該做

的事情。當然，做得好就是中庸，做得不好就是非中庸；成功了即合乎中庸之道，失敗了當然是火候不到。

季秋仍宜攜家人，或與友人結伴到平原上遠足。或登高望遠，一覽天地；或賞菊採梨，愉悅感官；或仰臥草坡，披晒暖陽。這時，可以盡情棄世而心遊了。心遊即遐想，即以心神遨遊於無極之境、洪荒蠻地、天地之涯。

季秋雨水漸少，平原上河水、湖水漸瘦。湖灘上的草地卻越顯闊大，上面走幾頭牛、幾隻羊，就頗顯幾分古風。如果這時到綠草如茵的湖灘上散步，你或許能遇見一個《莊子》中模樣的小童。小童打赤腳，只穿一件對襟外衣，一件寬腿的七分褲。他一邊牧牛，一邊吹笛，一邊享受暮秋的湖景。你問他什麼人、什麼事、什麼國家，他都知道。可是你若問他放牛賺多少錢，他就推說自己曾經患有耳鳴症，不想再理你，吆喝一聲屁股下的牛，走到離你較遠的地方，繼續去牧他的牛、吹他的笛、賞他的湖景去了。

湖邊的村莊叫冀堆張。牧牛的小童可能就是冀堆張的。冀堆張前面有個朱集村，朱集村東面有條利民河，朱集村前面又有個老張集。地名，是地理和歷史的「活化石」。一個地名，通常包括兩個部分，一部分是通名，一部分是專名。例如山東泗河岸邊的泗水縣，「泗水」是專名，「縣」是通名。這就好像一個人的姓名，姓表示家族，名代表個人。

這個月的珠頸斑鳩都豐腴、肥碩，起飛時身體顯得十分笨重。有時候牠們飛到窗戶的花架上，咕咕地叫，一隻爪踩在窗臺上，一隻爪抓在窗框上，還歪著漂亮的腦袋，從打開的窗戶往書房裡看。這時或可跟牠對話，對牠說：「漂亮的斑鳩，你好呀！」可是又怕出聲時嚇到牠，把牠嚇跑了。因此有點猶豫，有點欲言又止的窘態。不過有愛還是大聲說出來吧！於是

我對珠頸斑鳩說：「漂亮的斑鳩，你好呀！」

珠頸斑鳩歪著牠漂亮的腦袋，不停地動，好奇地往窗戶裡看。看了一會兒，牠的興趣有點轉移了。牠轉身回到花架上，大聲地咕咕叫起來，好像是在召喚同伴。叫了幾聲，牠側耳傾聽，似乎聽到附近另一隻珠頸斑鳩的叫聲了。於是，牠張翅飛起來，轉個彎，從窗框的畫面裡消失了。珠頸斑鳩一點都不怕人，還喜歡跟人接近。春天時，牠們經常把窩築在花架上，在裡面下一顆或兩顆蛋，初夏時，小珠頸斑鳩就長大飛走了。

傍晚在小巷邊的小攤上吃牛肉餅，這大概是這個季節最好吃的美食之一了。剛走進一個小巷，就聞到一股奇妙的肉香，從小巷前方的十字路口飄過來。我知道那是牛肉餅攤又出來了，趕緊慢走，在小巷轉角附近的牛肉餅小攤旁站住。還好，這時人還少，至少學生還沒放學，附近學校的學生還在等待下課鈴聲。這就放心了。幾乎是獨占了牛肉餅小攤的正面。油倒進平底鍋裡，吱吱響著，攤平的牛肉餅也放進去煎了，油香和肉香噴湧而出，讓人直吞口水。油煎的牛肉餅，在街頭，才能極盡可能地顯現它的誘惑力。

這個月仍宜登高放歌，一抒胸臆。在人跡罕至處唱自己喜歡的老歌，或放開嗓門大唱美聲歌曲。若有人經過，就小聲哼唱，或暫時歇息，待人離去，再一展歌喉。

在頂樓的園子裡消閒時，發現有一些蝗蟲從蔬菜莖裡蹦出來，還有一隻蝗蟲飛到花架上的花盆裡。我有點驚訝，這麼高的頂樓花園，牠們怎麼能來到這裡？有可能是透過其他花草、蔬菜，把卵帶來的吧！我上前抓了一隻細看，這是一隻綠色尖頭的蝗蟲。我想起小時候在平原的一片淺山小山溝裡，和同伴們在草窠裡捉蝗蟲，然後架上石頭，用火烤蝗蟲吃的情景。山柴火把蝗蟲烤得直冒油，香氣瀰漫，同伴們你爭我搶，把烤蝗蟲吃

個精光。

　　後來有一次，我大學畢業剛工作，分配到政府辦公室當祕書，有一次跟市長下鄉檢查，傍晚工作結束後，我一個人騎腳踏車回城，路過郊外農田裡的一塊草地。很久沒一個人在鄉下的草地上呆坐了，於是就下了車，把腳踏車停在旁邊，一屁股坐到草地上。我剛坐下，就有一些星星點點的影子，往四面八方蹦跳出去。仔細一看，原來是一些蝗蟲。這些草地正是牠們的家園。

　　蝗蟲的學名叫蝗。蝗在人類的口碑中一直十分糟糕。牠們後足強大，跳躍能力強，咀嚼式的口器對禾本科植物危害巨大。在特定情況下，蝗蟲會發生群居效應。所謂群居效應，就是當散居型蝗蟲因生態、環境及其他外力改變時，可能會變為群居型蝗蟲。群居型蝗蟲在飛行、生存、繁衍等方面的能力倍增。當蝗災來臨時，蝗蟲數量常以百萬、千萬或億計算。牠們飛臨的地方，所有植物都被啃噬一空，給當地農業生產和生態環境帶來災難性打擊。

　　這個月，我到田野裡去。有時候田野裡正午的風很大，但仍然暖暖的。我從草叢裡拔一根成熟發黃的狗尾草草穗，我面向東南的風向，把狗尾草的草穗，迎著風，高舉起來。然後我閉上眼想：如果風把大部分草籽吹走，那麼來年全球糧食豐收；如果風把小部分草籽吹走，那麼來年全球農作物歉收；如果風吹走一半草籽，那麼來年全球穀物平收。我睜開眼，抬頭去看手裡高舉的狗尾草草穗。可是心一慌、手一抖，草穗沒拿穩，被突然襲來的一陣大風吹走。看來，明年全球穀物的事情，我當不了家、做不了主，也就隨它去了。

　　這個季節，野生燕麥已經開過花，結過果，完成了它全部的生活史，正在枯萎、死亡。這個月從湖堤的草叢邊走過時，經常能看到正在發白、

變乾的野燕麥。野燕麥的果實，像一個個正在凌空飛翔的小燕子，不知道這是不是它名稱的由來。湖邊的風較大時，野燕麥的種莢就會裂開，在風的幫助下，飛動一段距離，在新的土地上居留下來。原地落下的種子，也會求新不厭舊，在本土靜待來年的雨水、陽光和氣溫。

野燕麥是禾本科一年生草本植物。所謂草本植物，就是莖內木質部不發達、木質化細胞較少的植物。草本植物一般都比較矮小，莖幹通常較柔軟，在生活季結束時，它們中的大多數，地面部分大都會死亡。草本植物完成整個生活史的過程，有的是一年，例如高粱、玉米、大豆、馬齒莧；有的是兩年，例如蘿蔔、胡蘿蔔；有的是多年，例如菊花、小薊、野蒜。

野草地裡最常見的是狗尾草，狗尾草也是一年生草本植物。每年一到初秋，直至仲秋、季秋時節，狗尾草高高花莖的盡頭，就會垂著它穀穗一樣的果實，特別顯得果實纍纍。狗尾草據說與麥類和穀類都有很近的親戚關係，它們透過不同種類之間的雜交，再經過人的馴化，才成長為高產高質的冬小麥這類農作物。淮北平原俗稱狗尾草為毛穀穀草，這是就它結籽時的樣態命名的。在荷塘的塘埂上，一眼望去，一叢叢聚生在一起的狗尾草到處都是，有時把小路都遮住了。走上前去仔細分辨，那種穗子直立的，是金色狗尾草，那種穗子向下彎的，是大狗尾草。

水邊、水島或淺水裡的死蓼，由於環境不同，它們正在開花，或開花已過了鼎盛期。死蓼的花多呈水紅色，花穗下垂。死蓼是一年生草本溼生植物，它們枝節長大、架構開放，如果水邊或溼地裡生長條件好，它們就會長相舒展、綿延成片、水紅一片。在暮秋各種植物枯萎的時節，它們的存在，顯得十分耀眼和突出。

在水邊還能找到酸模葉蓼。它們莖幹粗壯、直立，草莖略微發紅，葉片有鐵銹斑。當你看見一隻紅翅膀的蜻蜓停在一根直立顯眼的草莖上時，

你再仔細觀察，就會發現蜻蜓大多是停留在水邊的酸模葉蓼上的。酸模葉蓼的葉子有點酸味。小時候，我們叫它酸草，會把它的葉子放在嘴裡嚼，味道酸酸的，很能減緩口渴的感覺。

石榴是黃淮流域這個季節的代表性水果。挑晴朗的天氣，到郊外去爬平原上的淺山。淺山的海拔大概僅有三、五十公尺，五、六十公尺已經顯得有點高了。山都是石質的，山坡上的石縫裡，這裡一棵，那裡一棵，整座山都長著樹皮蒼老的石榴樹。不一定是樹齡的原因，石榴樹本來就蜷枝裂皮的，有蒼老相。

不知道為什麼，石榴就是適宜長在土質貧乏的石頭山坡上。在這些地方生長的石榴，果實巨大，成熟時果皮顏色紅帶紫，還時常兩兩雙生。打開一個來看，只見石榴籽有紅有白、粒粒飽滿，扔幾粒在嘴裡，便頓覺酸甜適口、渣少汁多。石榴多吃一些沒關係，它可是有助於消化呢！

孟冬的到來總是讓人心生荒涼的。

立冬這一天，無論陰雨晴暖，我總會挑一本書，今年這一本是《齊物論》，泡一杯石斛茶，到北邊的房間，面朝北偏西的方向，坐在椅子上，讀上半天。現在太陽更向南半球方向回歸了，離我們生活的北半球更遠，天氣越加冷涼，陽臺和飄窗裡夏天和秋天太陽照晒不到的地方，很快又都能夠照晒到了，床和地板也要用床單或地毯蓋上了，以免陽光長期照射，出現老化現象。雖說是讀，但往往只是半讀半想，有時候沉湎於冥想，有時候和自己腦袋裡的一個知識辯論，有時候做白日夢。

平原上的植物都在褪色，或者在落葉，或者在枯萎。這個月，秋收秋種大體上結束，最多只留下一些掃尾工作。小麥已經發芽了，廣袤的平原上，逐漸顯現出大片大片的淺綠來。

一九七〇年代，在那個以農業生產為主的時代，每年一到冬季，一些

生活方面的規定動作，就像生理時鐘一樣，自然而然就會動起來、做起來了。

　　必須要做的一件事，是割牛草。那時候的整個冬天，幾十頭牛和幾十匹馬的飼料，是一個重大問題，必須趕緊解決。秋收留下的玉米秸、高粱秸、大豆秸，還有成垛的小麥秸，根據經驗來看，是不夠的。於是組成幾十口人，大部分是婦女，坐上馬車，到東大湖割秋草。冬大湖地勢低窪、廣闊無邊、一望無際，到處都是比膝高的野草。由於面積太大，人們還沒有能力把那裡改造成農田，因此一直都是原生的那種狀態。

　　兩輛馬車拉著幾十口人到了林場，臨時住在林場會議室裡，打上地鋪，鍋碗瓢盆都是自己帶去的。到了就下地工作，一秒都不停歇。荒原裡的草主要是牛筋草、野稗草、狗尾草和莎莎草。幾十位婦女分散到荒原上割草，不一會兒就割得很遠了，從外面往原野裡看，原野裡的人都是一個個小點。

　　割草如割麥，這是婦女的強項。婦女的耐力好，彎得下腰，速度快，連續割三、五天，不成問題。大部分男人差很多。男人割麥、割草，彎不下腰，也沒耐心。割麥、割草的速度，一般情況下，都比婦女們慢。不過林場提供了兩把長柄草刀，幫男人挽回了一點顏面。用草刀割草時，要求割草的人雙腿叉開、站穩，轉動草刀，一掄半個弧形。如果熟練的話，這種割草法比用鐮刀割快得多，但對人的體力要求也很高。剛上手的男人雖然不怎麼熟練，但男人那站姿，先就顯得威風凜凜，吸引了婦女們的注意，引起她們心裡一陣騷亂。這種騷亂表面平靜，可達半天時間；但心裡平靜需要多久時間，就不好說了。

　　到達荒原的男人，主要的工作是負責把割下來的青草就地均勻地攤開在荒原上晾晒。下午達一車時，就把晾晒的草裝車，堆疊到車上去，疊得

又高又結實，再用粗繩強力綁住，運回村裡。草運回村裡後，卸到打麥場上攤晒，卸後馬休息。第二天清晨，又趁早起來，返回林場的荒原。這時，另一輛馬車已經裝滿草往村裡去了。兩輛馬車就這樣來回穿梭，把割下來的草運回。

第二件必須要做的事，是準備煮飯用的柴草。那時候沒有電器，沒有液化氣和天然氣，只能用柴火燒土灶來做飯、燒水，因此準備好過冬用的柴火，十分重要。

像牛、馬吃的草一樣，麥秸、玉米秸、高粱秸、黃豆秸，甚至稻草，都是煮飯的材料，但數量還是不夠的。於是冬天到來時，農活幾乎都忙完了，如果沒有其他安排，就會在寒風颳起的那一天，背上糞箕，糞箕裡扔了一捲荷繩，扛著竹耙子，到野外去收集乾枯的野草和樹葉。

樹林那時都變得疏朗、透明而且沉寂了。有人從河堤的樹林裡走過，很遠就聽見有人用竹耙子聚攏樹葉的聲音，但還看不見人只聽得到嘩啦嘩啦聚攏的聲音，也知道那是有人在聚攏落在地上乾枯了的樹葉。很想看見和知道那是什麼人。是男的，還是女的？是老的，還是少的？是本村，還是別村的？是自己認識，還是不認識的？但尚未看見。一直往前走，眼光早超前在搜索幾百米以外的聲音來源處了。不過還未看到。樹林的幹枝上有零星的鳥叫聲。堤下的河水很清亮。遠遠都快看得見渡口了，渡船還停在河對岸等人。只是還未看見那個聚攏樹葉的人。

不過，麥秸、稻草、玉米秸、樹葉等這些柴火，都屬於軟柴，它們不耐火，沒力，需要大火時頂不上去，像樹葉、稻草等，瞬間火侯一過，就熄火了。這時就需要一些耐燒、有後勁的硬柴。樹枝就是硬柴。

北風起來時，會安排幾個男人，拉上架子車，帶上鐵鍬、菜刀、荷繩，到河堤的樹林裡，修理樹形，並砍些樹枝來分給大家當柴燒。這些男

人來到河堤上，跟護林員匯合，卻不忙著幹活，而是蹲在河堤上，或坐在架子車上，或靠在樹上，一邊吸菸，一邊閒聊，一邊看下面的河灘、河水。

河堤上種著大量刺槐樹。刺槐樹耐貧瘠、生長快、生命力強，天氣乾燥、潮溼，問題都不大。隨便在哪裡種一棵刺槐，它一邊自己長大、長高，一邊不停地從根部長出小樹苗，小樹苗第二年或第三年長大了，又生出一些小刺槐，大的帶小的，不過幾年時間，就能長出一片小樹林來。

那時候，男人十個有八個會吸菸。他們有兩個人吸煙袋，將自己晒乾揉碎的煙葉壓在煙袋鍋裡；這種菸既辣且嗆，菸要吸完時，煙袋鍋裡會發出煙油聲。有三個人吸自製的捲菸，還帶著裁成長條形的廢報紙，三個人一人一張，把自製的碎菸倒在長條形紙上，然後用兩個手指捏住紙的一角，把紙旋轉起來，旋轉成一端閉合一端開放的喇叭形；這時要伸出舌頭，在另一端的紙角上舔一舔，把紙角舔溼，貼緊，一根紙菸就製作完成了。看一個人製作紙菸的水準，只要看他把菸捲得緊不緊就看出來了。只不過這種菸禁不起燒，常常幾口就吸完了。有時報紙還容易起火，點火時，報紙燒起來了，只好趕緊用嘴把火吹滅，菸也只剩半支了。

河堤上的人吸菸吸夠了，也歇夠、聊夠、看夠了，這時就該起身做事了。他們用鐵鍬、菜刀把地上生得雜亂的刺槐鏟掉，把刺槐樹下多餘的樹枝、斜杈砍掉。做到晌午，收工。拉一車樹枝回村，倒在場上，由它晒去。

下午吃過飯，這幾個人再拉著架子車去河堤幹活，做到天快黑，又拉一架子車樹枝回村，剩下的就留在河堤上，反正有護林員在那看著，也不怕丟掉。這樣一天天累積，一、兩個月後，就夠分了。照人頭，一人一份。通常都省著，平時不捨得用這種樹柴，要快過年時，煮葷菜或蒸饅頭

時，才用它來燒。

在小河邊有一長條菜園，有專人種菜，不定期地分蔬菜。菜園旁的河岸邊，挖了一個深陡的水池。蔬菜比較吃水，這樣遇到天旱時，小河裡的水不多了，但深池裡總會有水，就不會讓蔬菜乾渴。

深池上架著一種提水的裝置，似乎就是《莊子》等古書裡經常提到的桔槔。這種提水裝置，在一九七〇年代的黃淮平原水井邊還經常能見到。這種裝置是這樣的：在河岸或水井邊，立一根結實的粗木，粗木的上端橫綁一根較長但結實的粗木棍，兩端長度不一樣，木棍短的那端用繩吊著一個水桶，木棍長的一端綁著一條繩，這樣就形成了一種槓桿。

平常不用時，沒有水桶的那一端翹在空中，有水桶的那一端放在地上。需要提水時，先把桶放進井裡。等水桶汲滿了水，人從另一端把繩子往下拉，灌滿水的水桶就會被提上來。夏天人們做農活回村，走到井邊，乾渴難耐，往往會用這種汲水工具打上滿滿一桶涼水上來，然後輪流趴在水桶上飲個痛快。喝到肚子飽飽的，乾渴也解除了，再回家做飯、做事。

小河邊的這種提水裝置雖然很原始，但對菜園的幫助極大。天氣乾熱時，用這種裝置就近提水，園子裡的菜長得又漂亮又旺盛。孟冬分青蘿蔔時，負責菜園的那些人，從中午就開始拔蘿蔔。家裡有老年人的，早早就背著竹籃子把分到的青蘿蔔背回家。家裡沒有老年人的，收工回到村裡後，再專門到小河邊的菜園裡把分到的青蘿蔔背回家。

孟冬的菜園裡，蔬菜的品種比夏天和秋天少了許多，但用十個指頭也數不過來。大蒜是冬天的主打蔬菜，所有的菜園都有蒜苗的身影。萵苣也很適應嚴寒天氣，冬天可以偶爾取它們外面的葉子食用，燙煮後加蒜片涼拌，或煮菜、煮湯，都很好吃。苦菊在冬天長得幾乎和秋天一樣好，過些日子剪些下來，能清熱去火。從雪底下挖出來的烏菜，配上羊肉，煮出來

的湯，不用說，那是美味無比的。香菜在冬天一直都長得很好，葉綠莖青，即便是在初冬才把種子撒下地，它們也能在冬天，或初春，陸續發芽、長大。

這個月，天氣晴暖時仍可在平原上遠足。聽到天空中傳來最後一批南行的雁鳴聲時，可立定腳跟，閉目設定一個溫暖可心的意願。如果大雁的數量是偶數，這個願望就能實現；如果大雁的數量是奇數，這個願望就能被他人實現。這時再仰起頭來，細細觀察一會兒排成一字、一會兒變成人字的大雁數。也借此拓寬視野、開闊胸襟，暢享原野上清新的空氣。

這個月在平原上行走，可以一邊大步流星地疾走，一邊仿《論語》句式，做一些有趣的情節創作。

比如，《論語》開篇第一段是，子曰：「學而時習之，不亦說乎？有朋自遠方來，不亦樂乎？人不知而不慍，不亦君子乎？」就可以戲仿成：開會時分心，想到匹夫匹婦是從匹配意思裡來的，不亦悅乎？

做完愛突然想起一句話「食不語，寢不言」，吃飯時可以不說話，做愛時卻很難做到不交流，不亦樂乎？

吃臘肉炒蒜苗時想起《論語》裡的乾肉條，增加了食慾，不亦悅乎？

白米飯上堆了一疊一疊的蒸臘肉、蒸鹹鴨，香噴噴的，端著碗蹲在門口吃，晒著冬陽，不亦悅乎？

朋友聚會，我埋頭啃滷豬蹄不理人，不亦君子乎？

躺在沙發上讀孔子，還有水果、堅果、黃茶伺候，不亦君子乎？

想起女兒孝敬我的襯衫，覺得應該感謝孔夫子宣導孝敬，不亦悅乎？

出國訪問時要求著正裝，又要頻頻鞠躬回禮，想起「鞠躬如也」，不亦樂乎？

向妻子表示我很羨慕妻妾成群的生活，妻子說：「你做夢吧！」不亦

樂乎？

洗個熱水澡後輕快上床讀《論語》，不亦君子乎？

這個月的美食，至少有手撕燒雞。那是怎樣的一種美味！上午天還是暖的，出太陽。在街外的停車場停了車，就跟著走進小鎮的老街。街上人流洶湧，兩邊的店鋪緊挨著，各自經營著不同的生意。有的賣水果；有的賣雜貨；有的賣電動車；有的賣電線電纜；有的賣化肥種子；有的賣炒花生、炒瓜子等炒貨；有的賣香菸燒酒；有的專賣炒板栗；有的專賣饅頭；有的專賣煎餅；有的專賣雜糧；有的賣圖書文具；有的賣農具。有賣煎包、煎餃、油條、油餅和燕麥粥的早餐店；有鮮花店；有速食店；有理髮店；有藥店；有手機店；有收快遞的取貨店；有超市；有賓館；有羊肉湯館；有牛肉湯館；有燒烤店；有室內裝修店；有影印店；有傢俱店。

忽然走到一個比較開闊的地方，原來是小鎮火車站的站前小廣場。站前小廣場的斜對面，有一條不大的小巷，小巷轉彎處，有一個玻璃牆的店面，那裡就是當地最有名的燒雞店。沒進店時，一股說不清的燒雞香就撲鼻而來。推門進店，燒雞的香氣就更濃了。找一個靠窗的桌子坐下，由家裡管錢的到窗口買一隻燒雞、一袋雞胗、一瓶啤酒、一小碟花生來吃。剛出鍋的燒雞黃澄澄、香噴噴、外酥內軟。吃燒雞最忌用刀切碎，那樣口感就大不相同了，必須用手撕來吃，才最有感覺。先用礦泉水洗淨手，家人圍坐在桌邊，然後手撕一隻燒雞腿來吃。一邊慢悠悠地吃、享受，一邊看小巷裡的市井風情和窗外走過的人。雞胗也不能用刀切，直接從紙袋裡抓一個來吃，花生也用手捏來吃，那才是莫大的享受。

這個月，不畏寒的枇杷樹開始開花了。枇杷樹的花，是灰白色的，沒有什麼香味，倒是略微有點苦澀味。我經常在枇杷開花時，在枇杷樹下站立很久，想一些事情。是的，枇杷樹的花的確不香，不能給人帶來嗅覺上

的愉悅，但它卻更令人尊敬。因為能在冬天開花、結果，應該說是非常不容易的。對它，還需要有更進一步的要求嗎？

這個月，要鼓勵家人多思考，進行知識、思想的累積和創新，務必棄絕順風、順應習慣，保有自我糾正能力。有思考就有發現和創造；同樣，有規劃才有需求。

孟冬這個月，有些年分要下雪了，少數年分已經下了不止一場雪。上午的氣溫還比較高，甚至有點過熱。到了下午，偶爾聽到北邊的窗外有呼呼的聲音，其實並不知道是什麼聲音，但人的獸性仍保留了許多，內心便自動啟動了，不由自主就側耳傾聽，哦？難道是颳起大風了嗎？立刻起身到北窗觀看。原來真的颳起大風了，風從樹枝間穿過，撞得樹葉嘩啦嘩啦響。烏雲在天空聚集起來，飛鳥都隱匿了蹤跡。這些都是要變天的徵兆。

到傍晚時，天已早早黑了。風稍小了些，零星的雨點灑在地面和街道上。城市裡的燈都亮了起來，顯得溫暖、可倚。返家的人腳步匆匆，都是一臉渴望，畢竟人們到了冬天都特別戀家。人們這時都明白，我們還不能支配所有事物。不知夜晚的何時，小雨轉成了中雪。早上起來，天已經晴了。看到園子裡積了很厚一層雪，忍不住驚喜地呼喚家人過來觀看。園子裡，只有橘柚和枇杷的葉子還綠著，枇杷還開著花呢！白雪積在綠葉上，令人感動。

第一場雪後的平原，景觀略有不同。最搶眼的，是在白雪皚皚的村莊裡外，那些橙黃的柿子。柿子樹的葉子都落盡了，只剩下沒人摘取的柿子掛在樹上。柿子摘下來後，很難長時間保存，在城裡也賣不了好價錢。另外，現在孩子們大都在城裡上學，即使回家，也難對柿子有較大興趣。因此，農村家裡家外的柿子，經常就放在樹上，沒人摘。還有些地方，為了給冬天的飛鳥提供食品，乾脆不把樹上的柿子摘下來，讓它們留在樹上，

供鳥雀啄食。

　　幾十年前的孟冬時節，下過雪的原野顯得有些寒荒。幾位友人結伴到原野裡去，然後在河坡外一片秋收過的豆子地裡分散開來。他們每人在附近找了一根樹枝，用手裡的樹枝撥打雪下的豆秸堆，有時甚至能把豆秸堆翻過來。他們一直在黃豆地裡走，有時在路邊荒草地裡走。突然，在人都反應不及時，一隻長耳灰毛的野兔從豆秸堆裡竄出來，向河邊奔去。幾個人都驚叫起來，靠近河邊的同伴立刻前去攔截。野兔又折向黃豆地的另一頭奔跑，那裡的同伴也立刻攔截。用這種方法，偶爾能捉到一兩隻野兔。但野兔跑得太快、太靈活了，大部分情況下都捉不到。

　　初冬時原野已大體寂靜下來。幾乎聽不到蟲聲了，鳥鳴聲也很稀少，野生的小動物都躲藏起來了，植物大多已經枯萎。淺水裡的荷梗乾枯精瘦，水面下小魚的游動也略顯遲緩。有些地方，或有些年分，靠近岸邊旁的水體會開始結冰，但這時的冰層通常較薄，用一根乾枯的蒿草去戳一戳，冰面就會破裂。

　　不過植物上有時還有蚜蟲。在避風向陽的植物嫩芽上，或葉片裡，特別是園子裡的萵苣葉，或四季青葉中，有時蚜蟲突然聚成一小堆。當然，那不是牠們在聚集，而是牠們的繁殖速度太快了。

　　蚜蟲是一種非常奇特的昆蟲。當條件具備，或環境需要時，蚜蟲就既可胎生，也可卵生；既可有性繁殖，也可無性繁殖；既可有翅，也可無翅。當然，從人類的角度看，一般而言，蚜蟲是一種害蟲，因為牠吸食農作物或蔬菜的汁液，讓人們的收成帶來危害和不確定性。

　　這時候，在平原上最常見的是麻雀。麻雀也一改春季、夏季和秋季的舒展、喧鬧、快樂，變得沉默萎靡。它們縮頭縮腦地蹲在乾枯的蘆葦上，也不怎麼想飛、想動。有時候牠們飛了，也不飛太遠，飛到附近樹葉落盡

的柳樹上，群集在那裡，呆呆地、瑟縮地望著天地，似乎不知如何是好的樣子。

這個月開始，可以用少數時間和別人說話，用多數時間和自己對白。仲冬的到來總是讓人心生厚重的。

無論陰雨晴冷，大雪節氣這天，我總會挑一本書，今年這一本是《老子》，泡一杯刺薊茶，到北邊的房間，面朝正北的方向，坐在椅子上，讀上半天。現在太陽更往南半球方向回歸，離我們生活的北半球更遠了，天氣越加寒冷，陽臺和飄窗裡夏天和秋天太陽照晒不到的地方，很快又都能夠照晒到了，床和地板也要用床單或地毯蓋上，以免陽光長期照射，出現老化現象。雖說是讀，但往往只是半讀半想，有時沉湎於冥想，有時和自己腦袋裡的一個思想辯論，有時候做白日夢。

大露臺的園子裡，總是有北風，或西北風，呼呼地吹過。在室內，冬天的情況和夏天的情況完全不一樣。夏天如果有哪個窗戶沒關好，露出一點縫隙，不會有什麼特殊的感覺。但是如果冬天有哪個窗戶沒關好，或大露臺的門沒關緊，立刻就能聽到風的呼嘯聲，或風被擠壓的聲音。最初可能不清楚呼嘯的風聲來源，還四處尋找，或誤以為是室外的風聲，還會咕噥一句說：「呀！今天的西北風可真大！」但偶爾去門窗邊，呼呼的冷風撞擊著臉，這才知道，原來是沒關好的一個小縫產生了巨大的呼嘯聲。趕緊檢查一下門窗。門窗全部關緊後，呼嘯的風聲頓然消失了。

大露臺上的磐竹，是風來時的吹哨者。磐竹葉子總是被風颳得很響。磐竹的葉片長大而稠密，比別的植物葉片摩擦時發出的聲音都響亮。風來的時候，磐竹葉發出一大片嘩啦嘩啦的聲響。這時，就知道風來了，風也很大了。

幾十年前，仲冬時節是開展農田水利基礎建設的好時機。這段時間沒

有多少農活，也還沒到過年，於是人們就會組成人力到平原挖河。由手扶拖拉機、馬車、手推單輪車，甚至牛車，把人、木棍、葦席、鍋、碗、盆、瓢、水缸、被子、柴草、麵粉、番薯、白菜、番薯粉條、鐵鍬、柳條筐等等，一股腦兒都運到平原的河邊去。各分一段河道，長度有一兩百公尺，照標準挖好，就可以收工回家過年了。

在待挖的河道邊，用木棍和葦席搭一、兩個人字形的工棚，這是人住的。男女住在同個工棚裡，男人住一邊，女人住一邊。工棚兩端各放一個木桶，當小便桶用，門口那個桶大，也高，靠裡頭那個桶小，也矮。夜裡男女小便，男人到門口那個桶，女人到靠裡面那個桶。有時男人睡得迷迷糊糊，跑到靠裡面的木桶裡小便，就會招來女人一陣叫罵。一夜過後，工棚裡臭烘烘的，但由於外面太冷，而工棚裡人擠人，比較暖和，因此尿臭味就顯得沒那麼重了。再搭一個廚房，這是煮飯的，專門安排一位男人，煮飯及買菜，另有兩個婦女做飯、煮菜。

留在村裡的人，都是老人、小孩。小孩們到處跑著玩，手露在外面，都凍得裂開，能看得見肉；臉凍得通紅，皸裂到摸起來刮手；耳朵凍到結疤，不能碰，一碰就痛得受不了。但孩子們似乎沒感覺，該怎麼玩還是怎麼玩。留在村裡的老太太都有事情做，一天到晚閒不下來，收拾東，收拾西，再做做飯，餵餵豬，餵餵羊，一天不知不覺就過去了。留在村裡的老人，一天裡唯一的去處就是牆根，出太陽時那裡是世界上最暖和的地方，老人們在那裡晒晒太陽、打打盹、吸吸煙袋、說幾句閒話，到該做飯時，就各自回家，幫家裡人煮飯去。

還有少數老人，冬天沒事，不願意在家裡待著，也不想在牆根吸菸、晒太陽，就背上糞箕子和糞耙子，到平原上野地裡拾糞。他們在足所能及的原野上到處閒逛，見到地上有牛拉的屎、馬拉的屎、驢拉的屎、狗拉的

屎、人拉的糞，都一股腦兒放進自己的糞箕裡。每年冬天他們都拾糞，因此看見糞就知道這頭牛或這匹馬吃的是什麼草料，是吃乾草，還是吃麥稭；是吃番薯梗，還是吃麩子；或是吃了些豆餅，這都能看出。要是人糞的話，就能看出這人是吃番薯多，還是吃玉米多；是吃麵粉多，還是吃高粱麵多。

那時候糞是珍貴的。一個勤快的老人，一個冬天，能拾幾百斤糞，都堆在屋後的糞堆裡，開春把這些發酵過的肥料賣出，能賺不少報酬；或施到自家的菜園裡，一年的蔬菜都長得好。

仲冬時沒有植物和農作物的遮擋，可以把平原看得更清楚。河流、河堤上的樹林、村莊、農田、墳墓、較遠處一個行走的人、池塘、土坡、電線杆、田間土路，都變得十分透明，一眼望過去，都看得清清楚楚，無一遺漏。感覺上，似乎連颳過的北風，風運動的軌跡，都看得一清二楚，無一遺漏。

冬天的平原，表面上看，似乎一馬平川，內容單調。不只是冬天，所有時候的平原，總體而言，表面一看，都似乎一馬平川，內容單調。但我們考察過人類歷史後就會發現，平原對人口的承載能力、對人們相互之間的交流、對人們交流的頻繁程度、對文化和創新傳播的速度、對人們相互間的競爭，它的交通優勢，都發揮了關鍵作用。法國歷史學家布勞岱爾（Fernand Braudel）曾經斷言，文明可以沿地平線傳播，但無法垂直傳播，哪怕一兩百公尺都不行。雖然話說得有點絕對，但他想表達的道理是清楚的。

於是，人們又發現了文明不上山的規律。人們發現，文明到達山頂，或翻過山嶺到達大山背後的時間，總是慢幾拍，或慢幾十拍。從自然地理的視角看，這有其明顯的理由，當然主要是因交通不便利。

大山和平原還有人口密度的不同。大山裡總是人口稀疏，平原上總是人滿為患。大山的人口稀疏，並非大山不想養育更多人，而是大山本身對人口的承載能力脆弱、有限。平原也不是想人滿為患，而是平原的產出本身就能承載大量人口，平原想人不多都不行。在平原地區，一、兩畝地就能養活一個五口之家。但在山區，農田都是小塊、邊緣性的，十幾畝，或幾十畝，甚至上百畝山林，或許才能養活一個五口之家。

　　人口密度與文明成熟度呈正比關係。在正常情況下，一般而言，人口密度越大，文明程度越高。這是因為人口密度越大，相互交流越充分；人口密度越大，資訊傳播越快；人口密度越大，人們在社會層級上的競爭越激烈；人口密度越大，人們見識越多；人口密度越大，人們對資源的競爭越激烈；人口密度越大，人們越鉤心鬥角；人口密度越大，閒人越多，因而生存之外的需求越豐富，與生存無關的創造和發明也越多。在這種種情況下，平原人群的文明程度會更高。

　　《史記》記載了戰國時期的兵家吳起與魏武侯的對話，武侯說，你看我魏國山河多麼險固，這些都是國家的天然屏障呀！吳起於是別出心裁地說，政權的穩固不穩固，「在德不在險」。即僅地形險要並不管用，重要的是能夠以德養國。以德養國了，國家便能穩固。吳起的話當然沒錯，也沒人能夠反駁。不過以德養國的原則與所有制勝原則一樣，都要因時因地變化。因時因地變化，德才能成為克敵制勝的法寶。吳起的潛臺詞，或許可以理解成平原與險隘之間的辯證關係。

　　甚至人類社會比較正規的戰爭和兵器，都是為應對平原環境而產生、發明的。在人類歷史上，人們總是圍繞平原而啟動戰爭。誰奪取了平原，誰就贏得了權力、贏得了歷史。在人類社會裡，有點分量，或較高層次的戰爭，都發生在平原條件下。人類也是為了應對平原上的戰爭，才發明了

兵車等革命性的重型裝備。因而誰裝備了更多戰車，誰就贏得了戰爭；誰贏得了戰爭，誰就占有了平原；誰占有了平原，誰就占有了文明和資源；誰占有了文明和資源，誰就變得更強大無敵。

仲冬這個月有冬至節氣。這一天太陽到達南回歸線，即南緯二十三度半的緯線，這條線又稱冬至線。所謂冬至線，這是從北半球的角度而言。這一天，太陽垂直照射地面的位置到達一年中的最南緯線。北半球房間裡的飄窗和室內能直接照到太陽的部分，也是一年中最多的。冬至的「至」，是極致的意思，這天北半球白天最短，此後的白晝越來越長，直至夏至。冬至這一天，太陽在南半球高度角最大。

仲冬到來時，平原上的主婦們開始做各種地方麵食，小販們也在加緊加工當地各種可口的麵食。有一種麵食叫蝗蟲腿。

蝗蟲腿的做法是，先和好麵，把麵擀開，切成一小段一小段，像蝗蟲腿那般長短大小，然後放進油鍋裡炸；炸好後，再放進熔化的熱糖裡滾一滾，冷涼後就可以食用了。這種麵食吃起來甜甜的，還有一股麵香，很好吃。

另有一種叫焦葉子的麵食，是把和好的麵擀成麵皮，麵皮上撒芝麻，把芝麻擀進麵皮裡，再用刀切成一個個菱形，放進熱油裡炸。炸到麵皮焦黃時，就可以出鍋了，用漏勺把炸好的焦葉子撈出來，放在架子上瀝油。油瀝好了，除了趁熱吃，剩下的可以用食品袋收起來，放在冰箱裡，隨吃隨取，這樣放上三個月、半年，焦葉子也不會變質、變壞。這種麵食吃起來香脆，且不會把胃吃壞，即使貪吃，吃得多一點，也沒有問題。

還有一種麵食叫糖三刀。這種麵食一般家庭主婦做不了，也不太用心去做，小販們倒做得多，因為大人、孩子都喜歡吃，銷路好，不怕賣不掉。

糖三刀是一種甜食。製作糖三刀，據說要先用開水燙麵，邊往麵裡加

開水，邊和麵，這樣燙過的麵做出的糖三刀才軟糯香甜，即使不加糖，也有香甜的味道。麵燙好了，在砧板上撒上乾麵粉，揉成長條形，再用刀快速切成麻將大小的方塊，有時切成稍長點的長方塊。為了進油、進糖方便，要在切好的麵塊上用刀劃三刀，糖三刀的名稱大概就是這樣來的吧！

把切好的麵塊放進熱油裡炸，炸得通體偏黃時，用漏勺撈出來，直接放進熱糖稀裡滾過。糖三刀就做好了。這種麵食遍體焦黃，上面沾滿似蜜的焦糖。在偏遠的小集鎮上，或者在黃河故道果園裡的小居住點裡，看見小販推車賣焦亮的糖三刀，就會忍不住上前去買一些。買來的糖三刀用紙袋裝著，把手指伸進去捏一塊，稍軟黏手，放進嘴裡，無比香酥甜糯，極其可口難忘。嘴裡吃一個，心裡卻惦記著下一個；吃了下一個，心裡又惦記著紙袋裡的那幾個，一直到吃完，才會罷休。

炒花生，主婦們都會做。先準備一些飽滿帶殼的本地土花生，再到野外的沙土地裡去挖些乾淨的沙土來，然後把沙土和花生都倒進鍋裡，用鍋鏟翻炒。開始時，沙子和花生都不太熱，這時翻炒的速度可以慢一點。沙子和花生逐漸都熱了，翻炒的速度就要越來越快，如果速度慢了，就會把花生炒焦，就不好吃或不能吃了。

花生炒好時，先把鍋從火上拿下來，然後用那種鐵絲編的漏勺把花生都「撈」出來，把漏勺晃蕩晃蕩，讓花生們相互碰撞，乾熱的沙土就都漏下去了。剛炒出來的花生最好吃。小孩們都圍在鍋邊，迫不及待地抓起剛炒好放進盤裡的花生就跑，一邊跑，一邊把熱燙的花生往嘴裡塞。大人在後面用話追著，道：「小心燙！小心燙！」孩子的小嘴都燙得發疼，但這也擋不住他們的嘴饞。他們一個個地直接把花生殼用嘴咬開，香到他們連殼帶果都吞下去了。他們顧不了那麼多了。

炒南瓜種也是這時受歡迎的零食之一。吃南瓜時，主婦們已經把南瓜

種都留下來了，在窗臺上晒乾，裝進布袋裡收藏好備用。炒南瓜種就直接放在鍋裡炒，整個屋裡逐漸瀰漫一股南瓜種特有的瓜香氣。南瓜種炒到兩邊的平面略帶點焦糊，就是最佳狀態了。

孩子們聞到香氣，都跑過來，看見炒好的南瓜種，紛紛擠上前，抓起一把就跑，連殼帶仁都吞下去。借助美食的誘惑，孩子們都上了主婦的「圈套」。主婦們看在眼裡，喜在心裡，一點都不去阻止他們。南瓜種是最有效的驅蟲藥，孩子們肚裡經常有蛔蟲，南瓜種一吃，蛔蟲紛紛中招，有時比吃寶塔糖還有效。

這個月無疑要越加厚愛家人，給他們居家的溫暖；給他們衣食的豐足；給他們安全的倚靠；給他們慈厚的撫愛。必要時，也給他們人生的指點。

這個月，宜於室內做些緩慢的活動。喜光照的植物搬去飄窗，南方的花木減少或停止澆水，忍冬等植物放置在無封閉的陽臺或露臺均無礙。

仲冬又宜反思。曾子說：「慎終追遠，民德歸厚矣。」這句話的意思是，慎重地辦理喪事，追念遠逝的先人，民風道德自然回歸淳厚。也可以這樣理解，謹慎地處理逝者的後事，追憶遠去的祖先，民風就會回歸淳厚。

仲冬時節，天寒地凍，人體機能遲緩，但卻最適合思考，也最適宜做出與嚴冬的厚重相匹配的重大決定。據科學家研究，寒冷使人體內血清素等含量較高，昏暗和下雨下雪的天氣，則使人睡眠充足，人腦在缺少陽光的環境裡，更容易做出有條理的分析和判斷。而春天和夏天，由於人們比較衝動，或疲於應對不適的環境，則易做出短視和考慮不夠全面的決定。因而冬季有助於人們做出正確的重要決定。

仲冬的平原變成了冬小麥的天下。走到河灣附近的土坡往遠方看，這時幾乎只看得見無涯的淺綠色的麥原。河流的轉彎處綿延著數十公里長的

樹林。現在，樹枝上只有很少的枯葉沒有掉落了，因此能更清楚地看清楚河堤上樹林的構成。構成樹林主要的是楊樹，也許是義大利楊；也許是阿根廷楊；也許是中國早期的楊樹。這種速生樹種大片大片地生長，向著高高的藍天，或更高的藍天伸展。

另外，還有一些泡桐樹。泡桐樹木質比楊樹還鬆，還軟，它們生長起來也比楊樹更快。幾年不見，就會發現原來碗口粗的泡桐樹已經長得比臉盆還粗了。它們不僅向上擴張，還向周邊擴張。在泡桐樹周圍，很難還有什麼樹能正常生長。

刺槐樹也喜歡聚攏。刺槐樹主要向上生長，它們的密度更高，如果不加修剪，刺槐樹林很難進入，大的刺槐樹在奮力向藍天生長，小的刺槐樹則把靠近地面的空間都占領了。正如刺槐樹的名字，其樹幹和樹枝上都是堅硬的刺。樹幹上的刺少一些，但紫硬長大，威力巨大；樹枝上的刺很多，但刺小一些，有些嫩枝上的刺很柔軟，扎起人來，殺傷力還沒那麼大。

榆樹、楝樹、柳樹、椿樹、銀杏樹、楮樹……等，則這裡一棵，那裡一棵，分散在樹林裡。一些藤蔓植物，像金銀花、野葡萄、爬牆虎……等，附生在樹幹上，或攀緣在低矮的灌木上，它們在冬天已經落盡了葉子。樹根附近的地面，則生長著已經乾枯或十分蒼老的各種野草。

在這一大片綿延數十公里的植物群落裡，楊樹是這裡的優勢群種。楊樹在這個植物群落裡占據著絕對的優勢，它們的存在，決定了這一整個群落的生物環境。它們占據了這個群落的上層空間，也決定了這個植物群落的土壤特性。相對較少的刺槐是次優勢種，它們在數量上少於楊樹，但它們仍然能在控制群落環境方面產生不小的作用。楝樹和銀杏樹則是這個植物群落裡的偶見樹種或罕見樹種，它們只是零星和偶然出現，但也能產生

地方樹種的指標作用。

　　但植物的智慧使得植物能夠選擇不同的進化策略。雖然楊樹統治了這個植物群落的上層空間，占盡這裡的頂端優勢，能夠最大限度地獲得光、熱、風等資源。但藤蔓植物選擇了借力使力的進化策略，它們可以借助楊樹的樹幹，攀緣到楊樹的最頂端，獲得甚至比楊樹更多的光、熱、風等資源；地面上的草本則進化得十分耐陰，它們可以不用獲得太多的光、熱、風等資源，就能順利地完成自己全部的生活史，成功地將本物種完好地延續下去。這正是植物適者生存、共同演化的共贏機制。

　　共同演化的情況在生物界相當普遍，也比較複雜，包括了種間的共同演化、植物與草食動物間的共同演化、互利共生式共同演化等。比如植物之間的互相比較使植物變得強大起來；昆蟲採集花粉，植物則利用昆蟲授粉；動物吃掉植物的果實，把無法消化的種子排泄到數公里之外，間接代替了植物的行走。

　　仲冬可在抬頭看得見更多天空的楊樹林裡，用手在地面上掃出一片淨地，然後閉上眼，等大風吹過。大風吹過以後，如果楊樹上所剩無幾的枯葉，有幾枚落在這塊淨地上，就可以許幾個小心願；如果沒有枯葉落在這塊淨土上，來年便宜順天應時，過安穩淡靜的日子，積聚能量，以待時運。

　　仲冬時節，連螞蟻這種最常見、最多見的昆蟲都不見了。在地面上、在樹幹上、在牆縫裡，都找不到牠們。嗡嗡叫的蚊子也不見了。不過，你要是開了廁所的燈，在梳妝檯背後的暗影裡，是有可能發現一、兩隻紋絲不動的灰黑色影子，那就是埋伏起來的蚊子。蜻蜓、蝴蝶、螢火蟲、螳螂、蟬都不見了。蜜蜂還偶爾能看得到。在仲冬，昆蟲世界一片寂靜。

　　但草地裡的車軸草、淺水或溼地裡的銅錢草，都還綠著。一些淺水灣

裡，菖蒲也是半青的。行道樹的紅葉石楠和紅花橙木，都還老綠著；紅葉石楠初春就要開始發紅芽了；紅花橙木在季春能把整個道路旁都開成一片水紅。寒菊在十二月到來年一月開放，這是它們在冬天的本分。

季冬的到來總是讓人心生感慨的。

無論陰雨晴冷，小寒這一天，我總會挑一本書，今年這一本是《歷史地理學》，泡一杯山楂片茶，到北邊的房間，面朝北偏東的方向，坐在椅子上，讀上半天。現在太陽已經開始向北回歸線歸來了，白天已經開始變長，陽臺和飄窗裡秋天和仲冬太陽能照晒到的地方，有些在夏至到來以前再也照晒不到了。雖說是讀，但往往只是半讀半想，有時沉湎於冥想；有時和自己腦袋裡的一個臆想鬥爭，它要讓我相信它是真的、正確的，我要告訴它我不相信它是真的，它不是正確的；有時候做白日夢。

季冬是黃淮海平原冬季最冷的一個月。這個月有連續陰雨雪天氣，有連續零度以下的氣溫，也有連續呼嘯的北風或西北風。夜晚躺在向北小房間的床上，暖和的被窩，一盞橙黃色光線的床頭燈，一支電量充足、訊號滿格的手機，這時的心滿意足是無以言表的。透過拉著窗紗的窗外，能看見一幢很高很寬的大樓，大樓幾乎所有的門窗裡都亮著燈，這種畫面使人安心，這是群居的人類本能。

很多年前，一到臘月，家裡媽媽輩的，就開始張羅醃製臘味了。醃臘肉自然是首選，是必須要做的工作。村裡殺豬的人家自不待說，在城市裡，媽媽們一定會到菜市場，選一些五花肉，最好是肥多瘦少的那種，當作醃製臘肉的食材。用大竹籃背回家後，先搬一個小板凳坐下，細心地用溫清水洗淨，再用菜刀，一點一點把豬皮上殘存的豬毛刮除。總有些豬毛刮不乾淨，或存在毛孔裡，這時就要從掛在廚房牆上的一個小籃子裡，找出一種夾毛利器。

這是一種帶彈性的黑色鋼質錫子。這種錫子沒有彈簧，但因為是鋼質的，所以有彈性，需要夾住東西時，用手指把兩邊往中間捏緊即可。錫子雖然製作簡單、使用方便，但它也有一個缺點，就是用的時間稍久，手指和手掌會非常疲累。用鋼質的錫子，一根一根地把殘存的豬毛拔除後，再把豬皮從豬肉上分離下來。

分離下來的豬處理乾淨後，並不會浪費，而是拿去製作一種叫皮肚的美食。先把半鍋豬油加熱，然後把豬皮放進去烹炸，待豬皮炸得起泡、焦黃時，就可以撈出、晾乾、收藏、備用了。皮肚做湯最好吃，用皮肚、金針花、鵪鶉蛋、黑木耳做成濃湯，起鍋時撒上一層黑胡椒粉，白胡椒粉也行，連吃帶喝，身上熱氣騰騰的，營養又可口。豬肉則拿去製作臘肉。

臘鴨、臘鵝也在這個月製作。把肥鴨和肥鵝宰殺去毛，抹上粗鹽醃製兩天待用。這時就要製作一種各家不盡相同的香料，有八角、桂皮、茴香、乾薑、花椒、大蔥、辣椒粉等，一起放進蒜袋裡，用蒜錘搗碎成粉，再用水調成糊狀。把醃製好的肥鴨或肥鵝放進大臉盆裡，用手抹一把香料糊，在肥鴨或肥鵝裡外塗抹，沒有一處遺漏。塗抹好的肥鴨或肥鵝掛在寒涼的地方晾乾，過年或年後，就可以拿來煮菜了，或者放在米飯上蒸熟，吃起來有一種特殊的臘香味，也十分耐嚼，越嚼越有味，米飯也會因此有很大的食用量。

又有一種風雞，也多在臘月製作。風雞或可寫作封雞，記的只是那個音。臘月裡，把家裡養的公雞抓來，在後院宰殺後，從雞尾處開個洞，把雞內臟都挖出來，用來炒辣子雞雜，也是一道一吃就停不下來的美味。宰殺的公雞雞身不必破，雞毛不能拔，更不能用開水燙洗。挖出雞內臟後，用溫水把雞內部洗淨，然後將鹽、花椒、八角、陳皮、乾薑、茴香、切碎的乾紅辣椒等研磨成粉，再加水配製成作料，厚厚地塗一層在雞肚裡。再

往雞肚裡塞滿大蔥，然後用繩子把整隻雞結結實實地捆綁起來，掛到室外的屋簷下，風雞就算完成了。在米飯鍋上乾蒸的風雞最好吃，鍋蓋一掀開，肉香氣就撲過來了。

臘月裡的臘八這一天，平原上還流行喝臘八粥。臘月初七這天晚上，媽媽們就神神祕祕地在廚房裡忙，把她們收藏在某處的雜糧，例如小米、豌豆、去皮棗泥、綠豆、紅小豆、花生、薏米、高粱，還有麥仁、大米、冰糖（或蜂蜜）等，都拿出來，各自放在碗裡，擺在檯面上，顯得琳琅滿目，很有儀式感。

很多年前用的還是煤球爐。晚上睡覺前，媽媽們就把這些糧食都倒進鍋裡，加滿水，放在封了火的爐子上。第二天一大早，室外大雪紛飛，家人都被一種異香喚醒。吸吸鼻子聞聞，確認一下，家裡果然是奇香撲鼻。媽媽們已經起床，孩子們還賴在被窩裡不肯起來。媽媽也不來打他們。但是過不了多久，他們就自己從被窩裡跳起來了。原來媽媽端了一碗香噴噴的臘八粥進來了，給孩子們穿上棉襖，在他們面前的被上鋪一張報紙。臘八粥裡放了冰糖，又香又甜。孩子們吃飽喝足，又鑽進被窩裡賴床去了。

臘八菜也必須臘八這天製作。製作臘八菜的原料，主要有胡蘿蔔、大蔥和大蒜。胡蘿蔔要切成絲，大蔥也要切成絲，大蒜則要切成片。把這三種切好的食材放在盆裡，撒些精鹽，用手翻勻，然後裝進大口瓶裡備食，可以吃好幾個星期。拌好的臘八菜當時即可食用，放幾天再食用，口感也很好。但是，據說臘八菜只能在臘八這一天製作，過了臘月初八，或在臘月初八以前製作，當天吃是可以的，卻不能擱置，過一、兩天再吃，味道就變了，也很容易變質。

這個月除了過除夕，也就是大年三十，還有一個小年要過。小年一般是臘月二十三，但也不一定。據說中國北方一般過臘月二十三，中國南方

一般過臘月二十四。可能是民間流傳的「官三民四船家五」，或「官三民四佛道五」的原因，意思是過小年要官家先過，百姓後過，船民或佛道人士最後過。黃河中下游，以及黃淮海平原地區，千年以來，時常是權力中心所在，可以認為是官方。而從權力中心的視角看，南方都是後教化之地，可以認為是民間。當然，這都是歷史的遺留問題。

淮河以北地區的小年，大都在臘月二十三，而且過的是中午。這一天中午，人們會去父母家或親戚家吃飯。雖然也算團圓飯，但並不像除夕那樣要求家人都到齊，也沒有固定和必需的菜餚，就是家常菜，不過當然會比平常豐盛些。葷菜有牛肉、豬肉、滷豬蹄、燒雞、滷豬肚、辣子羊肚（最好吃！）、紅燒魚、炒羊肉、木耳肉片等。蔬菜最受歡迎，有四季青炒蘑菇、青菜豆腐、炒黃豆芽、醋炮白菜、乾豆角炒筍子等。湯圓則必不可少，寓意團團圓圓。湯類有雞蛋蝦米湯、紫菜雞蛋湯、青菜豆腐湯等。主食有米飯、麵條、饅頭、烙饅頭（卷羊肉）。

季冬最宜體驗親情、溫厚家人、感恩生命。北風呼嘯，生命艱辛。在這個季節，沒有理由不厚愛家人、兼愛社會。

這個月雖表面木然，但內心火熱，宜於室內做些緩慢的活動，做些頭部、臉部、頸部、手部的摩擦活動。季冬，又宜於牆角朝陽處，仿熊眠狀態。

《中庸》第一章說：「天命之謂性，率性之謂道，修道之謂教。道也者，不可須臾離也，可離非道也。是故君子戒慎乎其所不睹，恐懼乎其所不聞。莫見乎隱，莫顯乎微。故君子慎其獨也。喜怒哀樂之未發，謂之中；發而皆中節，謂之和；中也者，天下之大本也；和也者，天下之達道也。致中和，天地位焉，萬物育焉。」這段話的意思是：「天賦予人的叫人性，遵循人性規律叫作道，依照道的規則修習叫作教。道片刻都不可以離開；

如果可以離開，那就不是道了。因此君子在別人看不到的地方最要謹慎警戒，在別人聽不到的地方最要恐慌畏懼。越隱祕越容易呈現，越細微越容易顯露。因此君子獨處時最要謹慎。各種感情沒有表現出來的時候，叫作中；表現出來以後符合常理，叫作和。中是天下的根本；和是天下通行的規則。達到中和的境界，天地就各歸其位，萬物就生長發育了。」

冬季是最宜獨處的季節。用悲憫的情感對世界；用慈愛的眼光看世界；用寬容的心胸愛世界，這些要成為這個季節的主流情緒。但孤處也易孤僻、易挑剔、易偏激、易懈怠。因而要謹慎地獨處，不僅僅要守持內心的基本，也要解除內心的憂愁，拓展內心的大度。

冬季又最宜立志。

《大學》的第一章說：「古之欲明明德於天下者，先治其國；欲治其國者，先齊其家；欲齊其家者，先修其身；欲修其身者，先正其心；欲正其心者，先誠其意；欲誠其意者，先致其知。致知在格物。物格而後知至，知至而後意誠，意誠而後心正，心正而後身修，身修而後家齊，家齊而後國治，國治而後天下平。」

這段話的意思是說：「古代打算彰顯光明於天下的人，先要治理好自己的國家；打算治理好自己國家的人，先要管理好自己的家族、家庭；打算管理好自己家族、家庭的人，先要修養自身；打算修養自身的人，先要端正自己的心態；打算端正自己心態的人，先要誠心誠意；打算誠心誠意的人，先要增廣知識見聞。打算增廣知識見聞的人，先要探明事物的道理。探明事物的道理就能掌握知識，掌握知識就能誠心誠意，誠心誠意就能心態端正，心態端正就能修養自身，修養自身就能管理好家族家庭，管理好家族家庭就能治理好國家，治理好國家就能使天下太平。」

格物、致知、誠意、正心、修身、齊家、治國、平天下，是儒家傳統

的主旋律。一個人無法吃得好、住得好、穿得美，可能還沒那麼難看。但如果一個人不立下些志向，有時候就顯得很難看了。

冬季又最宜收斂。

《老子》第八章說：「上善若水。水善利萬物而不爭，處眾人之所惡，故幾於道。居善地，心善淵，與善仁，言善信，政善治，事善能，動善時。夫唯不爭，故無尤。」

這段話的意思是說：「上善之人像水那樣。水滋利萬物而不與之爭奪，位處大家不願意待的低窪地，因此接近於道。姿態謙卑，心境如淵，交結仁善之人，說話遵守信用，為政精於治理，處事隨物成形，行動掌握時機。因為不去爭奪，所以沒有過失。」

人如水般，一切就都好了。如水般謙卑，如水般包納，如水般強大，又如水般隨形，如水般柔媚，如水般滋潤，這不一切都好了？

冬季又最宜外冷內熱，在心中累積動力，做振翅欲飛貌，以待花開春暖。

《莊子·逍遙遊》講了個神話：「湯之問棘也是已：窮髮之北，有冥海者，天池也。有魚焉，其廣數千里，未有知其修者，其名為鯤。有鳥焉，其名為鵬，背若太山，翼若垂天之雲，搏扶搖羊角而上者九萬里，絕雲氣，負青天，然後圖南，且適南冥也。斥鴳笑之曰：『彼且奚適也？我騰躍而上，不過數仞而下，翱翔蓬蒿之間，此亦飛之至也，而彼且奚適也？』此小大之辯也。」

這個神話的意思是：「商湯是這樣對棘說的：北方草木不生的地方有個很深的海，那是天然形成的大水池。那裡有一條魚，身軀有數千里寬，沒有人知道牠的長度，牠的名字叫鯤。那裡有一種鳥，牠的名字叫鵬，牠的背像泰山，翅膀像天邊的雲，盤繞著旋轉直上的風直達九萬里高空，穿

越雲氣，背對青天，然後謀劃飛往南方，將飛到南方的海那裡去。小池澤裡的小鳥嘲譏笑大鵬說：『牠打算飛到哪裡去呢？我盡力往上騰飛，不過幾十公尺就降落下來了，展翅盤旋飛翔在野草之間，就是我最得意的飛翔境界了，而牠究竟要飛到哪裡去？』這就是小天地與大境界之間的區別。」

固然，鵬鳥有鵬鳥的志向，小鳩有小鳩的生命觀，二者並不對立。我們只要知道，有自己的主張就是好的。多樣性與單一性，總歸是相依相生的。

冬季又最宜釐清技術與藝術的界線。

《孫子兵法·謀攻篇》說：「凡用兵之法，全國為上，破國次之；全軍為上，破軍次之；全旅為上，破旅次之；全卒為上，破卒次之；全伍為上，破伍次之。是故百戰百勝，非善之善也；不戰而屈人之兵，善之善者也。」

孫武這段話的意思是說：「用兵的法則是，不戰能降伏敵國最好，擊破敵國就次一等；不戰能降伏敵人全軍最好，擊破敵軍就次一等；不戰能降伏敵人全旅最好，擊破敵人全旅就次一等；不戰能降伏敵人全卒最好，擊破敵人全卒就次一等；不戰能降伏敵人全伍最好，擊破敵人全伍就次一等。因此百戰百勝，不是最高明的；不打仗卻能使對手屈服，才是完美中的完美。」

推而思之，人世間的事情，又有哪樁不是「不打仗卻能使對手屈服」為完美中的完美呢？人類的智慧沒有窮盡，只要不是無窮盡地索取，那這種智慧就是好的。

冬季又最宜凝靜和省思。

《論語·為政篇》說：「吾十有五而志於學，三十而立，四十而不惑，五十而知天命，六十而耳順，七十而從心所欲，不逾矩。」這段話是孔子

的自述，意思是：「我十五歲有志於學問，三十歲能夠自立，四十歲對各種事物不再迷惑，五十歲懂得天命，六十歲知道如何對待各種言論，七十歲可以隨心所欲而不逾越規矩。」

冬季的確最適宜盤問自己：做了什麼，沒做什麼；如何去做了，如何不做了；怎麼做的，怎麼不去做的；說了什麼，沒說什麼；如何去說，如何不說；怎麼去說的，怎麼不去說的；將做什麼，將不做什麼；將如何去做，將如何不做；將怎麼去做，將怎麼不去做。

這個月在鵝毛大雪後的平原漫步。小麥的平原已經被大雪抹平了，但田坡上露出來的一小塊裸土上，野草竟然已經泛了一芽鮮綠。這時，戴一頂麥秸草帽，用一柄快鐮墊在屁股下面，坐在高高的草埕上看滿眼雪原。那裡有一行彎彎曲曲的腳印，正是自己來時的路。於是閉上眼睛冥想，暗自占卜道：「若大雪覆蓋足跡，則人間萬順；若雪霽氣朗，則天地萬順。」這時睜開眼來，定睛細看，則必得一心凝靜、一派清朗。

大雪時，還可攜帶手機計步器在室內散步。由客廳至臥室，由臥室至書房，由書房到廚房，由廚房到客廳，由客廳到陽臺，循環往復，直到渾身熱暖舒暢。據說，一天中散步的步數，比速度和強度更重要。每天走四千至七千九百九十九步，死亡率會驟降至百分之二十一點四；每天走八千至一萬一千九百九十九步，死亡率則會下降至百分之六點九。

這個月，一些養在室內的花卉要開花了。水仙的花開起來真是叫人不忍離去。水仙的花素雅、淡靜，香氣也柔和、純正。讓水仙開花，須要室內溫暖，又得隔一、兩天換一次水，保持盆水的潔淨。變色或有些腐爛的根須及時剪去，以免汙染水質。

水仙抽出的花莖不可細長，一則細長的花莖開不出芳香肥大的花朵，一則細長的花莖極易倒伏。要想水仙的花莖不抽得細長，就要在水仙抽莖

的階段，多讓它們晒太陽。出太陽的時候，把水仙盆端到室內窗戶的陽光下沐浴陽光，傍晚太陽落下時，再端到室內光線充足又溫暖的地方，增加光照時間。這樣抽出的花莖短而粗，開出的花也肥腴、豐碩，香氣襲人。

蠟梅是臘月當季花開最盛的植物。大雪紛飛的時候，它的香氣瀰漫在周圍半徑五六十公尺的區域，如果天氣晴好，它的香氣大約可以擴展到周圍半徑一百多公尺的區域。蠟梅的花並不豔麗。但花卉往往如此，豔麗的花不香，芳香的花不豔。這是它們各自的進化選擇。

枇杷樹繼續開花。在大雪中，枇杷和它的花似乎舉重若輕，它們對寒冷顯得滿不在乎。這種氣質，讓人不由得成為它的鐵粉。

養在室內的君子蘭，也鼓脹出飽滿碩大的花苞了。但要它們在春節期間開花，室內的溫度還得更暖一些，上一年的養護也要更到位。君子蘭病蟲害很少，也比較耐陰。上一年仲秋以後，養在室內的君子蘭，可以端到大露臺上，放在陽光不直射但光照長、日光較強的樹下或其他植物背後。由於室外天氣較乾燥，這時應該多澆水、勤施淡肥。經過這樣一番管理，到暮冬或初春時節，君子蘭就能開出美麗的鮮花。君子蘭開出的花，正紅鮮豔，像極了一種高雅端正的德行，這或許就是它被稱為君子蘭的緣由。

這個月，幾乎所有的昆蟲都在蟄伏，因此在平原的原野裡，聽不到什麼蟲鳴聲，甚至連夏天時刻都能聽到的蚯蚓嘶鳴聲都聽不到。野生動物鮮見蹤影，當然，現在野生動物本來就已經比較少見。飛禽的數量仍然較少，最常見的還是麻雀、斑鳩和喜鵲。不過牠們的數量，也隨著平原氣溫的降低和雨雪的頻繁，而不斷下降。

到月末時，偶爾能見到少量大雁，緩慢地從昏暗的天空飛過，向著北方飛去。這其實預告著最寒冷的時節往往也是暖和的開始。

平原的四季

平原上的兵車

大霧裡的平原，什麼都看不見，只隱約看得見腳下的土路。印象中前面是浚河的大河灣，河流在那裡深切到地面下，平坦的原野在大河灣的兩邊極盡可能地伸展開去。我推測著方位往浚河大河灣的方向走，平原上的候蟲還聽不到一點動靜，但想必牠們已經伸腰蹬腿，靠近洞口醒著睡了吧！古人以五天為一候，每一候裡都有不同的事物變化、生離死別。這時忽然聽見前方隱約有些嘈雜的人聲和馬嘶聲，還感受得到沉重的牛車行駛時地面微微的震動。嗯嗯，我想，前面一定就要接近一個很大的村莊了，不然為什麼會有這麼多馬車、牛車和人聲？那時只有春耕、春種才能掀起這麼大的動靜。

我一隻手抱著電腦、手機、紙質的筆記本，用另一隻手撥開濃霧，小心翼翼地走進霧珠裡。腳下的路看得不是太清楚，我只得一腳高一腳低地摸索著往前走，頭髮上很快就有水珠滴下來了，褲管也溼得沁人。走到河

灣的空地上時，我聽見水霧中的河水裡傳來嘩啦一聲，那一定是一隻浚河大鯉魚用紅尾撥水的聲音。隨著水聲，河邊一片約莫兩、三個足球場大小的平坦的開闊地上，濃霧漸漸退去，光線亮了起來，但在這片地方以外，霧仍然濃得化不開。

隨著濃霧變薄，這片平坦地上頓然嘈雜起來，無數頭戴青銅頭盔、身穿沉重鎧甲的將領和戰士，匆忙地走動，粗聲大氣地吆喝著。平坦地上不規則地停放著成百上千輛戰車，還有看不到邊的笨重牛車。一些打赤膊的戰士，鑽在戰車或牛車下忙碌著。成群的戰馬和醬色的黃牛，在河邊的樹林裡吃草、吃料。

我在將士、戰車的嘈雜和擁擠裡尋找。是他了！我終於找到了！那是指揮這些將士的最高將領。他身穿厚重的牛皮和青銅釘製的鎧甲，沉默地坐在一輛牛車的坐椅上，手裡拎著青銅頭盔，兩隻鷹鷲般銳利的眼睛直盯著遠方的濃霧，但也能從他的眼神裡看得到一些苦惱。

我跑過去，咳了一聲，提醒他回過神來。

「將軍。」我說。

他愣怔一下，回過神，有點驚詫和狐疑地看著我。

「我是來做口述實錄的。」我向他介紹我自己。

「哦哦……。」

「兵者，詭道也。」我提醒他這句當時流行甚廣的軍事語錄。

他半信半疑地打量著我，回應我說：「嗯，打仗，當然是一種欺騙的藝術。」

我知道他不怎麼明白，但他還是向我行了拱手禮，又用手拍了拍他身邊的牛車護欄，表示請我在那裡坐下。我在他身邊坐下，和他一樣看著遠方的濃霧。不時有持械或空手的士兵從我們眼前匆忙走過。在遠方，那裡

的濃霧彷彿濃得化不開，那裡的樹林，時而可見得一些輪廓，時而便化作了無際涯的濃霧。

將軍忽然無聲地抽泣起來。

我轉頭看了他一眼，又把頭正向前方。我不會去安慰他的。也許他有親人亡故，也許他打仗打累了，也許他開始思念自己的家人，也許他有許多委屈。但男人不需要安慰。他不是哭給我看的，他只是遵從自己內心的衝動。我瞇著眼看遠方的濃霧。我知道，我知道將軍也知道，濃霧後面就是大河、平原、原野，當然，濃霧後面，更多的還是未知。

這時，從戰車堆裡衝過來一位軍官，向將軍報告說：「五十輛戰車修復完畢！」

將軍平靜而簡短地說：「好！繼續修復！」

「是，將軍！」軍官轉身跑去。

我們繼續呆坐著，望向遠方的樹林和濃霧。

許久以後，將軍有點苦惱地說：「今者吾喪我也。」

「什麼意思？」

「我是說，現在的我已經不是過去的我了。或者，我是說，此刻我遺失了自我。或者，我是說，現在，我失去了以前的我。或者，我是說，此刻的我有些忘我。」

「嗯，好吧！」我說，「我是來做口述實錄的，將軍，請您告訴我遠古兵器的知識。」

他點點頭：「這不是難事。」

他伸手從前面走過的一位戰士手裡抓過來一種兵器。

「這叫石斧。就是用石頭敲打而成的戰斧。在原始人類中，工具和兵器沒有區別。工具就是兵器，兵器也是工具；石器就是石兵，石兵也是石

器；石片用來砍東西時就是器具，用來格鬥時就是兵器。那時的石兵有石刀、石錘、石矛、石鐮、石棒、石鑱、石斧、石戈等多種。」

「嗯嗯，那是石器時代。」

將軍把石斧扔給士兵，又從另一位路過的戰士手裡抓過來一把骨刀。

「那時還有骨兵、角兵和蚌兵。骨兵就是用獸骨做成的兵器；角兵就是用獸角做成的兵器；蚌兵就是用蚌殼做成的兵器。只要順手，就都可以拿來使用。」

將軍似乎暫時忘卻了煩惱，說到他熟知的，他就有點滔滔不絕。他把骨兵扔給戰士，又從過路的士兵手裡搶下一把金屬製成的砍刀，掂量說：「夏商周三代，逐漸進入青銅器時代，兵器也以青銅兵器為主，這時期的銅兵主要有銅刀、銅矛、銅殳、銅斧、銅戈、銅戟、銅戚、銅斤……等等。這一時期，鐵兵也緩慢出現，到秦漢時鐵兵開始一統天下，成為兵器主流。」

「哦，這麼厲害！那它們怎麼分類？」我驚訝地問。

將軍皺了皺眉頭。他的這一細節沒能逃出我的細緻觀察。我知道他心裡仍在為一些事情煩惱。再說，他也沒必要為我這個素昧平生的陌生人解答一些在他看來只是常識的軍事知識。另外，他可能也覺得我有點嘮叨，在他生活的那個年代，大男人主義十分流行，人們不懂得什麼叫性別歧視，多數男人都不喜歡絮絮叨叨的男人。

「你從哪個地方來？」他終於開口說話了，但眼睛並未看我，而是一直看著濃霧重重的遠方。

「怎麼說呢？」我思索了一下，按照先秦的文化習慣，我用夷蠻戎狄這四種代表方位的地域回答他，也許他能聽得懂。但是，這有風險，因為我並不知道他率領的將士正在跟誰作戰，如果我說的方向恰巧是他的敵

人，那我就將陷入死地了。

「嗯，嗯，我來自皖蘇魯豫之地。」

將軍聞聽，警惕地轉過頭來看著我：「那是什麼地方？」

「那是兩千多年後的一個地方。」

「兩千多年後？」他困惑地搖搖頭，「我不可能活到那個時候。」

他突然靈巧起來，把頭盔戴到頭上，活力四射地跳下牛車，同時用手拍了拍我，向士兵和兵車嘈雜擁擠的地方大步走去。我趕緊拿起我抱著的電腦、手機等物，跟在他身後。

「讓我來告訴你兵器的分類。」

他走起來時，身材柔韌矯健得不得了，我甚至得帶點小跑，才勉強趕得上。他四肢健壯有力，不知他平時是用什麼方式鍛鍊身體的。

「兵器主要分為手兵、短兵、長兵、刺兵、勾兵、遠射器等幾大類。」

「哦，什麼叫手兵？」我邊跟著他小跑，邊在本子或電腦上記錄他說的話。

「手兵就是……」他邊大步流星般往前走，邊隨手從身邊經過的一位軍官身上抽出一把佩劍。「手兵就是手持的兵器，我們見到的大多數兵器，都是手兵。」

「哦，那麼，什麼是長兵？」

將軍把佩劍扔給軍官，從一位站在兵車邊警衛的戰士手裡抓過來一支長矛，對我晃了晃，又向前方刺了幾刺。「長兵就是帶有長柄的兵器，像戈、戟、矛、斧、斤，都是長兵，這一類兵器就像延長了人的手臂，隔很遠，就可以殺傷敵人。」

「啊，我明白了。」我眼睛的餘光瞥見了遠方的樹林，濃霧在那裡流

動，這是大霧將要消散的訊號，我向將軍請益的時間也許不多了，我得趕緊把我要問的問題都問出來。

可是將軍似乎渾然不覺，他在把長矛扔回給警戒的戰士同時，又從路過的士卒手裡搶來一柄長斧。「斧是一種劈斫長兵，這種兵器雖然斧柄較長，但無法刺殺，只能劈斫，因此叫劈斫長兵。」

「嗯，真是很好的。」我說，「那麼，什麼是短兵？」

「短兵就是短柄兵器，像刀、劍、匕首等，都是短兵，這類兵器主要用於近距離格鬥。」

「好的，這就是短兵。那什麼是刺兵？」

「刺兵就是刺殺敵人的兵器。」將軍伸手抓過一支靠在兵車上的長矛，「矛就是純粹的刺兵，這種武器只能向前突刺敵人，它製作十分簡單，但殺傷的距離遠、動力足，能夠一刺致命。」

「嗯，非常有前途的一種兵器。」我想起後世人們一直大規模使用的紅纓槍，那就是矛的一種變體，在冷兵器時代，矛的生命力無可比擬。「那麼，勾兵是什麼兵器？」

「勾兵就是勾殺敵人的武器。」

將軍把矛靠回兵車，向前走去。他突然一個快步，跳到一群蹲在一起修理兵車的戰士身後，從一個戰士屁股下抓起一支長戟。那個戰士條件反射般跳起來，返身回搶自己的武器，待看見是將軍時，他憨厚地笑了。

「戟就是勾兵，不過是戈、矛的合體，這種兵器可以在柄前安裝直刃，用來刺殺敵人，又可在旁邊安裝橫刃，用來鉤啄敵人，兼顧了勾和刺的功能。還給你。」他把戟扔回給戰士。

「複合型的兵器呀！」我感嘆道。「那麼，遠射器是一種什麼兵器？」

「弓箭就是一種遠射兵器。」將軍在一群士兵面前站住，示意一位士

兵把肩上背的弓箭拿下來，他搭箭上弓，瞄向遠方的樹林。我憂鬱地看著輪廓越來越清晰的樹林。大霧流動得越來越快了，天空隨時可能會霧散日出，到那時，海市蜃樓將不復存在，所有的幻象都將隨風而去。

　　就在此時，一群快鳥啼鳴著從樹林後面升起、飛過來，我瞬間跳起來，尖叫著撲向將軍拉滿的弓弦。「不要射！」可身經百戰的將軍反應極快，弦響箭出，銳利的箭頭撕開霧氣流動的空氣，撲向正迎面而來的鳥群。我跌坐在腳下的麥田裡，眼睜睜地看著響箭射向歡快地啼叫而來的飛鳥。快箭和飛鳥之間的距離，一格一格地縮短著。

　　可是奇怪的事情出現了，響箭的速度越快，它和鳥群之間的距離也越遠。哦哦，我反應過來了，將軍射出的這支快箭，和我看見的這群飛鳥之間，隔著兩千多年的時空距離呢！他們永遠不會相交，所以這支箭永遠射不中這群鳥。我放下心來。我看見將軍站在原地呆住了，他身後所有的戰士也都呆住了，因為將軍永遠是百發百中的，戰士們見到的也永遠是將軍的百發百中，當下這種情況，是他們從來都沒有見過，也從來不敢想像的。

　　我放下心來，慢慢地從麥田裡爬起來，輕輕用手揮了揮身上的泥土。

　　「嗯，將軍，今天的最後一個問題是，弩，是不是就是帶有機關的一種弓？」

　　沒有人理睬我。我覺得我身後也過於安靜了。在我前方，濃霧已經消散，樹林現在看得非常清楚，包括樹林裡以楊樹為主、泡桐和柳樹為次的樹種。我趕緊轉過頭去。我的身後哪裡還有擁擠的兵車、嘈雜的戰士、沉思的將軍、成群的軍馬和吃草的黃牛？大霧已經完全、徹底散去，太陽已經升起來了。浚河灣平靜寬闊的水面上，雖然還殘留著絲絲晨霧，但它們已經遮擋不住一隻小漁船無聲地划過來了。那是一對夫妻，古人所謂匹夫

117

匹婦。匹婦站在小漁船的一頭，輕緩地划著槳；匹夫則坐在小漁船的另一頭，無聲地往水下著絲網；他們慢慢划進水面上的一片殘霧裡去，模模糊糊的，就看不見了。

並非每一個起大霧或濃霧的天氣，都能遇見將軍、他的戰士、兵器和兵車，這總是得看運氣的。

起大霧或濃霧的時候，大霧裡的平原，什麼都看不見，只隱約看得見腳下的土路。印象中前面是灘河的大河灣，河流在那裡深切到地面下去，平坦的原野在大河灣的兩邊極盡可能地伸展開來。我推測著方位往灘河大河灣的方向走，平原上的候蟲還聽不到一點動靜，但想必牠們已經伸腰蹬腿，靠近洞口醒著睏了吧！古人以五天為一候，每一候裡都有不同的事物變化、生離死別。這時，忽然聽見前方隱約有些嘈雜的人聲和馬嘶聲，還感受得到沉重的牛車行駛時地面微微的震動。嗯，我想，前面一定就要接近一個很大的村莊了，不然為什麼會有這麼多馬車、牛車和人聲，那時只有春耕、春種，才能掀起這麼大的動靜。

我懷裡抱著一大堆東西，有電腦、手機、茶杯、筆、紙質的筆記本，甚至還有我座駕的電子鑰匙，我剛才已經把車停在公路邊的幾棵大樹下了，如果霧散，太陽出來了，車裡就不至於被晒得太熱。每當這時候，我就忍不住會想，現代人真是太被物所拖累了。

我撥開濃霧，深一腳，淺一腳，趕到灘河的大河灣。水霧氣太厚了，我的髮梢都往下滴水，我的鞋面也都溼透了。我看見將軍坐在輸送草料用的重型牛車座椅上，身穿厚重的鎧甲，手裡拿著沉重的青銅頭盔，膝蓋上攤開一張絲帛材質的簡易地圖，憂鬱地看著濃霧密鎖的遠方。遠方是什麼？現在完全看不清楚，只看得見一團比一團厚的濃霧，在遠方時而翻滾、時而籠罩。我走過去，走到將軍身邊，跳起來坐在他身邊的椅子，像

他那樣，腳踩在牛車笨重的車輪上。牛車周圍停放著數百輛運輸用的牛拉大車，或作戰用的馬拉戰車，附近的樹林旁還用蘆葦席搭了臨時遮風擋雨的工棚，眾多士兵嘈雜地忙碌著，修理受損的戰車，或維護載重的牛車，或在製作戰車的車輪。

「將軍，好久不見。」我看著遠方的濃霧說。

「嗯。」將軍似乎沉浸在他自己的憂鬱境界裡。「你們是我們的後浪。」

我對他笑一笑。打開電腦，記錄他說的每一句話。不過，有時我也用紙質的筆記本記錄。有時我會趁他不注意，用手機偷偷拍下他的照片、拍下走過的士兵，或拍下我們交流的環境。

他說：「我們是前浪。」

「是的。」我說，「你們比我們早出生兩千多年。」

將軍說：「沒錯，你們比我們都晚出生。也許有一、兩千年，或兩、三千年，我沒法準確知道以後的事。」他用手比劃了一下周圍正在忙碌的官兵，即他說的「我們」。

「是的，這沒有問題。」我回應他，「我可能比你晚出生兩千多年，確切一點是可能比你晚出生兩千三百年到兩千五百年之間。」

「嗯，是這樣的。」將軍心不在焉地看著遠方說。

我在手機的備忘錄裡，寫下幾行字：將軍似乎不在狀況中，他似乎有點憂慮，我不知道他在想什麼，也許是即將到來的決戰。

「我小時候的夢想是當一個匠人，能夠製作桌子、門戶、車輪。」將軍說。我知道他在主動為我提供口述實錄的素材，於是我就不再回應他，而是認真並匆忙地把他的話記錄在本子或電腦、手機上。如果他向我提問，我再回應他。

「戰車是為什麼發明的，你知不知道？」將軍問我。

「這我不知道。」我說，「難道不是為了打仗？」

「是為了打仗。但戰車就是為了眼前這樣的大平原發明的。」將軍把手揮了半圈，意思是包括整個大平原。「戰車也只適合這樣的大平原。」

聽了他的話，我很驚訝。「那山區就不能使用戰車了？」他果斷地擺擺手：「戰車對山區沒有多少價值，反而會成為部隊的拖累。」

「哦，原來是這樣。」

將軍說：「平原才最有戰略價值。平原才能最大化地創造、承載人口和財富。」

「為什麼這樣說？」我好奇地問。

「等你學到世界史，你就會知道。所有的戰車都是為平原發明的。人們只是為了爭奪平原，只是為了進行大規模的集團決戰，才會想到發明戰車。在山區不好使用它們，人們不會在山區大規模使用戰車。」

「那為什麼人們不乾脆騎馬打仗？還要弄個戰車，多麻煩。」

「嗯，如果你生活在游牧區，你會這麼想；如果你生活在農耕區，你就不會這麼想。」

「這有什麼不同嗎？」我說。

「這完全不一樣。」將軍說，「對草原上的游牧民族來說，騎馬一直是種生活方式，並不是為了打仗；但對農耕民族來說，騎馬是很稀有的事，就是一種發現、發明和創造，那普及起來就很難了。你明白嗎？」

「是的，我似乎有點明白了。」我不能肯定。

「我的戰士騎在馬上作戰，那已經是戰國中後期的事了。」將軍補充說，「再說，戰車不僅僅是一種快速的進攻裝備，還是一種完備的防禦裝備，就像後來你們發明的坦克一樣，是一種很好的攻守兼備的裝備。」

「哦，這你也知道。」我喃喃自語道。

將軍的興致似乎高漲起來，他跳下牛車，把頭盔和地圖塞給身旁的衛士，昂首看了看天，命令道：「把馬都趕過來吧！」

他又向我揮一揮手說：「好吧！你跟我來，來看看我們是如何製造大車和兵車的。」

我跳下車，和衛士們一起簇擁著將軍，往修車的士兵和工棚走去。

大霧時而開、時而合，因此人們的視線時而稍好、時而受阻。工棚外和工棚內，士兵和工匠們正各自忙碌著。

我們從各種軍車旁邊經過。將軍拍著那些車說：「這是兵車、這是田車、這是乘車、這是糧車。」

「田車是做什麼用的？」我跟在將軍身後，趁他不注意時，用手機把那些車輛和戰士拍下來，這些照片對我的書，應該都是極其珍貴的，是世界上獨一無二的資料。

「兵車是車戰用的、田車是打獵用的、乘車是乘用的、糧車是運糧用的。」

嗯，它們長得確實不一樣。

「看一輛兵車做得好不好，要先看它的輪子。一方面看輪子結不結實，一方面看輪子是否能均勻著地，另外還要看輪子大小合不合適。」將軍在一輛兵車前停下，拍打著車輛說。

「哦，這怎麼講？」

我跟在將軍身後，記下他的每一句話。口述實錄必須這樣，必須記錄原始對話，不能加以修飾、增刪。

「車輪一定要結實，才能經久耐用。車輪要著地均勻，車才跑得平穩。輪子太大不方便登車，會使拉車的戰馬疲憊不堪。但輪子太小，速度

又會很慢，車兵戰鬥時沒有居高的優勢，馬拉起來也很費力，不能產生戰鬥力。具體來說，兵車的輪子高六尺六寸，田車的輪子高六尺三寸，乘車的輪子高六尺六寸，糧車的輪子因載重不同而有區別。」

「哦，受教了。那麼，做這些車輪，要用什麼木頭才好？」

「嗯，做輪轂用榆木；做輪輻用檀木；做車輪的外圈，可用棗木等硬料。除材質外，還要注意木材的陰陽。」

「什麼是木材的陰陽？」

「木材生長時向陽的一面是陽面，向北的一面是陰面。陰面長得緊密、堅實，陽面長得疏鬆、柔軟。匠人砍伐時，要注意標記好樹木的陰面和陽面，不能弄混。製作時，要用火烘烤陽面，使陽面變得堅固、耐用。挑選輻條時，選材很重要，可先將相同大小的木材放在水裡，木材沉浮程度相同的，材質相同，可以用在同一輛車的車輪上。」

「哦，」我讚嘆道，「將軍真是十分在行。」

「我喜歡做木匠，如果不做將軍，我也能成為一名國工。」

「國工是什麼？」

「國工就是國家一流的工匠，或一流的木匠。」將軍指著那些忙碌的士卒和工匠說，「我手下有一些國工，沒有他們，我就無法製造新戰車，也無法修好戰損的戰車，對我來說，他們是必不可少的。」

「哦，原來是這樣。」

將軍帶我走進工棚。我們蹲下看一些工匠製作車輪。工匠們有的在水裡浸泡木材；有的在火堆上烘烤木材；有的半跪在地上砍削木頭；有的坐在地上刮磨木材；有的蹲著在木塊上挖鑿棒眼。

將軍停下來，從一輛正在維修的戰車上拿起一塊木頭，用手比劃著說：「一般來說，製造一輛車，車廂的長度，是車廂寬度的三分之二。車

戰時，戰車上有三名乘員，主將在中間，馭車在左，武士在右。」

「嗯。」我匆忙記下將軍說的每一句話。

「如果戰車在溼地沼澤打仗、行駛，要把輪圈做得寬薄、輕巧；如果戰車要在丘陵、山地行駛，車輪就要做得圓厚。不能一概而定。」

工棚裡光線略微有點黯淡。但是不知不覺間，工棚裡的光線漸漸亮了一些，甚至偶爾有點看得清楚將軍淺淺的抬頭紋了。我警覺地抬頭向工棚外望去。濃霧肯定正在緩慢地消散。我真不願意這樣。我真不願意大霧慢慢地消散而去。我和將軍正聊得起勁，不過我得抓緊時間了。

「嗯，那真是一段好時光……。」將軍靠在戰車上，用左手拿著一塊厚實的木塊，輕輕拍在右手的手心裡，喃喃自語道。

「什麼？」我搶拍下他沉浸在一種狀態裡的鏡頭。

「哦……。」他似乎清醒過來，「我是說年輕時我做過各種器物。」

「難道將軍曾經是個工科男？」

「可以這麼說。」將軍承認道。

「那麼，將軍曾經做過什麼器物？」

「做過很多器物。」將軍說，「比如戰士用的皮甲，有時用野牛皮做，有時用犀牛皮做，要用兩張皮合起來做，才厚實、耐用，能夠保護戰士不受傷害。還有戰鼓，製作戰鼓時，要求戰鼓中間隆起的高度是鼓面直徑的三分之一，這樣製作出來的戰鼓，才符合要求，在戰場上才敲得響亮，而且經久耐用。制作戰箭時，要求箭的前三分之一和後三分之二重量要相等，不然箭就飛得不穩、射得不遠。製作磬笛時，要用灘水北邊磬石山上的磬石，才吹得響亮、優美。製作豆的時候，也要注意選好材料。」

「抱歉，將軍，豆是什麼？」

「豆是一種食器，上面像個大盤子，可以盛放食物，下面有一個反向

倒扣的小盤子，就像是豆的腳，可以讓這個豆站穩。」

「豆是用什麼材料製作的，又有什麼用處呢？」我覺得外面的濃霧好像又淡了一點，我更有點心神不定。

「豆是一種食器，可以盛放食物。豆也是一種量器，可以衡量放進去的東西有多少。豆還是一種祭器，祭祀時，裡面可盛放祭品。製作豆的材料很多，用陶土製成陶豆，用瓷土製成瓷豆，用木材製成木豆，用青銅製成銅豆。」

這時，工棚外響起幾聲戰馬的嘶鳴聲，衛士、工匠和戰士們都向外望去。將軍把木塊放下，拍拍手上的木屑。「出去看看，牠們來了。」

我跟著將軍和眾人走出工棚，走到工棚外的河坡上。

河坡上野草茂盛，平坦無際。大霧比我剛來時消散了不少，但河面也還看不太清楚。成百上千匹看起來十分矯健的戰馬被散放在河灣的草灘上，或濃或淡的晨霧籠罩著牠們，牠們安然閒適地低頭吃著河灘上鮮嫩的青草。

將軍從衣服裡摸出一隻巴掌大小的磬笛，靠在兵車上吹起來。笛聲悠揚、閒適、明亮，卻又有點悲涼。戰馬聽到將軍的笛聲，都抬起頭，側耳傾聽，繼而嘶叫著，飛奔過來，找到各自的主人，在將軍和戰士們的身邊和附近，抬前腿、抖鬃毛、抱後蹄，戰士們則拍打牠們的脖頸、腰身，河灘上剎那間熱鬧萬分。

一匹高大健壯的黑緞子馬，一直躁動不已地吼叫，用嘴拱動著將軍，將軍用手臂攬住牠的脖子，牠才稍微安靜一些。將軍說：「這些馬的情況也有不同。牠們之中有國馬，就是國中最優良的馬。」說時，他用手輕輕拍著黑緞子馬的馬脖。「另外還有田馬，就是打獵時用來駕車的馬；有服馬，就是駕駛戰車時，四匹戰馬靠中間的那兩匹；有駑馬，就是駕駛戰車

時，四匹戰馬裡靠兩側的那兩匹；還有駕馬，就是品質比較差的馬。嗯，不如你我騎上戰馬，在灘水漫水灘上跑一圈。」將軍向我建議。

「將軍，您曾經說過，在中國，騎兵是戰國中後期才出現的兵種，我們不能趕超時代喔！」我提醒將軍說。

將軍揮揮手，抓住黑緞子馬的韁繩，飛身躍上馬背，縱馬向河灘上跑去。「騎兵出現得晚，不代表戰士不會騎馬。」他撂下了這句話。

也許我要試試這些兩千多年前極其純正的戰馬？

我猶豫著。

可是陽光突然從霧縫裡射進來了。大霧眨眼間就消散不見，濃霧裡的一切也都消散不見了。

我懷裡抱著一大堆東西，電腦呀，手機呀，紙質的筆記本呀，筆呀，充電器呀，它們此時似乎都顯得多餘、無用。我呆呆地站在灘河大河灣的草灘上，髮梢還水淋淋的不時往下滴著水，提醒我幾秒鐘前這裡還有濃得看不見事物的大霧。

我慢慢地回過神來，啟動腳步，走回我此前停在省道邊的車。

運氣好的話，我能連續在大霧天和上古的將軍相遇，和他聊那些久遠的事物，釐清我對上古史實的一些困惑，還能做那些珍貴的口述實錄。

緊接著的又一次，我跌跌撞撞地進入平原的濃霧裡，向什麼都看不見的沱河大河灣跑去，彷彿我已經提前知道將軍在那裡了，而濃霧存在的時間又十分有限似的。

眼界裡什麼都看不見，只隱約看見腳下被霧弄得有點潮溼的土路，印象中前面就是沱河的大河灣了。河流在那裡深切到地面裡，平坦的原野在大河灣的兩邊極盡可能地伸展開來。我推測著方向跑向沱河的大河灣。平原上的候蟲還聽不到一點動靜，但想必地們已經伸腰蹬腿，靠近洞口醒著

睏了吧！古人以五天為一候，每一候裡都有不同的事物變化、生離死別。這時，忽然聽見前方隱約有些嘈雜的人聲和馬嘶聲，還感受得到沉重的牛車行駛時地面微微的震動。嗯，我想，前面一定就要接近一個很大的村莊了，不然為什麼會有這麼多馬車、牛車和人聲，那時只有春耕、春種，才能掀起這麼大的動靜。

我看見將軍了！他正坐在運糧的重型牛車護椅上，腳蹬在車輪上。他的眼神裡有一些困惑、苦惱或憂鬱。看見他時，我就不再著急了。我懷裡抱著那一大堆東西，慢慢地走過去，平靜地和他並排坐在重型牛車的護椅上，腳也蹬在車輪上。

「今天，我想向將軍請教古代戰法。」

我拋出了此次見面的主題後，就不再說話了。我已經把球拋了出去，至於如何回應，那就是將軍的事了。我放鬆地整理著電腦和筆記本，也不時地抬頭，看看濃霧瀰漫中什麼都看不見的前方。

「戰事開始前，建造的哨所要高方低圓。」

將軍開口說話了。這次談話的主題，應該是軍隊的技戰術。我趕忙打開電腦、手機、筆記本，以方便把將軍的每一個舉動、說的每一句話，記在我手中的任何介質上。

「嗯，這或許最早是戰國時期，那個軍事戰略家孫臏說的？」每次來見將軍，我都會盡可能地多做點功課。

「是的，孫臏最早說出這句話，且紀錄在那本叫《孫子兵法》的書裡。」將軍不卑不亢地說，「孫臏的原話是，建哨所要『高則方之，下則圓之』。」

「但為什麼建哨所要高則方之、下則圓之？」

「我並不準確地知道為什麼。」將軍承認說，「但這是部隊的規矩，

是戰爭經驗。」

我看了看將軍。將軍看著遠方濃霧瀰漫的平原，還有那些在濃霧裡看不見的樹林。

將軍說：「也許，從兵法守則上看，這種原則是建立在防禦態勢之上的。建在高地上的觀察或軍事設施，由於居高臨下，因而在軍事地理上是強勢的；方形建築抗攻擊能力比圓形建築稍弱，但能夠布置更多的正面箭垛。而建在低地上的觀察或軍事設施，由於居低面高，因而在軍事地理上是弱勢的，仰面進攻或防禦都要付出更多資源才能達到居高臨下的效果；圓形建築的防禦能力更強，建築的結構也更緊湊、堅固。」

我一邊點頭，一邊緊張地記錄在電腦上。一般碰到將軍有大段議論時，我也總會打開手機的錄音功能，這樣方便事後的整理和留存。

將軍說：「但我認為高地建方，低處建圓，或許更多是從自然地理角度考慮的。高處不會或較少受到流水、山洪或暴雨衝擊，因而建成方形在技術難度上稍低，又有更大的防禦和攻擊面。低地的建築則更可能受到流水、山洪、暴雨衝擊，建成圓形，水阻更小，結構更緊湊堅固，可以更完美地抵抗水流衝擊。另外，方形建築迎風面大，高地陽光相對充沛，方形建築能得到更多陽光；而低處陽光匱乏，圓形建築迎風面小，能夠減少熱量損失；雖然圓形建築攻擊和防禦面小，但權衡利弊，捨方求圓能夠得到更多好處。還有，交戰期間建立哨所，一般時間緊迫，或條件不從容，高地哨所由於先天條件好，因而可以建得簡單些，方形建築的建築難度較小；低地哨所由於先天條件不利，因而對建築的要求高，圓形建築在建築上難度較大，但為了抵消先天條件的不足，因而是值得的。」

「將軍，您的評價和理解非常準確，我也認為很有道理。」我說。

「嗯，這只是我個人的一些經驗性的理解，如果想得到最準確的答

案，先生或許可以聯絡孫臏將軍，以便做進一步的了解和證實。」

「是的，是的，謝謝將軍，我想會的。」

將軍跳下運糧的牛車，向濃霧裡的平原深處大步走去。我也跳下去，懷裡緊抱著各種器具，緊跟著他。

「我感覺我們在往上走。這也許是我的錯覺。」我疑惑地對將軍說。但滿眼都是大霧，什麼都看不見，甚至連腳下也看不清。

「這裡是平原，而且我們這本書寫的基本都是平原，我們應該不會走在山地上吧？」

「平原上不代表絕對沒有小片低山丘陵，也不代表這些小片的低山丘陵裡沒有小塊的平原。」將軍俐落地說。

「那倒是。」我承認。

我感覺我們是在上一個坡度很緩的小荒坡。將軍走得飛快，我得半跑才跟得上他。

「我是要帶先生實地踏勘一下可能的戰地，讓先生知道哨樓、營寨為什麼要建在面南的高坡上，為什麼要背倚山嶺、面對平原。也讓先生知道，哨樓為什麼最忌建在山的背陰處。」

將軍突然停下腳步，在原地站住。大霧好像不對他的視線構成阻礙，他彷彿能透過濃霧看清楚眼前的一切。但我卻什麼都看不見。

「這裡是低山的南坡。哨樓或營寨就應該建在這裡。」將軍一邊說，一邊用手劃著半圓。「部隊作戰都喜歡居高臨下、面南背北，而不喜歡居下面高、面北背南。因為山地的南坡植物茂盛、給養豐富、營地高固，這樣部隊人馬不易生病，可以說戰之必勝。因此在丘陵、坡地、高地駐紮或布陣時，一定要面南背北，這樣部署的優勢，是借助地形的幫助。」

哦，不得不說，我喜歡今天將軍跟我討論的軍事技戰術內容，這也是

許多男生都喜歡的野外戰鬥、生存技能。

　　將軍轉身快步向下走去，我緊緊跟著他。他的腳步越來越快，我只得小跑起來才勉強跟得上他。我突然發現我們已經站在沱河邊了，水線就在我們腳下。

　　「兵者，詭道也。這句話的意思是說，打仗，就是關於欺騙的藝術。但打仗也不是沒有規律可循。比如，」將軍用手指著腳下的河流說，「上游下雨時，水裡就會有泡沫漂來，這時如果打算過河，必須等水勢穩定下來，渡河時部隊也必須離河稍遠，不可擁堵在河邊。如果對手渡河而來，不要在河裡迎戰敵人，敵人半數過河時展開攻擊，效果最好。打算和敵人作戰時，不要緊靠河湖迎敵。駐紮時要面南居高，不在敵人下游居留。這是水域作戰的守則。」

　　「是的，將軍，聽起來很有道理。這是陸軍或步兵作戰的守則嗎？」我頭也不抬，邊匆忙記錄，邊向將軍發問。

　　「當然，這些都是步兵必須遵循的戰術原則。」

　　將軍說：「如果可能的話，陸軍必須避免正面攻防。側翼進攻是陸軍制勝的不二法門。」

　　將軍沒有對上述這句話做進一步解釋，他轉身離開河岸，向河坡的平原上走去。

　　「軍事的技戰術都是從實踐中得來的，因而所有軍事行動事前總會有蛛絲馬跡。」

　　「這怎麼說呢？」我問。

　　「比如，敵人逼近時卻很安靜，這說明敵人有險要的地形可以隱蔽依託；敵人遠道而來就匆忙挑戰，這是想誘我進兵；敵人屯兵在平坦地域，這必定有他的後手；很多樹都在晃動，這說明有許多人隱蔽而來；草多障

眼時，就值得警惕了；樹上的鳥嚇飛了，說明有敵人的埋伏；野獸逃走，說明有伏兵；遠處塵土高揚而且聲勢迅猛，說明有大量戰車馳來；塵土低平卻面積廣大，這是大量步兵前來；塵土分散但線條分明，這是對方在砍柴拖柴準備作飯；塵土稀少卻有來有往，這說明敵人在察看地形，準備設營駐紮。」

我連話都來不及說，只顧埋頭錄音和記錄。

「敵人的使者言辭謙卑，但敵人卻抓緊備戰，這是打算進攻的信號；敵人的使者言辭強硬，敵人此時並驅兵進逼，這是敵人打算撤退的信號；敵人的戰車先出並占據翼側，這是列陣欲戰的信號；敵人沒有事先約定卻前來求和，這背後一定有陰謀；敵人急速調整並布設兵車，這是期待與我交戰的信號；敵人欲進又退，這是誘我上鉤的信號；敵人拄著兵器站立，說明敵人十分飢餓；敵人從井裡把水打上來並搶先喝，說明敵人乾渴；敵人眼前有好處卻不爭不搶，說明敵人極度疲累；烏鴉群集，說明那裡已經沒有敵人了；夜晚大呼小叫，說明敵人很惶恐；敵陣中士兵騷亂，說明將領壓不住陣腳；對面旗幟異動，說明敵陣混亂；敵人軍官發怒，說明敵人十分疲倦；敵人用糧食餵馬並殺牲口吃肉，部隊不留炊具，不返回軍營，這是打算拼死一戰的敵人；敵人將領低調地跟部下說話，表明敵人將領已經失去士兵信任。」

「哦，是的，是的。」我十分認可將軍的介紹。

我們不知不覺已經走上河岸，走進平原的原野，這從腳下微弱隱現的地面就能看出。如果地面不長植物，那就是河灘；如果地面莊稼茂盛，那就是平原農地。

我抬頭看看天，再轉頭看看沱河水面的那個位置，雖然所有物象都還看不清楚，但濃霧已經開始緩慢地流動起來。今天的交流進行得似乎很

快，我們剩下的時間應該不會太多了。

「請將軍介紹一些戰車戰法。」

「嗯，嗯，是的，戰車戰法是值得研究的。」將軍說。

將軍放慢腳步，一邊向停放著大量戰車和糧車的地方走去，一邊回答我的問題。

「春秋以前，中原地區各利益群體間作戰以戰車為主，夏朝初期已經開始使用戰車，商朝後期車戰成為戰爭的主要樣式；戰車主要在平坦地形作戰；戰車的多少，是軍事實力的直接展現，步兵則只產生輔助作用。春秋時期，戰車依然是武裝力量的重要指標，但步兵開始發力，其重要性與戰車相比逐漸不相上下，戰車也開始與步兵混編，形成不同的作戰樣式；這時期，每輛戰車一般配備甲士三人，另有步兵七十二人，總共七十五人；春秋末期則出現了獨立於戰車的建制步兵，戰國時期步兵的獨立性則更大。」

「戰車都有什麼戰法呢？」我發現霧氣的流動越來越快，周圍的物體正在逐漸顯露輪廓，我和將軍的交流，或許隨時會中斷。

「戰車的戰法很豐富。比如說，錐形陣，用來突破堅固的敵陣，消滅敵人精銳；雁行陣，用於側面進攻迎敵；剽風陣，飄忽不定；混合陣，這是兵員不足時使用的戰陣；另外還有雜管陣、蓬錯陣、方陣、圓陣、疏陣、數陣、翼之陣等數十種。總而言之，用兵的原則就像水，水的原則是，避開高的接近低的；用兵的原則是，避開強的攻擊弱的；水根據地形來決定形狀和流向，軍隊根據敵情來決定取勝的方式與方法。所以打仗沒有固定的方法，水流沒有不變的形狀。能夠根據敵情變化取勝，才可稱為戰神。

「嗯，說得好呢！說得好啊！……」

我突然發現周圍沒有任何聲響了。

我抬起頭，發現大霧已經散去，將軍、戰車、士兵並不存在。平原一望無際。只有我，抱著一堆東西，孤零零一個人，站在平原的中央。

大霧裡的平原，什麼都看不見，只隱約看得見腳下的土路。印象中前面是淮河的大河灣，河流在那裡深切到地面以下，平坦的原野在大河灣的兩邊極盡可能地伸展開來。我推測著方位往淮河大河灣的方向走，平原上的候蟲還聽不到一點動靜，但想必牠們已經伸腰蹬腿，靠近洞口醒著睏了吧！古人以五天為一候，每一候裡都有不同的事物變化、生離死別。

這時，忽然聽見前方隱約有些嘈雜的人聲和馬嘶聲，還感受得到沉重的牛車行駛時地面微微的震動。嗯，我想，前面一定就要接近一個很大的村莊了，不然為什麼會有這麼多馬車、牛車和人聲，那時只有春耕、春種，才能掀起這麼大的動靜。

這次，將軍沒有坐在運糧的牛車上看著遠處的濃霧苦惱或發呆。我跟著衛兵來到河岸邊臨時搭蓋的蘆葦席工棚裡，將軍要在工棚裡召集眾將領開會，決定即將開始的戰役。

但會議還沒開始，我們還有時間聊一會。我們在鋪在地上的席子上坐下，上身靠在席牆上，這樣可以放鬆身體，不會疲累。我把電腦、手機、紙質的筆記本、一支新錄音筆，一股腦兒在面前排開。工棚裡有一股半新的蘆葦荒草味，讓人覺得很有生活氣息。

我們今天談論的，是軍事政治、軍事謀略、軍事倫理等主題，這是早就跟將軍講好的。

「也許我們可以先談一談戰爭的重要性。呵，誰喜歡打仗？」

將軍看了看我，好像我是一個他從未見過的怪人。

「沒有什麼人喜歡打仗，特別是經歷過殘酷戰爭的人。但是，話說回

來，我們不喜歡戰爭，但戰爭喜歡我們，因此，我們必須了解戰爭的規律、戰爭的技巧，還有戰爭的道理。」

「戰爭有什麼技巧嗎？」

「是的，戰爭有它自己的規律和道理，戰爭是國家層面的大事，既關係到百姓生死，也關係到國家存亡，所以應該在戰爭打響前，弄清楚戰爭的方方面面。身為領導者，更要掌握好五個方面的重點。」

「哪五個方面？」我問他。

「第一件是道義，第二件是天氣季節，第三件是地理環境，第四件是將領素養，第五件是軍隊組織安排。」

「嗯，具體而言……。」

「具體來說，所謂道義，就是讓老百姓和統治者看法一致，這樣的話，老百姓便能和統治者同死，能和統治者共生，並且不怕危難。所謂天氣季節，就是陰晴、寒暑、季節、農事。所謂地理環境，就是路途遠近、險要平坦、開闊狹窄、是否有利於攻守進退等等。所謂將領素養，就是選用的各級將領要有智慧、守規矩、講仁德、勇敢果斷、軍紀嚴明。所謂軍隊組織安排，就是軍隊結構編組、指揮系統、資財費用管理調度等等，要適合戰時體制。這五個方面，決定了軍隊能不能打勝仗。」

「我聽有人說過，戰爭的勝負，在德不在險。」

「嗯，這是在某種語境下說的，有它的道理。」將軍說。

「有什麼道理呢？」我追著將軍的話問。

濃霧不時從工棚留的窗口湧進來，帶來一股溼漉漉的原野氣息。

「這句話是說，一個國家能夠據險而戰，固然重要，但更重要的是老百姓的支持。如果沒有老百姓的支持，再險要的關隘，也守不住；再有利的地形，對打勝仗也沒有幫助。」

「嗯，那麼，有了老百姓的支持，戰爭就一定能勝利嗎？」

「那不一定！老百姓的支持只是戰爭勝利的關鍵性前提要件。但戰爭還有它自己的規律。」將軍說。

「有什麼規律？」我緊追不捨地問。

「戰爭的規律就是，必須速戰速決。」

「這是什麼意思？」

「戰爭的一般規律是這樣的：戰爭開始之前，要動員千輛快車、千輛重車和兵卒十萬，還要進行千里補給；那麼後方和前線的耗費，還有謀士外交等資費、膠漆等戰爭物資、車輛盔甲等等費用，每天都要耗費千金巨資；這些事情都準備完畢後，十萬大軍才會出動進行戰爭。」將軍彎著手指算給我聽，「用這樣一支大軍作戰，必須速戰速決。如果久拖不決的話，就會使軍隊疲憊、銳氣盡挫，敵人的增援力量也會趕來；如果長期征戰，勢必導致國家財用不足、力量枯竭、資源耗盡，各方敵人就會趁機興兵發難。」

「好吧！」我在心裡是認同將軍看法的，「那麼，當一支軍隊進攻時，它的補給該怎麼運送？」

「當一支軍隊進攻時，它必須就地取糧，用敵人的糧食餵飽自己的戰士。」

「這話怎麼說呢？」

「這就是說，一支進攻的部隊，武器裝備可以從國內攜帶，也可以從敵人那裡獲得，糧草則必須在敵國解決，在占領區就地取得。」

「為什麼要這樣？」

「向戰區遠端運輸糧草，會導致國家貧困，在經濟上十分不划算，同時，還會使自己國家的百姓變得貧困，軍隊征糧駐紮的地方物價飛漲，物

價飛漲使百姓財力枯竭，百姓財力枯竭，便被迫透過土地和勞役透支，財物會因此耗盡，國庫也會空虛，國力耗損嚴重。所以部隊必須從敵人那裡得到補給！吃敵人一斤糧食，相當於自己運來二十斤，得敵方草料一筐，相當於自己運來二十筐。」

「從占領區取得糧草，有沒有戰爭道德的問題？」

「從占領區取得糧草補給，這就是基本的戰爭倫理。」將軍不容置疑地說。

「那麼，除了打仗戰勝敵人，就沒有更好的辦法達到目的、取得勝利嗎？」

「當然有。」

「有什麼更好的辦法？」我頭也不抬地追問下去。

「可以不戰而屈人之兵。」將軍平靜地說。

「什麼是不戰而屈人之兵？」

「這就是說，不用打仗，就能讓敵人屈服。」將軍耐心地向我解釋，「用兵的上策是智取，其次是透過外交取勝，再次是用武力取勝，攻城則是下策，沒辦法時才打仗，才把攻城方案拿出來用。」

「這是完美主義嗎？」

「這是戰爭的最高標準。」將軍點點頭，表示肯定。

「戰爭的最高標準？」

「是的。」將軍進一步解釋說，「不戰能降服敵國最好，擊破敵國就次一等；不戰能降服敵人全軍最好，擊破敵軍就次一等；不戰能降服敵人一個兵團最好，擊破敵人一個兵團就次一等；不戰能降服敵人一部最好，擊破敵人一部就次一等；不戰能降服敵人一個班組最好，擊破敵人一個班組就次一等。因此，百戰百勝，不是最高明的；不打仗卻能使對手屈服，

才是完美中的完美。」

「這多少有點理想主義了吧！」我小聲地嘟噥一句，但還是被將軍聽到了。

「可是對用兵的人來說，這樣的準則，是必須要有的。善於用兵的人，不動武就能屈服對手，不進攻就能拿下城池，不久拖就能廢掉敵國，最高的軍事政治原則，就是必須用天下視角奪取天下。」

「嗯，這的確不容易，但又確實應該想得到。」我表示贊同，「但在具體的戰爭中，有什麼必須堅持的原則？」

「戰爭的原則是，有十倍於敵的兵力就包圍敵人，有五倍於敵的兵力就進攻敵人，有兩倍於敵的兵力就分割敵人，與敵兵力相當就盡量與敵一戰，兵力少倒不如擺脫敵人，兵力懸殊就盡量避開強敵，弱小的一方如果硬拚，就會成為強敵的俘虜。」

「有沒有最簡單的必勝術？」我故意為難將軍。

「最簡單的必勝術？」將軍疑惑地轉過頭來看著我。

「就是任何人只要掌握了，都能百分之百取勝的戰略戰術。」

「百分之百的……。」

「是的，百分之百的，而且是最簡單的。」

「也不能說沒有。」將軍沉思著說。

「難道真有這樣的戰略戰術？」我莫名地有點亢奮。

「那要靠雙方配合。」

「靠雙方配合？」

「是的，要靠雙方密切配合。」

「怎樣密切配合？」

「對我方來說，先要把自己打造得不可戰勝，再等待敵人露出破綻；

對敵方來說，敵人必須露出破綻。」

「哦。」我思索著將軍這番絮絮叨叨的話。

「也就是說，敵不勝我的主動權在我，我勝敵的條件由敵人提供。」

「將軍的意思是說，我取勝的條件不在我，而在敵人露出破綻？」

「你理解得很正確。」

「好吧！好吧！」

我覺得現在不是深入消化將軍思想的時候，一旦濃霧快速流動，根據我的經驗，我和將軍的對話就將被迫結束。所以，我必須抓緊和將軍在一起的所有時間。

「身為將領，您一定知道敵人將領的致命弱點。」我換了一個話題。

「是的，將領有五大弱點最致命。」

「哪五大弱點？」

「一種是蠻幹的，這樣的敵將適合消滅他；一種是貪生的，這樣的敵將可以俘虜他；一種是怨恨躁進的，這樣的敵將適合激怒他；一種是自愛的，這樣的敵將適合敗壞他的名聲；一種是愛民的，這樣的敵將要讓他分心。」

「在現實生活中，如果我方某將領具備其中一個弱點，那會怎麼樣？」

「那要注意監控和制約，不能因為一個人的個性弱點，影響整個國家的軍事戰略。」

「那麼，如果一國某主要將軍具備其中的全部或多數弱點……。」我故意給將軍出難題。

「一國的主要將領有這五類特徵，那既是將領本人的弱點，更是謀兵用人的災難，對這樣的將領，不能不心中有數，特別控制。」

「那為什麼不乾脆撤換？」我要把將軍逼近牆角，讓他無路可退。

「因為這樣的將領，可能會有其他方面的重大優點，因此無法簡單處置。」

「哦，我明白了。」我呼了一口氣，換一個話題，「部隊行軍時有什麼樣的紀律？」

「後浪曹操曾經發布過一個軍令，要求士卒無敗麥，犯者死。」將軍說，「紀律嚴明、戰鬥力強的部隊，都會有類似的軍令和要求。」

「那麼，好的，將軍，我還有最後兩個問題。」

濃霧不時從席棚的窗口湧入，從湧入的霧氣中能嗅出淮河水面上的清涼氣息，還有遙遠的平原上植物的味道。霧氣的流動更快了，我和將軍的時間不多了。

將軍說：「請問。」

「將軍，戰爭中最難的是什麼？」

「嗯，都不簡單，如果處置不當，小事也會釀成大禍。」將軍沉吟著說，「不過，搶奪先機是一件很難的事。」

「為什麼呢？」

「搶奪先機的難處，在於把空間上的遠變成時間上的近，把災難變成有利。比如，想辦法用小利誘惑敵人，讓敵人繞個遠路，這樣一來，自己雖然出發很晚，卻能先敵到達。但搶奪先機有好處，也有危險。比如，部隊攜帶裝備物資搶奪先機，速度就上不去；如果丟棄軍需去奪取先機，就要拋棄軍用物資。為了搶奪先機，就得收拾鎧甲，匆忙上路，日夜不歇，加倍趕路。這樣的話，去百里以外搶奪先機，可能會損失三軍將領，身體強壯的超前，身體疲弱的落後，採取這種做法只有十分之一將士能趕到；去五十里以外搶奪先機，可能會損失前軍將領，採取這種做法只有一半將

士能趕到；去三十里以外搶奪先機，只有三分之二的將士能趕到。即便按時趕到了，部隊沒有軍用物資就會滅亡；沒有糧食吃就會死亡；沒有儲備物資就會覆亡，也很難持久堅守。這些都是爭奪先機的困境。」

「好的，謝謝將軍的精彩回答！」

我看到席棚外的平原正在清晰、明朗起來，席棚裡正在忙碌的士兵和工匠，他們的臉型和動作，也逐漸看得清楚了，將軍或許多日無眠，也顯得有些疲憊了。大霧快要消散了。

「將軍，我的最後一個問題是，戰場上如何傳遞軍令？」

「嗯，所有軍人都熟知這些，夜間作戰多使用火光和戰鼓，白天作戰多使用戰鼓和旗幟……。」

大霧瞬間散去了。我坐在淮河的灘地上，周圍不見任何人為的痕跡……。

大霧裡的平原，什麼都看不見，只隱約看得見腳下的土路。印象中前面是瀾河的大河灣，河流在那裡深切到地面下去，平坦的原野在大河灣的兩邊極盡可能地伸展開來。我推測著方位往瀾河大河灣的方向走，平原上的候蟲還聽不到一點動靜，但想必牠們已經伸腰蹬腿，靠近洞口醒著睏了吧！古人以五天為一候，每一候裡都有不同的事物變化、生離死別。

這時，忽然聽見前方隱約有些嘈雜的人聲和馬嘶聲，還感受得到沉重的牛車行駛時地面微微的震動。嗯，我想，前面一定就要接近一個很大的村莊了，不然為什麼會有這麼多馬車、牛車和人聲，那時只有春耕、春種，才能掀起這麼大的動靜。

我一隻手抱著平板電腦、手機、紙質的筆記本、錄音筆、筆、充電器，用另一隻手撥開濃霧，小心翼翼地走進霧裡。腳下的路看得不是太清楚，我只得一腳高一腳低地摸索著往前走。頭髮上很快就有水珠滴下，褲

管也溼得沁涼。走到瀾河灣的空地上時，我聽見水霧中的河水裡，傳來嘩啦聲，那一定是一隻瀾河大曹魚用紅尾撥水的聲音。隨著水聲，河邊一片約莫兩三個足球場大小的平坦開闊地上，濃霧漸漸散去，光線放亮起來，但在這片地方以外，霧仍然濃得化不開。

　　隨著濃霧變薄，這片平坦地上頓然嘈雜起來，無數頭戴青銅頭盔、身穿沉重鎧甲的將領和戰士，匆忙地走動，粗聲大氣地吆喝著。坦地上不規則地停放著成百上千輛戰車，還有看不到邊際的笨重牛車。一些戰士打赤膊，鑽在戰車或牛車下忙碌著。成群的戰馬和醬色的黃牛，在河邊的樹林裡吃草、吃料。

　　我走到將軍身邊，轉身和他並排坐在牛車的護椅上，腳也像他那樣，蹬在牛車的實木車輪上。像他那樣，我也瞪眼看著前方濃霧鎖閉的平原。

　　將軍忽然無聲地抽泣起來。

　　這次，我沒能控制住我的好奇心。

　　「將軍為何哭泣？」

　　「我要臨陣脫逃了。」將軍抽咽著說。這口氣、狀態，似乎不像之前熟悉的將軍。

　　「將軍為何這麼說？」

　　「我的母親就要去世了，我要去見我母親最後一面。」

　　「嗯，這是必須的。」我安慰他說，「社會倫理應該有相關的要求。」

　　「是的，」將軍抽泣著說，「我們從內心感覺我們必須孝敬父母，因為我們是父母生養的，沒有父母，就沒有我們，也不會有我們的後代。」

　　「這方面有些什麼具體的規則和道理嗎？」

　　「這自然是有的。」將軍說，「孝敬父母，在我看來，這是天的常規，是地的常理，也是人的常性。天地有自己運行的常規，而人的品性，是從

天地規律中派生出來的。」

「嗯，將軍可否具體說明？」

「這句話從儒家角度看，把天地和人連結在一起，暗示的是一種因果關係，即人的這種天性來源於天地。從道家角度看，這表達的是一種並列關係，即人的天性與天地常規常理，都是自然規則的一部分。這實際上說的是人的自然屬性。人的文化屬性固然很重要，但人的文化屬性只能建立在人的自然屬性之上，沒有人的自然屬性，哪來人的文化屬性？」

我仍有些困惑不解。不過，我和將軍之間，是在進行口述實錄，並非在進行倫理研討，有些弄不清楚的話題，以後還可以進行深入探討。

「那麼，關於孝敬父母的問題，我們應該怎麼做？」

「在我看來，孝敬自己父母的人，不會厭煩別人的父母；尊敬自己雙親的人，不會怠慢別人的雙親。自己能對父母極盡愛敬，才有資格對百姓進行孝德教育，才能成為全社會仿效的榜樣。這是我們全社會對天子的要求。」

「那麼對您這樣的人來說，社會又要求有什麼樣的孝道呢？」我很好奇。

「嗯，我們在家當然應該孝敬父母；上朝當然要盡心盡力，退朝後則要想著怎麼彌補國是的漏洞；在理想和事業中，要盡力做到格物、致知、誠意、正心、修身、齊家、治國、平天下。」

「也是很累的呀！」我感嘆道。

「習慣了，就並不覺得有什麼累了，倒覺得是一種責任。」

「責任？」

「是的，責任，一個人對上、對下、對國家、對家庭、對社會，都有一種天生的責任。」

「這是不是傳說中的『移孝為忠』？」我突然轉變了話題。

「這話怎麼說？」將軍似乎是第一次聽到這種說法。

「移孝為忠，就是把對父母的孝道，轉移到工作中，對國家和上級也像對父母一樣，這被稱為忠心，或忠誠。」

「嗯，我聞到了你話語中貶低的氣味。」將軍說。

「我並不完全是那個意思。」我否認，「不過，兩千多年以後，人們的價值觀和參照範本，都有許多變化，人們不再盲目地忠誠，而是有自己的看法和立場，這些看法和立場透過交流和溝通，會相互影響。」

我似乎忘了我此行的主要目的，開始滔滔不絕起來。我不知道我這一趟口述實錄任務能否完成了。

「我們也有你們後浪所說的那種價值觀，還有修正體系。」

「我說的不是修正體系，而是參照範本。」

「但我說的就是修正體系。」將軍固執地說。

「好吧！那就是修正體系。」

我突然發現將軍執拗起來，跟我有一拚。「怪不得人們都說，再好的朋友，甚至家人，也不能在一起討論政治和道德觀點，只要在一起談論政治或道德觀點，親人都會秒變敵人。」我自言自語地嘟嚷道。

「在這一點上，你們後浪和我們前浪完全一樣。」沒想到我的自言自語，被將軍聽得清清楚楚。

「嗯，好吧！好吧！將軍，請說說您的修正體系吧！」

「哦！修正體系。我是說，我們有我們的諫淨體系。」

「諫淨體系？那是什麼？」我好奇。

「這是孔子老人家說過的一段話。」將軍說，「孔老先生說：『如果天子有淨臣七人，就算天子昏聵，也不會失去天下；如果諸侯有淨臣五人，

就算諸侯昏亂，國家也不會滅亡；如果大夫有淨臣三人，哪怕大夫昏庸，也不會失去食邑；如果士人有那麼一兩個淨友，那麼美好的名聲終生都不會離開；如果父親有個淨子，他就終生不會陷入不義。所以，面對不義，兒子必須規勸父親，臣子必須規勸君主。只要面對不義，就要規勸。絕對地順從父親，怎麼可以稱為孝呢？』這就是我們的諫淨體系。」

「哦，將軍，講得好！講得好！」我不得不由衷地敬佩將軍他們那一輩人，他們考慮問題果然周全。

「這並不是我講得好，我只不過是轉述而已。」

「嗯，是的，是的。」我一邊和將軍互動，一邊急促地把將軍的話一字不落地記在電腦上，我的錄音筆也一直在工作。「將軍，請您繼續告訴我孝親的事。」

「孝親？」

「是的，就是孝敬父母的事。」我覺得將軍有點恍神，也許他的內心有些悲傷過度。

「哦，哦，是呀！是呀！孝敬父母的主要內容，有尊親、敬親、榮親、養親、諫親、敬終……等等。」

「這都怎麼說呢？」

「尊親就是尊重父母；敬親就是禮待父母；榮親就是光宗耀祖；養親就是供養父母；諫親就是直言規勸；敬終就是處理好父母的後事。」

「處理好父母的後事……。」

「是的，這是孝愛父母的一個重要方面。」

「那具體是什麼呢？」

「嗯，孝子的父母去世，孝子的哭聲一定會不加修飾，且發自內心，禮儀方面也會不守常規，說話也不再講究文采。這時如果孝子穿著講究，

心裡就會感覺不安；聽到音樂，也很難愉快起來；吃到美食時，並不覺得好吃。這些都是他內心憂傷造成的。」

「是的，是的，在各個時代，人們失去親人時的心情，都是一樣的。」我表示認同。

「在具體規定方面，父母去世三天後，孝子必須要吃東西，政府也會教育百姓，不要因為親人去世而傷害自己的身體，不能因喪親過哀而危及孝子生命；另外，居喪不得超過三年，這就告訴民眾，居喪有個結束的期限，不得無限期地居喪。」

「嗯，就當時的情況來說，這也是人性化的。」

「喪葬時，孝子要提前準備好棺槨、壽衣、包被，以便安放逝者；要擺放好祭品，沉痛哀悼；要捶胸頓足地哭泣，以便悲哀地把父母送走。在這之前，孝子要用占卜的方式，選擇吉祥的墓穴，以便安葬父母。此後，要在祖廟裡祭祀父母，讓父母的魂靈享用祭品；要四季依時而祭，以便時時思念父母。父母在世時，要用愛侍奉他們；父母去世時，要用哀戚孝哀他們。人該做的孝道本分都做到了，生養死葬的道義也沒留遺憾，孝子侍奉雙親也就完滿結束了。」

「哦。我突然明白了將軍多次哭泣的涵義了。我抬起頭來，看到濃霧正在湧動。除了對母親內心的思念外，將軍還必須做好形式上的孝道。

「那將軍為何不立刻就走，立刻趕回家鄉，盡完孝子的那份孝道？」

「這正是我的困境呀！」

「困境？」

「也就是有些人常說的，忠孝不能兩全……。」

「忠孝不能兩全？」我表示我完全不明白。

「是的是的，我還要解救我的一隊將士，此刻他們正走向死亡。」

「你還有一隊將士？他們在哪裡？你的將士難道不都在這裡休整？」我疑惑地問。

「這正是我的困境。此前有一隊將士被我派往瀾城攻擊敵人，此刻他們可能已經到達戰位，正準備發起攻擊。可是，現在戰爭已經徹底結束，我必須防止攻防雙方再有哪怕一丁點無謂的犧牲，但此刻我卻無法向他們傳達停止進攻的命令。」

「嗯。」這的確是個棘手的問題，「不過，為什麼不打個電話，讓他們告知城外正在準備攻城的部隊呢？」

「電話？」將軍疑惑地說。

「是的，」我拿起手機，「讓我來打電話給瀾城的朋友，告訴他們事情的真相。」

「但是，你的手機，這個東西，它無法穿過這麼濃厚的大霧，你也不可能比我的國馬跑得更快。」

「我的手機並不需要親自前往。」

「它不需要親自前往？」將軍的神態似乎越來越困惑，眉頭也越皺越緊。

「我們可以試試。」我很有信心地說。

我撥通了我溜城朋友的電話，前些日子我們還在一起吃飯，在一個偏僻的農莊裡，我們還在討論兩千多年前，在當地發生的一場戰役，有一些考古發現帶給我們一些新的歷史線索。

我的朋友在手機裡告訴我，當年的那支部隊在大霧中迷失了方向，就在瀾城附近的溼地邊緣定居下來，他們墾荒農耕，和當地人通婚生子，他本人就是那支部隊的將士和當地人的後代，他們說話時還保留那些將士的口音，他們的方言被當地人稱為貓音，但周圍的當地人都不那麼說話，因

此很容易區分他們和當地人，這種現象被後人稱為方言島現象。

「啊……」將軍聽完我的轉述後，睜大雙眼，表示完全不知道我在說什麼。

我想，或許他可以透過方言和口音，明白這些。於是我把電話靠在將軍的耳朵邊，讓他和他的將士後代說幾句話。

「將軍，不要用您和我交流時用的官話，也就是雅言交談。請用您家鄉的方言和您將士的後代交談。」

將軍半信半疑地看了看我，然後用方言和我的朋友交流起來。我仔細地觀察將軍的表情。

我發現他的表情越來越明朗、越來越興奮了。成功了！這我真沒想到！我只不過急中生智，無奈之中想試一試的。

「現在放心他們了！我可以回家盡孝了……。」將軍喜極而泣，涕淚交流地對我說。

將軍抓過我手中的手機，自顧自地和我的朋友聊起來，他說出了一連串人名，聽起來都有點復古的氣息。我竊喜著收拾我的電腦、筆記本等物品。人都會為自己做了好事而喜不自禁的，我也是這樣。

可是我突然從喜不自禁中驚醒過來。是周圍的一片寂靜驚醒了我。我正呆立在瀾河的河灣裡。薄霧正在快速地散去。除了遠處一個牧羊的小孩和他的三、五隻醬白山羊，沒有別人和別的動物。但我知道，在這之前，這裡是發生過一些事情的。我很確定。

平原上的白日夢

　　不管陰晴雨雪，立春這一天，我都會挑一本書，今年這一本是《麥作學》，泡一杯金銀花茶，到東邊的房間，面朝東，坐在椅子上，讀上半天。東方太陽升起，是植物和動物甦醒的起點，又是浩瀚海洋的方向，總是讓人期待。面朝東的方向，能透過事物的變化看到太陽正向北回歸線方向漂移，東窗早晨的太陽由窗戶的北部升起，氣溫整體向暖，陽臺和飄窗裡冬天太陽能照晒到的地方逐漸向南萎縮，有些地方在夏至到來以前再也照晒不到了。拿著書，雖說是讀，但往往只是半讀半想，有時候沉湎於冥想，有時候和自己腦袋裡一個叫莊周的古人對話，有時候做白日夢。

　　孟春的一天下午，我突然被一片白晃晃的光芒弄醒。我睜開眼，一時不知自己在何時、何處，因何而在此時、此處。我愣怔了一會，慢慢才明白過來，原來，我在這個初春的下午，歪在窗邊的躺椅上睡著了。但我現在突然醒來了，是被移動過來的陽光弄醒的。暖和的陽光照在我臉上和身

上。我身上搭著一條玉色的毛毯，躺椅邊的飄窗上反扣著一本翻開的書，書裡還有作為記號的折頁，一杯茶靜靜地待在反扣著的圖書邊，茶杯裡還能看見一束伸展開的青綠色的乾刺薊。

我怎麼都想不起來我是怎麼在飄窗邊睡著，又在刺眼的陽光裡醒來的。難道是這連續一、二十天的陰沉雨雪和天寒地凍，使我對擺脫陰冷冰雪的渴望達到高峰後，不可抗拒地產生了某種渴望的結果？我只記得下班時我穿著皮鞋走到街上，街邊的人行道上到處都是髒汙的冰雪。皮鞋很快就進了雪水，公車站擠滿了下班後著急趕回家的人，但街道車流擁堵，很久都沒有一輛公車能開過來。

於是我決定步行回家。做出了這個決定後，我就在冰雪泥渣的街道上走去。車在車道上擁堵不動。人在人行道上也擁擠難行。雪水和泥水弄溼了我的鞋和褲管，鞋裡又滑又涼，冰磧一定弄到鞋裡面去了。街道最前方是一片高大的樓群，幾乎所有的窗戶都亮著燈光，但色彩和亮度各有不同，有的白亮，有的淡黃，有的粉紅，有的橘紅，有的亮度淡一些，有的很明麗。那裡就是我的目的地。隆冬時節，人們無不渴望著那些溫暖的燈光。

那片高大的樓群可能有成千上萬幢樓，這種估計讓我心安，因為有那麼多亮燈的視窗，就說明有那麼多人生活在那裡，人的孤獨感就好了很多，就感覺有人能幫自己承受苦難，也有人能幫自己分享幸福。大廚房裡燈光明亮，我彷彿能看見我妻子那無比熟悉的身影。表面上她正裡裡外外忙碌，準備我和孩子的晚餐，但我知道，她內心只在傾聽門鈴聲是否響起，如果門鈴聲突然響起，她會第一時間跑去開門，讓孩子，或我，帶著冷風和歡笑撲進門來。一個人可能有許多牽掛，但只有一種牽掛最永久、最上心，那就是親人和骨肉的牽掛。除了骨肉和親人的牽掛，其他的牽

掛，或許都無關緊要，都可以捨棄。

　　我走得很累，可是家卻總也走不到。燈光通明的樓群，像陡立的懸崖一樣矗立在街道那頭，但街道似乎無止境地向前延伸，怎麼走都走不完。我著急得幾乎要哭起來了。不知怎麼的，我坐在人行道邊的花臺上了。我弓著腰，眼睛只能看見冰磧、雪泥的地面，以及不同的褲管和鞋子。有黑色的皮鞋；有紫紅的皮靴；有綁鞋帶的運動鞋；有手繪圖的膠底鞋；有雨靴；有米黃的皮棉鞋。這些各式各樣的鞋，有的走得快，有的走得慢，有的急匆匆，有不急不躁。不過無一例外，這些鞋都泥濘不堪，看起來一片汙染。

　　不過我不知道我怎樣才能走回自己的家。我從人們的腿縫裡看到街邊一家茶店正在營業。我起身走進明麗溫暖的茶店。起初我很拘束，我為我鞋上、腳上和身上的汙泥不好意思。我在門內邊靠牆的地方站了很久，可是人們都在喝茶、吃小零食、各自說話，圍蠟染小圍裙的女店員來來回回地忙著，沒有人特別注意到我。

　　我小心翼翼找個靠窗的座位坐下。哦，我注意到那個綁藍花頭巾的女孩，她那麼好看，動作那麼柔和，皮膚細白。我知道她是誰，我認識她的。我的心安定下來了。我把頭扭向窗外，街道上似乎正亮起街燈，但沒有一丁點車聲和人聲。當人們心裡不嘈雜時，幸福就會降臨到人們身上，這大概就是吉祥止止的涵義。

　　哦，是的，我完全安下心來。我知道她，沒錯，我知道她是誰。我對她熟悉到無法再熟悉了。我看見樓群裡所有的窗戶都亮起燈，這說明所有的人都已經回到自己熟悉的家中，沒有人還流落在冰天雪地和泥濘的街道上了。是她，沒錯的，沒錯的。她正是我的愛妻，她幫我端來一杯冒著熱氣的茶。她把它放在我面前的小桌上，嫵媚地對我笑笑，就轉身去忙了。

　　我低頭看那個杯底有小紅花的平口杯。杯子裡一棵蜷曲著的植物正慢慢地伸展開來，正慢慢地、慢慢地、慢慢地伸展開來。我相信所有的人都猜不到那棵伸展開來的植物是什麼。或許你會猜它是茶葉；又會猜它是石斛；又會猜它是菊花；又會猜它是枸杞葉；又會猜它是金銀花；又會猜它是柳芽；又會猜它是蒲公英；又會猜它是荷葉；又會猜它是橘柚花；又會猜它是銀杏葉；又會猜它是水芹梗；又會猜它是蕎菜梗；又會猜它是蕨；又會猜它是番薯梗。不過都不對。

　　我看著它在白底紅花的平口小杯裡慢慢地舒展開來。那樣的鮮綠，那樣的鮮嫩，甚至讓我忘了窗外正是泥雪冰磧的天氣，正是下班的高峰期；忘了我是因為坐不上車而步行的；也忘了我最初感覺街道無窮無盡，而我是個回不了家的人。突然，乾刺薊在熱水裡瞬間彈了開來，在乾淨的開水裡呈現出一棵完美的植物形狀。

　　好了，好了。我關子賣不下去了。好吧！它就是生長在春天田埂上的一棵刺薊，雖然某個時刻，它已成為隆冬城市裡一個關鍵性的精神撫慰。這會兒我已經坐在春天的田野上了。我說的就是這會兒。前兩天剛下過一場透雨，小刺薊正在疏鬆的土壤裡伸出小小的芽頭。不過這時最好不要隨便去摸它。它的小刺芽雖剛鑽出土壤，不過它也能把人細嫩的手指刺得猛然一縮。田埂上、水塘邊、路邊和田地兩端，用眼光仔細搜索一番，都可以看見小刺薊冒出的芽頭。

　　這時候，我不希望我的白日夢太早醒來。我要一直享受刺薊帶來的春意。雖然我知道我的白日夢已經清醒過來。此刻，我只不過是假裝仍在做著白日夢。

　　無論颱風下雨，驚蟄這一天，我總會挑一本書，今年這一本是《河流學》，泡一杯水芹梗子茶，到東邊的房間，面朝東偏南的方向，坐在椅子

上，讀上半天。東偏南的方向，是海洋暖溼氣流吹來的方向，這是大陸季風區的特點，當東南風吹來時，亞洲大陸東部就變得溫暖溼潤了，萬物都生長開來。雖說是讀，但往往只是半讀半想，有時沉湎於冥想，有時和自己腦袋裡的一個人物對話，有時候做白日夢。直到窗外像是隔著一層層窗紗濾過來的鳥叫喚醒我。

我夢見仲春時我在荒原上的巨型高速公路橋梁附近，發現一大片荒地。那一大片荒地有一小部分在巨型橋梁附近，大部分延展到更遠的原野上。荒地略微有些起伏。荒地上有幾個或細長或橢圓的池塘。荒地的中心區域，有一個廢棄的小村莊。小村莊的人都搬遷到附近鄉鎮去了，但他們原來居住的緊湊屋舍都原樣保存下來了。

下過春雨的日子，我穿著膠靴從荒地走過。荒地裡各種野草和野菜都長出來了。但這時的枯草地裡還沒有地皮出現。地皮就是那種黑色可食的菌類，春天和夏天，當氣溫高於攝氏二十度時，雨後的枯草地就會長出地皮。

我夢見我正按照自己的思路打造這一片荒地。我把廢棄的村莊都利用起來，按照村道和房屋原來的走向、方位、高矮、形狀，打造成一個獨具特色的民宿群。村裡原來的村民可以優先到這裡工作，我給他們較高的薪資。他們之中年紀輕的做管理人員，年長的打掃衛生、修理草坪和綠化區。我安排管理部門為他們購買各種保險，這樣他們就既能衣食無憂，也無後顧之憂，還有能力接濟其他親友。

我在荒地上開挖一些不規則的小河，把各個池塘串聯起來。因此水體從巨型橋梁附近，忽圓忽扁，忽寬忽窄，忽東忽西，忽深忽淺，一直蜿蜒到很遠的另一端，都相連在一起了。挖出來的土在水邊堆成一些高低不同的土坡，土坡又被改造成綠草茵茵的草坪。微雨時撐著傘，划著小舟，從

橋下蘆葦叢生的幽深處盪出，從南到北，慢慢划過雨霧迷濛的原野，很有一種滋味。

水裡和水邊生長著許多水生植物，有菱角；有荷；有菖蒲；有香蒲；有蘆葦；有再力花；有水竹；有鳶尾花；有銅錢草；有蘆荻；有毛芋頭。水裡放養了許多泥鰍、黃鱔、草蝦、鯽魚、鰱魚、鯉魚和鱉。多年以後，水裡的魚蝦多得吃不完，住在民宿裡的客人需要時，就可以到小河邊隨便撈幾條，做成鮮香的美味。

我在靠近巨型橋梁的寬闊水塘邊，種植了一大片野薔薇。野薔薇攀附在石牆上，每年它們從仲春開始怒放，一直怒放到初夏。野薔薇花色繁多。有偏紫紅的；有偏素白的；有偏粉紅的；有偏深黃的；有偏淺藍的，但還是以偏粉紅的居多。當無數朵野薔薇怒放時，它們偏淡的香氣也會濃郁起來。各種蜂蟲繞著花朵飛動，整個原野都瀰漫著一股野蠻的香氣。

我在靠近村莊的水邊種了一架子金銀花，它們矗立在草地上，綿延了一、兩百公尺。也是從仲春開始，金銀花就開放了。金銀花的香氣清甜。它們鼓苞成熟時，是青白色的；它們開放時，是銀白色的；它們怒放時，就變成金黃色的了。金銀花也有不同品種，一種葉片呈金脈的金銀花，開花時節早；另一種葉脈青綠的，開花時節晚。不同品種的金銀花接續開放，花期就能持續很久。

我在靠近小河轉彎的地方，種植了近百公尺長的一牆垂絲海棠。初夏時垂絲海棠進入盛花期，那近百公尺的一面牆，都紅豔欲滴、嬌香媚人。人們划著扁舟經過，雖然會停下來，但並不會有欣喜若狂的聲音。扁舟在水裡輕輕晃動，那是一隻較大的鯉魚擺尾引起的。除了原野本來的聲音，人們都萬分安靜。花農走過草坪時聽不到什麼聲音。原先住在這裡的一個中年農民坐在柳樹下吹柳枝笛，也聽不到什麼聲音。一隻小水牛走向媽

媽，也聽不到什麼聲音。世界似乎本來就這麼安靜。

　　不知為何，我的白日夢這時突然從農莊的畫面跳開，轉換到另一個頻道。我的腦海裡出現了一些格言警句類的東西。它們似乎是這樣的：如果你本來就要管理社會和一統人心，你最終會有正統相；你本來就是休閒人生，你最終會有休閒相；你本來就事事仰望，你最終會有奴才相；你本來就落魄自己，你最終會有江湖相；你本來就仰望思想，你最終會有深刻相。

　　我不想從我的荒原農莊裡撤出。我的思維強扭著要回到垂絲海棠、金銀花、野薔薇和水鮮遍河的地方。但並不是那麼簡單就能回去的。那些本來無聲的畫面劇烈地嘈雜並波動起來。這是怎麼搞一回事？我生氣地想。不過漸漸地，畫面的品質又恢復了，終於穩定下來了。可是畫面卻切換到非洲平原上。我是怎麼知道的呢？因為我看見幾位年輕的高個子非洲男女，頭上頂著巨大的物品，圍巾被狂風吹向一邊。我懵懂地坐在小船上，看著他們從遙遠的稀疏草原上走過去。按照許多人的說法，我們曾經都是親兄弟、親姐妹。但我們現在是那麼不同。

　　畫面再一次切換到仲春的平原上。仲春的平原下著細雨。煙雨濛濛的樣子真好。可是除了我，又有誰知道時空已經轉換了呢？我們不會再局限於平原的一隅，雖然我們只能生活在大地的某個地方。我們必須扎根在一個地方，而把另一些地方當成我們的逆旅。我的思緒再次混亂起來。格言警句類的東西似乎又出現了。好吧！只好這樣了。就這樣吧！

　　無論陰雨晴暖，清明這一天，我總會挑一本書，今年這一本是《稻作學》，泡一杯蒲公英茶，到東邊的房間，面朝南偏東的方向，坐在椅子上，讀上半天。現在太陽更向北回歸線歸來，天氣越加溫暖了，陽臺和飄窗裡冬天和初春太陽能照晒到的地方，有些在仲冬到來以前再也照晒不到

了。雖說是讀，但往往只是半讀半想，有時候沉湎於冥想，有時候和自己腦袋裡的一個古人對話，有時候做些白日夢。

暮春時我只能夢見開花的原野。我夢見我在平原上碰到父親和母親，他們像生前一樣，樂呵呵的。有時候是春陽暖照的日子；有時候是微風小雨的日子；有時候是朝陽初起的日子；有時候是落霞滿天的日子。只是當我想去摸一摸他們的身體和手時，他們就會消失不見。他們不讓我再一次摸到他們。起初我不懂他們為什麼不讓我再一次摸到他們。但後來我覺得這可能是他們的規則使然。

據說與老子同時代的關尹子說過這樣的話：好仁者多夢松、柏、桃、李，好義者多夢兵、刀、金、鐵，好禮者多夢簠、簋、籩、豆，好智者多夢江、湖、川、澤，好信者多夢山、嶽、原、野。不知道這是不是真的？當然這不是真的。老子那個時代並不流行這種古漢語的句式。這是後人編造的，無疑。

但我知道，如果你想要在暮春這個月見到自己的親人，你可以到平原或田野上去。你在那裡坐下。在一片長著牛筋草的野草地上坐下。這時你要用心。我說的用心，就是要能凝靜。你要能凝靜自己。其實就是安靜下來。安靜下來就可以了。這時你要能想到一本讀過的書。一個人總是讀過一些書的。比如你讀過《莊子》這本書。好吧！你沒有讀過《莊子》這本書。但你或許讀過《孝經》這本書。和我們平常的認知不太一樣的是，《孝經》不是後人寫的，是西元前就基本編輯成形的。和我們一般認知的另一個不同，《孝經》的「經」這個字，是本來就有的。這和《詩經》、《易經》、《道德經》等書不同。《詩經》、《易經》、《道德經》等書名中的經字，都是後人加上去的，是經典的意思。

如果你想在暮春這個月，見到自己逝去的親友，你可以到平原上去，

坐在一片草地上，進行自己的一個儀式。但首先你要能想起一本讀過的書，比如《莊子》，或《孝經》。《孝經》一般被認為是孔子的學生曾子編成的。曾子這人比較有孝道，他說過慎終追遠之類的話，又向孔子請教了許多孝敬父母的話，可見他很看重人的親情。

好吧！你並沒有讀過《孝經》，但你可能讀過《莊子》。莊子在《莊子》這本書裡，借孔子的嘴，說出這段話來。孔子對他看好的學生顏回說，一個人，做人的最高境界，就是順天而為、吉祥止止。什麼是順天而為、吉祥止止呢？那就是，不擺出醫師的門面外表招來病人，也不把自己的主張當成治病救人的藥方，凝神靜氣寄託自己於遠離名利的境界中，這就差不多了；不走路比較容易，但走路不留痕跡卻很難；被人驅使容易虛假，順天而為想虛假都難；只聽過有翅膀能夠飛行，沒聽過沒有翅膀也能飛行；只聽過有智慧就能認識事物，沒聽說過沒智慧也能認識事物；你看那虛空之處，虛空無涯的心界已萌生純潔光明一片，美好和吉利此刻正降臨於若水凝止的心境。是的，吉祥止止的意思，就是說，當我們凝靜安詳時，吉祥善福就會降臨在我們身邊。由此可知，一個人的凝靜和安詳有多麼重要。

好的，好的，我們此刻已經凝靜安詳了。這是我們想要進入某種境界的終極前提。我們在暮春平原的草地上想起我們曾經讀過的一本書《莊子》，我們想起《莊子》裡的一句話，「吉祥止止」。這就是我們的心靈儀式。我們想要在清明的春天裡見到我們已逝的親人，我們的儀式感已經那麼濃烈。這時我們閉上雙眼。我們必須閉上雙眼，因為睜開雙眼時，我們通常無法進入白日夢的那種幻境。

我們閉上雙眼，內心已然吉祥止止。至少此時的我將逐漸進入一片開花的原野——我們逝去的親人都生活在開滿鮮花的原野上。我看見我曾

經有氣息、有體溫的父母正在開滿鮮花的原野上漫步。我呼喊著「爸、媽」，我跑過去擁抱他們。他們似乎聽到了我的呼喊，他們回過頭來，笑吟吟地看著我。但我要煞住腳步了，雖然我早已淚流滿面。但我必須得煞住腳步了。因為我知道，我雖然能夠借助吉祥止止的咒語，進入這個開滿鮮花的世界，但我撫摸不到虛幻的東西。如果我一定要去擁抱父母，他們就可能在我的擁抱裡消失。因此我必須煞住我的腳步。小孩見到母親，有事沒事哭一場。但我只能遠遠地看著他們，淚流滿面，輕輕地呼喊他們，盡可能長時間地再一次和他們在這個鮮花滿園的地方相逢。我甚至能聽到父親輕輕的咳嗽聲，能聽到母親輕柔的走路聲。但沒有辦法，我現在只能遠遠地看著他們，聽著他們輕柔的呼吸聲。

立夏這一天，無論晴陽雨雷，我總會挑一本書，今年這一本是南北朝的《齊民要術》，泡一杯榴葉茶，到南邊的房間，面朝南略偏東的方向，坐在椅子裡，讀上半天。現在太陽更向北回歸線歸來了，天氣已經暖熱，陽臺和飄窗裡冬天和春天太陽能照晒到的地方繼續萎縮，有些地方在季秋到來以前再也照晒不到了。雖說是讀，但往往只是半讀半想，有時沉湎於冥想，有時和自己腦袋裡一個叫孫武的人對話，這時我能看見大霧濃裡的河灣裡兵車陳列的壯闊場面，有時候做白日夢。直到妻子敲敲敞開的門說，「吃麥黃杏啦！」我才會從自己的境界裡驚醒。

我夢見我從平原來到山區。那似乎是一個晴天的上午，因為太陽有點刺眼。後來我知道，是窗外的陽光照到我臉上。我似乎是和許多人同行的。我們順著山道往上走。山道十分彎曲，盤旋而上，走到上面的人，好像走在下面的人的頭頂上。但抬頭看時，會發現山路一直盤旋到雲端，好像沒有盡頭。

大家努力往上攀爬。漸漸地我發現，一路上，同行者不斷變換。一會

兒，看看身邊，熟悉的面孔不見了，身邊出現一些新面孔，大家都盡力往上爬。過一會兒，身邊又換了一批新人，還有人對我微笑。過一會兒，我身邊一個人都沒有了。我站下來定定神，接著往雲端爬。過一會兒，身邊又圍滿了人，十分熱鬧，大家說說笑笑，一起往雲端攀爬。

這時突然下雨了，風吹在臉上，有一點涼意。原來已經爬到雲中了。山上的樹都長在懸崖旁，很粗壯，這裡人跡罕至，不會有人來偷伐。山坡上的竹林正在換葉，顏色有點灰黃。土裡的竹筍有的已經長出兩公尺高了，有的剛長出半公尺，有的才冒出筍頭。有幾個人想去採幾棵筍子帶走，他們離開道路，消失在山坡後面，後來再也沒有見到他們。

同行的人都穿上了拋棄式塑膠雨衣，顏色有紅有綠。雨涼珊珊地下著。看不見前面的路，也看不見雲端的峰頂，只能看見周圍同行的人。前面有些人蹲下去圍著一片溼淋淋的植物看。我也跑過去看，原來是玉簪花，它生長在潮溼的水邊，或植物叢裡，很耐陰，它會開出一種潔白的花來，顯得高潔。

同行的人在路邊的小溪旁發現另一種野草，原來是萱草。由於下雨，小溪裡的水量很充足，叮叮咚咚地往下流。萱草就長在小溪旁邊的卵石和石縫裡，一叢一叢的。小溪邊還有幾株野山楂樹，正在努力地打著花苞。這裡海拔高，山楂開花也會延遲。我心想，這一趟不一定能看到這幾棵山楂樹開花了。當它開花時，大概沒有人能看得到。不過，路過的野黃羊大概能看到。

突然，我們來到了雲端。這裡天清氣朗，空氣清新，山巒重疊。同行有人說，如果能看到五重山，就很有福氣了。我們都去數那一重重山。有人看到了五重，有人看到了六重，還有人看到了七重、八重，最多的看到了十二重。一層層濃雲從山後垂直地升到天空中，像是擎天的柱子。頭頂

山峰的雲彩裡有幾排紅頂的房子，那就是我們要前往的峰頂小學。

我們繼續攀登。似乎過了很久，終於到了小學的院子。峰頂小學有兩排漂亮的房子，一個長滿花草的院子，院子裡有個乒乓球桌，還有一個沙坑，一個雙杠。學校裡有三個小學生，都是小女孩。一個小女孩的爸爸死了，媽媽嫁人走了，不要她了；一個小女孩爸爸有殘疾，媽媽是緬甸來的，媽媽被遣返了，她就沒有媽媽了；一個小女孩爸爸到山外工作了，媽媽頭腦不太好，她每天要負責幫媽媽穿衣服。

學校裡有兩個女老師，還有一個當地的男校工。兩個女老師負責給三個小學生上課，還負責當她們的臨時媽媽、疼愛她們，負責照顧她們在學校裡的生活，還負責送她們回家。男校工負責打理學校、採買、做飯。中餐最熱鬧，六個人在一起吃。吃過飯，老師和孩子們就開始畫畫，她們抬一張桌子到院子裡，鋪上白紙，就描著頭頂上的山和水，一筆一筆，認真地畫起來。

這時有人提醒說，大家這次是為什麼來了？為什麼來了？我用力想也想不起來。我一點都想不起這次是為什麼來的，來前似乎並沒有人通知過呀！我用力想，用力想。這時，同行的人都紛紛從口袋或包裡拿出各式各樣的東西。我問他們在做什麼，他們都不回答我。他們甚至連看都不看我。

我覺得很孤單，因為他們都不回答我。我只好走到一邊，繼續想這次為什麼要來這裡。難道就是為了爬上雲端？我想得肚子都發脹了。肚子越來越脹，脹得難受。我得去找廁所。我在學校裡找，怎麼都找不到。卻又不好意思問別人。我找到學校外面，我看到有人在路邊露天上廁所。這怎麼好意思呢？我看見他們都對我指指點點，好像在議論我。不過也只好這樣了。似乎也沒什麼，誰不是光著腿來的？誰也不可能穿得整整齊齊來到

世上。想想他們或她們說得也對。也只好這樣了。

　　我似乎在露天上了廁所。不能確定，但肚子已經不脹得那麼難受了。我站起來，想回到學校裡面去，這時我發現我已經回到平原上了。在我的頭腦裡，剛剛的雲端記憶還那麼清晰。我想回到雲端去，我來到汽車站，卻怎麼都沒有車來。我開始步行去那個峰頂雲端，山路上仍然有許多人在行走，但我腳下的路卻怎麼都走不完。遇到山峰時，我怎麼爬都爬不上去。我很傷心，甚至都開始抽泣了。

　　後來，我就醒來了。我看見有一盤麥黃杏放在身旁的茶几上。

　　妻子告訴我剛下過一場雨，現在太陽又出來了。

　　芒種這一天，無論陰雨晴熱，我總會挑一本書，今年這一本是《麥作學》，泡一杯香菜梗子茶，到南邊的房間，面朝正南方向，坐在椅子上，讀上半天。現在太陽更向北回歸線歸來了，天氣炎熱了，陽臺和飄窗裡冬天和初春太陽能照晒到的地方，有些在仲冬到來以前再也照晒不到了。雖說是讀，但往往只是半讀半想，有時沉湎於冥想，有時在自己腦子裡和平原上的一條河流對話，有時候做白日夢。直到窗外傳來驚呼聲，有人在社區盡頭處喊了一嗓子：「要下暴雨啦！那誰家，趕緊把晒在外面的被子收回家去！」

　　我夢見雨後的草地上，有一位牧童騎在一頭大水牛身上吹牧笛。我被他悠揚的笛聲吸引，不顧一切地向他跑去。可是我衝得太猛了。牧童身後卻是一條洶湧澎湃的大河，我收不住腳，掉下河去。牧童可能知道我會游泳，他並不擔心，就在我身後的河岸上，哈哈哈地放肆開懷地大笑起來。我心裡覺得有一點狼狽。

　　我夢見雨後的大草地上，有一個腰身很好的女孩子，在大草地上彎腰採野花。當她彎下腰時，她上身的短版上衣收縮上去，露出白皙柔韌的小

蠻腰，很誘人。我被她白皮膚的腰身吸引，不顧一切地向她跑去。可是我衝得太猛了，女孩不經意地閃身，她身後卻是一個大土坑，我收不住腳，掉下坑去。女孩知道坑不太深，摔不死人，因此她站在坑沿上，挺起腰，哈哈大笑起來。我抹抹臉上的灰土，心裡覺得有一點狼狽。

我夢見雨後的草地上有一隻八哥，牠在草地的鮮草叢裡、鮮花旁，一會兒低頭啄一根草葉，一會兒抬頭向我挑釁，牠嘴裡說著人話：「來捉我呀！來呀！來捉我呀！」我有點生氣。你以為我不敢，你以為我不能！我就撲過去捉牠。不過我知道，我只是去捉牠，並不會傷害牠，即便捉到，我也會第一時間放掉牠。可是我撲過去時，牠已經閃開；我再撲過去時，牠又已經閃開；我又撲過去時，牠早又閃開。牠還不斷嘲笑、挑釁我說：「來捉我呀，來呀！來撲我呀，來呀！來打我呀，來呀！」我累倒在草地上，沒辦法好好思考，呼呼喘息。

我夢見雨後的草地上有一位老人，看起來瘦巴巴的，身手不怎麼矯健，腳力也好不到哪裡去，但就是和我唱反調。我看上一朵花，他搶先伸手摘去；我看上一片草地，想倒在上面睡一會，他搶先一步占去，還脫下球鞋，發出腳臭味，叫我乾生氣；我離他遠去，他卻緊跟我；我打電話報警，電話沒有人接；我撲上去打他，他身手比我還敏捷，騰挪躲閃，我也打不到他。我覺得自己身手笨拙，已經奄奄一息了。

我夢見雨後的大草地上，有一隻蜣螂在推牛屎球。我想避開牠和牠的牛屎球，可是牠和牠的牛屎球總在我眼前。我跑到草地的高坡上，蜣螂推著屎球攔在坡頂；我跑到草地的最低處，蜣螂抱著牠的屎球滾到我的腳跟前；我跑到一大叢荒野豌豆後面想躲起來，蜣螂已經在那裡挖坑埋牠的屎球了；我跑到一片小根蒜裡，蒜味或許能把蜣螂趕走，可是牠在小根蒜的叢棵裡推著屎球，來去自如；我跳進剛才追女孩掉進的坑裡躲避，可是下

一秒蜣蜋卻把牠的屎球從上面砸在我臉上。我索性不再躲避，而在雨後草氣清新的大草地上漫步，蜣蜋推著牠的屎球，從我左邊不遠處路過，又返回從我右邊不遠處路過，想吸引我的注意。我裝作沒看見牠和牠推的牛屎球。很快，牠就覺得無趣，就遠遠地走開了。

我夢見雨後的大草地有一隻紅毛長尾狐狸。狐狸飛快地向水邊跑去，我也趕緊飛快地跟過去，想看看狐狸要搞什麼飛機。狐狸跑到水邊，從魚腥草裡選出一種花葉，摘下來扔進水裡。很快有一隻大鯉魚升上來，把花葉魚腥草吃了下去。大鯉魚昏醉後浮上水面，狐狸伸出爪子撥水，想把大鯉魚撥到岸邊吃掉。正在狐狸快得逞時，蹲在花椒樹上的牛背鷺叫了一聲，把狐狸嚇了一跳。牛背鷺趁機扔下一串花椒籽，大鯉魚吃下後，醒過來鑽進水裡去了。牛背鷺也飛到不遠處一頭水牛的背上去了。

我夢見雨後的大草地上有一隻紅毛長尾的狐狸。狐狸飛快地向水邊跑去，牠一定又想去捉魚吃了，我趕緊飛快地跑去跟著牠，看牠今天可有什麼收穫。狐狸跑到水邊，看了看四周，四周什麼動靜都沒有。狐狸在雨後的大草地上打了個滾，牠的紅毛都被草色染綠了。牠一轉身跑到花椒樹下躲了起來。一直待在水牛背上的牛背鷺，笨拙地飛起來，飛過來落在花椒樹上。牛背鷺用嘴梳理羽毛，又抬起頭觀察著大草地。渾身染綠的狐狸悄悄伸出爪子，伸向牛背鷺的長腿，打算一下子握住牛背鷺的大長腿，然後把牛背鷺從花椒樹上拉下來，再擰斷牠的脖子，把牠當一頓美味的午餐。正在此時，水面上嘩啦一陣響動，一隻大鯉魚從水下搖著尾巴跳出來，把一串花椒籽甩在狐狸頭上。狐狸痛得大叫一聲。牛背鷺受到驚嚇，一蹲身，飛起來，飛到水牛背上去了，牠現在安全了。

我心裡知道，我現在為什麼總是夢見雨水和雨後。仲夏時節，雨水總是很多的。雨水滋潤人的思想和夢境。哪怕我拚盡全力，想從雨水的夢境

裡掙脫出來，可是我掙脫得了夢境，卻掙脫不了季節。我只好在雨後的夢境中深陷下去。我心裡似乎清楚這是白日夢，但似乎又控制不了自己，也由不得自己要做白日夢。

季夏是夏天的最後一個月，也是最熱的一個月。大暑這一天，無論陰雨晴熱，我總會挑一本書，今年這本是《逍遙遊》，泡一杯單叢茶，到南邊的房間，面朝南偏西的方向，坐在椅子上，讀上半天。現在太陽正向赤道回歸，天氣的暑熱即將達到頂峰，陽臺和飄窗裡夏至前太陽照晒不到的地方逐漸又能照晒到了，這些地方在冬至到來前將一直能夠照晒到。雖說是讀，但往往只是半讀半想，有時候沉湎於冥想，有時候和平原上一些集鎮裡的人說話，有時候做白日夢。

我夢見有個人遞給我一把木頭鍬，要我把一段決口的堤壩堵上。我用眼量了一下決口堤壩的長度，彷彿一眼望不到缺口的那一端。於是我從缺口的這一端開始走，用步量的方法實地感受一下決口的長度。我走了很久、很久，好像天都快亮了，城市中心的鐘聲都響了，我還沒走到缺口的另一端。我不再計較缺口的長度，開始用木鍬挖土，填堵缺口。木鍬一挖就斷了，等我蹲下去修理時，它又變得好好的。我站起身來，賣力地再挖，它卻又斷了，我蹲下去修理它，它又好了。我想到附近的集市上去換一個合用的鍬，可是集市上的人都散了，剩下的幾個小販也在收拾攤位。我回到河堤旁。我知道我必須有耐心，不去計較，才能把這件事做好。

我夢見自己在一個西晒的屋子裡午睡。屋子在一個樓房的頂樓，離太陽的位置最近，屋頂被太陽晒得滾燙。西窗窗簾沒有拉上，剛過正午明晃晃的陽光傾瀉到屋裡。我蓋了一床用老式方法做成的厚棉被，身子底下還鋪了一層厚棉絮。我熱得渾身冒汗，我想把被子掀掉。於是我就用力把被子掀到一旁，我鬆了口氣。可是我才想接著睡，棉被又蓋到我身上了。我

知道我必須忍受這些，因為這樣的情況每年夏天都會出現。我站起來去拉窗簾，只聽見刷的一聲，厚厚的窗簾把明晃晃的陽光擋在窗外了。但是當我回到床上，想接著再睡時，我發現窗簾並沒有拉上，陽光更加刺眼了。我轉身朝另一個方向睡。可是另一個方向也有大窗戶，也有太陽，陽光也是明晃晃的。

　　我夢見我和許多人在一個空曠、酷熱的地方排隊，要通過一個關口，才能到一個風景如畫的地方去。隊伍並列排了三個，都很長很長，一眼望不到盡頭。我不知道該排哪一隊，心裡特別想問問別人，可是一個人都不認識。我只好到處聽別人說話，了解一些情況。人們都在議論紛紛，有人介紹說，排在左邊隊伍裡的人，都很聽話，管理人員怎麼安排，他們就怎麼做，如果不照要求做，就有人把他們從隊伍裡拉出來，往左邊的懸崖推下去，摔得身首分離；排在右邊隊伍裡的人，都不聽話，也沒有管理人員，大家想怎麼做就怎麼做，如果只會模仿別人，就有人把他們從隊伍裡拉出來，往右邊的懸崖推下去，摔得粉身碎骨；排在中間隊伍裡的人，會根據情況決定怎麼做，他們有時照左邊人的做法做，有時照右邊人的做法做，如果不能隨機應變，就有人把他們從隊伍裡拉出來，隨機把他們推到左邊或右邊的隊伍去。我很焦慮，不知道該排在哪個隊伍裡，最後的時間也快到了，真著急。

　　我夢見天氣酷熱難耐。就在這時，天空烏雲密布，轟雷閃電。我心想，這下可好了，雨如果能盡興地下下來，天氣就會涼快！大雨傾盆而下，下得太盡興了！可是大雨過後，空氣變得又溼又熱又悶，氣都喘不上來。這時，我恰巧走在一個刺眼而又封閉的地道裡，身上黏得受不了，我心想，如果這時能沖個溫水澡，那是最爽的一件事。可是澡堂還在很遠的前方，我必須盡力往前走，才可能走到那裡。我終於走到澡堂，走進浴

池，可以洗澡了。但浴池裡水太熱，開水裡還翻滾著。我蹲在浴池上，又想洗去髒汙，卻又不敢往下跳。這時旁邊有人說，靜一靜就好，心靜自然涼。我試著把心靜一靜，果然身上涼爽多了。這時我似乎又可以坐下來，看書學習了。

我餓極了，終於找到一個牛肉湯店，老闆拖了很久，他給別人從大鍋裡爽快地盛牛肉湯，還在裡面撒上香菜，但一直拖著不盛給我，後來他終於盛了一大碗牛肉湯給我，我撒點辣椒在裡面，胡亂吃喝起來。這時一個凶人走過來奪走我的碗說，人要吃七分飽，才能長壽。我急得乾瞪眼。我想和幾個朋友一起打牌，剛開始一缺三，只有我一個人，我一直耐心地等待，終於來了一個人，我們說著話、喝著茶，等其他人。接著又來了一個人，我們說著話、喝著茶，等最後一個人。這時門鈴響了，最後一個人來了，我們趕緊搬桌子、擺椅子，可是突然走過來一個凶人，把最後來的那個人拉走了，還罵我們熬夜傷身，我急得結結巴巴解釋不清。我的性慾來了，終於和一個異性睡在一起，我赤身裸體，但她總推三阻四，一開始說身上不方便，後來說沒洗臉刷牙，又說燈光太亮，又叫我先去洗澡。可是等我洗了澡急不可耐地上床時，一個凶人突然闖進來把異性抱走了，還對我說要慢慢來，不然會樂極生悲，急得我張口結舌。我碰到一個知音，於是沒日沒夜和他說話，一說起來就沒完沒了，也不覺得累，不覺得睏。坐在飛機上說；坐在汽車裡也說；在一個陌生的國度裡遊覽時說；吃飯時喝茶時也一直說。可是這時突然走過來一個凶人，像牽小孩一樣，一把把那人拉走了，還撂下一句話，說是為人只說三分話，不可全拋一片心。我急得抓耳撓腮。

立秋這一天，無論陰雨晴暖，我總會挑一本書，今年這一本是《考工記》，泡一杯荷葉茶，到西邊的房間，面朝西偏南的方向，坐在椅子上，

讀上半天。現在太陽已經向赤道方向回歸了，天氣的熱度下降，陽臺和飄窗裡夏天陽光照晒不到的地方逐漸又能照晒到了，這些地方在冬至節氣到來之前將一直都照晒得到。雖說是讀，但往往只是半讀半想，有時沉湎於冥想，有時和自己腦袋裡的一個影子對話，有時候做白日夢。

　　我夢見我在灘河注入源水湖的三角地帶的荒地裡，開荒種了成百上千畝紫雲英。我選的是那片海拔不太高，但灘水湖漲潮也淹不到的地塊。那裡有的地方高一些，有的地方低一些，顯得錯落有致。那裡樹木不多，相距很遠，有幾株大楊樹，還有幾株老柳樹、幾株大楮樹，另有幾株大椿樹。那整個地域顯得十分空曠，有起有伏，在高地上看見遠處的湖水了，但真要走到湖邊，摸一摸湖水，還需要一些功夫。

　　紫雲英開花時蜜蜂就來了。我在一望無際的花海裡隨機架起了上百個木製蜂箱，蜂箱上有人字脊，可以為蜂箱遮風擋雨。花開得太盛了，蜜蜂們被吸引來，牠們鑽進蜂箱，釀蜜生子，繁衍成群。蜜蜂們釀成的紫雲英蜜，則貯存在蜂箱後部的一個蜜盒裡。會有無數人開車或坐車來看紫雲英花海。志願者會教遊客打開蜂箱後部的開關，讓蜂蜜流出來，流進自己帶的瓶子裡，免費帶走。或者打開蜂箱後部的開關，讓蜂蜜流到自己帶來的麵包上，孩子們就可以開心地邊吃邊玩了。一些收入很少的人可以住在蜂箱附近的帳篷裡，他們離開時，可以盡量帶一兩桶蜂蜜走，到城裡賣掉，換一些錢來貼補家用。剩下的蜂蜜由志願者開車送到附近的學校、養老院、醫院、收入不高的家庭，免費送給需要的人。

　　我夢見我在灘河流入灘水湖的三角地帶的荒地裡，開荒種了成百上千畝野山藥。其實野山藥不需要刻意去種。去年秋天收穫山藥豆和地下的山藥棍時，遺落的山藥豆，挖剩下的山藥根鬚，都能長出山藥小苗。仲春時，一場春雨過後，山藥苗紛紛出土。山藥的葉子是心臟形的，寬厚、墨

綠。山藥出苗時，先鑽出一根藤蔓來，藤蔓勁道有力，上面布滿了倒刺狀的剛毛，可以鉤在他物上攀爬，它們一晚可以伸長大半公尺。如果附近有可依憑物，藤蔓就攀緣而上，如果附近沒有可攀緣物，藤蔓就向上相互纏繞伸展，或向南相互纏繞伸展。藤蔓一邊向上或向南伸展，藤蔓節點上一邊長出心形的葉片，心形的葉片越長越大，葉片向著太陽展開，盡情地吸收陽光和熱量。

到了夏天，山藥的葉柄處，長出山藥豆來，就像一個個極小的馬鈴薯，不過顏色更深灰一些，皮膚也較粗糙一些。山藥豆如果滾落到地上，第二年就可長出一棵新山藥來。山藥豆收集起來，可以放在米裡，煮成粥來吃；也可以和別的粗糧混雜在一起，打成汁來喝；還可以和豬排骨一起放進燉鍋裡，燉成排骨湯來吃；也可以磨成山藥粉，用來做各種食品。山藥地下的部分，就長成我們常見的山藥棍。秋天山藥成熟時，會有無數人開著車或坐車，從四面八方來看山藥園。孩子們興高采烈地採收一顆顆圓溜溜的山藥豆。每個人都可以免費把自己採收的山藥豆或山藥棍帶走，只要他們不忘記這一段快樂就好。收入少的人可以採收更多的山藥豆和山藥棍，到城裡賣掉，換一些錢貼補家用。剩下的山藥和山藥豆，由志願者開車送給附近的學校、養老院、醫院、收入不高的家庭，免費送給需要的人。

我夢見我在灘河注入源水湖的三角地帶的溼地和淺水裡，養了無數隻小鴨子和小鵝。從仲春到初夏，我一直開著一輛皮卡，在附近的集市上收購鴨苗和鵝苗。鴨苗和鵝苗都是黃色的，毛茸茸的一團，擠在一堆，抱團取暖，很是惹人憐愛。小鴨子和小鵝買回來，先在大棚裡養一養，養到天氣暖和了，牠們也長大了些，就放到灘河注入灘水湖無際無涯的溼地和淺水裡，由牠們自己生長去。溼地和淺水裡生長著各種小魚小蝦、小螃蟹小

湖蚌、螺蜘昆蟲、浮水植物、沉水植物和挺水植物，湖邊長滿了野草，小鴨和小鵝不愁沒有食物。到了夜晚，湖灘和淺水裡的幾百盞紫外線燈都亮了，這些燈會把野外的小飛蟲吸引過來，牠們撞在燈上，掉落在湖灘或淺水裡，就成為鴨子的食物。鴨子天天吃活食，長得又快又健壯，個個都精神飽滿，歡叫不停。

　　從秋天開始，湖灘的小坑裡、淺水的野草叢裡，每天早晨都會有無數個明晃晃的鴨蛋和鵝蛋。志願者每天都要早早起床，提著竹籃，或端著木盆，到湖灘上或草叢裡，去拾鴨蛋、鵝蛋；到淺水裡去摸鴨蛋、鵝蛋；到小島上去收鴨蛋、鵝蛋。志願者們每天的餐食，都離不開鴨蛋和鵝蛋。廚房會煮鴨蛋、鵝蛋；煮鴨蛋湯、鵝蛋湯，黃澄澄香噴噴的；用野蒜炒鴨蛋、鵝蛋，味道鮮辣；燉老鴨湯，非常養人；製作貢鵝和鹽水鴨，美味無比。鴨蛋和鵝蛋吃不完、送不完時，就製作成可以冒出黃油的鹹鴨蛋、鹹鵝蛋。人們從四面八方，開著車或坐車來到鴨鵝湖。每個人都可以免費在餐廳吃這些美食，但不可以浪費。收入不高的人可以當志願者，他們離開時，可以免費帶走一些鴨蛋、鵝蛋，到城裡賣掉，換些錢，貼補家用。志願者每天都會開車，把鴨蛋和鵝蛋送給附近的學校、養老院、醫院和收入不高的家庭，免費送給需要的人。

　　白露這一天，無論陰雨晴暖，我總會挑一本書，今年這一本是《天工開物》，泡一杯銀杏葉茶，到南邊的房間，面朝正西的方向，坐在椅子上，讀上半天。現在太陽更向赤道方向回歸，地球北半球氣溫越加下降了，陽臺和飄窗裡有更多地方能夠照晒到陽光，太陽升起時北邊的窗戶逐漸照不到朝陽了，太陽落下時北邊的窗戶也逐漸照不到夕陽了。雖說是讀，但往往只是半讀半想，有時候沉湎於冥想，有時候和自己腦袋裡一個穿農服的人對話，有時候做白日夢。

平原上的白日夢

　　我總是夢見自己仲秋在平靜的河水邊打水漂。我夢見我一個人在寂靜的河邊行走，有時候在河岸邊坐下，默默地坐著，一句話都不講，或有時候想一些無關的內容，就像是在寂然無人的高原一樣。二十歲時我一個人在夏天的高原上行走。不知道為什麼會走到高原上，也不知道生命中為什麼會有那樣一段歷程。高原上寂靜無人，只有颳個不停的風和不知從哪裡傳來的鳥鳴。風略有些涼意，於是我把內衣內褲都穿在身上。但是高原上太陽從雲朵裡鑽出來照在身上的時候，就覺得晒人，也覺得熱，太陽被雲朵擋住時，又覺得很有涼意。我一個人在寂靜的河邊行走時，就從河灘尋找一些薄片類的東西，最好是石片，有較大的重量。我側過身把石片在水面上打出去。石片在仲秋平靜的水面上形成七、八個水漂，最後沉入水底。

　　有些晒人的陽光照射在無人的河流、水面、河灘、水邊的農田、水邊的植物和我身上，使我覺得寂然卻又豐盈，使我覺得寂然又略感愴然。就像當年我一個人在高原上行走，高原的太陽照射在我身上、照射在草原上、照射在戈壁上、照射在藍色的海上、照射在格桑花上一樣。河岸邊的天空裡也有不知道從哪裡傳來的鳥鳴，就像高原上不知道從哪裡傳來的鳥鳴一樣。不過，在高原上，覺得人更小，覺得天地更大。這時，我的內心既充實，又寂然，又寂寥，有時也愴然。

　　我總是夢見我仲秋在平靜的湖水邊打水漂。我夢見我一個人在寂靜的湖邊慢慢地行走。我不知道那是哪裡。只看見一面大湖，湖水清澈淡靜，湖裡有一些水鳥，時而飛起，時而落下，時而漂浮在水面上。沒有人來打擾這個湖；沒有人來打擾這個湖上的水鳥；沒有人來打擾這個湖邊的松樹和結桑果的桑樹；沒有人來打擾隨性來去的湖風；沒有人來打擾兀自隨風晃動的莎草；沒有人來打擾湖岸上幾個忙著整理網繩的漁人 —— 我把他

們也歸於湖、樹、草、風和水鳥一類。我是說它們互不越界，各自依規生活，不是說它們互無影響，相互無關。風會推動湖水揚起波浪，湖水會淹沒湖邊的草和樹，草和樹會變成水裡的營養，營養會養活浮游生物，浮游生物會養活各種水族，各種水族會成為水鳥和漁人的食物。只要他們不越界妄為，那一切都好。每當想到這一層，我的白日夢就會轉換一個畫面。我就會夢見我在湖岸邊找到一塊薄薄的石片，我傾下身，揮動右臂演練一番，心裡想，如果這塊石片能在湖面上打八個以上的水漂，那麼將世界大同。我在石片上吹一口仙氣，把石片向平靜的湖面上扔去。我直起腰，伸長脖頸，向湖面上看。一、二、三、四、五、六、七。這塊石片只打了七個水漂。也不錯了，我心裡想。離世界大同，也就一步之遙了。

真正的世界大同是不存在的，那只是我們的一個理想。我滿意地看著越來越平靜的湖面。我想，這的確已經是一個令人滿意的結果了。

我總是在仲秋夢見自己在平靜的池塘邊打水漂。池塘離村莊較遠，周圍長著許多大樹，四周沒有人跡，一時也聽不到鳥啼，更沒有鴨子和鵝等喧鬧的家禽。我夢見自己想在池塘的水面上打幾個輕盈的水漂。可是，池塘邊不容易找到那種薄薄的石片，能找到的，大多是砂薑、碎石頭、厚樹皮或硬泥巴，有時候也能從泥土裡摳出一、兩個碎瓦片。用砂薑打水漂，砂薑較重，疙疙瘩瘩的，又沒有平面，只能形成阻力，不能形成浮力，所以能打兩個水漂就算不錯了，往往是直接悶頭栽進水裡。用碎石頭打水漂，也和砂薑類似，而且石頭更重，沒有一點浮力，打不起來一個水漂，都是直接栽進水底的。用厚樹皮打水漂，樹皮太輕，雖然能浮在水面上，或半浮在水面上，卻也缺少了相應的重量，慣性無法形成前行的動力，不能在水面上飛起，它們落在水裡，就直接浮在水面，或半浮在水面上了。用硬泥巴打水漂，溼的硬泥巴太重，會直接栽進水底；乾的硬泥巴又太

輕，打進水裡，起一、兩個水漂，就沉進水裡，分解得無影無蹤了。碎瓦片是打水漂的好材料，但想找到又平又薄的瓦片，卻十分不容易，要麼就是太厚，要麼就是太小，要麼就是彎曲度過大。打水漂打累了，我就一屁股坐在池塘邊，暗暗地想，我們的一生猶如打水漂：能找到一個寬坦平靜的水面，不容易；能找到一個載夢飛翔的理想工具，不容易；能找到一個角度適當的切入方式，不容易；能讓夢想飛起來，不容易；能讓夢想多次騰飛，更是不容易。不過回過頭來想，倒也沒有什麼。能在仲秋的池塘邊，能在一片平靜凝和中，心無罣礙地度過這段悠然的時光，不也是一段精彩的精神昇華嗎？甚至，我竟可以不努力地去找瓦片或石片，不去激起水花，不去打出水漂，我只在池塘邊坐著，默念著古人的詩句「池塘生秋草，園柳變鳴禽」，也能達到內蘊的發酵和升騰。

寒露這一天，無論陰雨晴暖，我總會挑一本書，今年這一本是《淮南子》，泡一杯番薯梗子茶，到南邊的房間，面朝西偏北的方向，坐在椅子上，讀上半天。現在太陽更向南半球方向漂移了，地球北半球氣溫也要越加下降了，陽臺和飄窗裡有更多地方能夠照晒到陽光了。雖說是讀，但往往只是半讀半想，有時候沉湎於冥想，有時候和自己腦袋裡小時候的自己對話，有時候做白日夢。

我夢見自己慢慢安靜下來了。室外下著秋雨。這時檢驗自己的內心是否焦躁，就是看自己是否急著要到室外去。如果並不急於要去室外，或能夠不慌不忙地前往室外，都是內心慢慢安靜下來的象徵。

我不急著要到室外去。除了《淮南子》以外，我可以捧起任何一本厚書，坐在任何一把椅子上，專心致志地讀起來。我從紙的氣息中，嗅到了青草和大樹的味道。發明紙的那個人真是太厲害了。沒有紙，人們就只能讀到像《老子》那樣簡單的短句，因為可以書寫的媒介太大、太重了，

非常不方便攜帶。但是有了紙後，也出現一些問題，就是人們逐漸變得沒有節制，很容易把書寫得很長、很厚。但這不包括《莊子》、《孟子》、《荀子》、《禮記》、《史記》、《淮南子》等等，這些書雖然厚，但它們厚得有品質，它們必須厚，厚了才是唯一的它們，如果不厚的話，那就不是它們了。覺得一本書厚，潛臺詞就是那本書厚得沒必要，厚得沒品質。覺得一本很厚的書不厚，潛臺詞則是那本書厚得有價值，應該再厚些。我這不是典型的雙重標準吧？

　　古代的人都善於發現嗎？比如，莊子等人很善於發現自己的影子。他們發現了自己和影子之間有太多的逸聞趣事。他們發現自己走時，影子也走；他們跑時，影子也跑；他們停時，影子也停；他們動時，影子必動；有光亮時，才有影子；無光亮時，沒有影子。這的確是一個了不起的發現。說這個發現了不起，是說這種現象太尋常了，就在我們每個人的身邊，但我們卻不能發現。發現尋常事物中的道理，似乎比發現無法知曉事物中的道理更不容易。但莊子他們沒有發現影子與聲音之間的關係。有光亮時，必有影子；無光亮時，必無影子；他們走時，影子也走；他們跑時，影子也跑；他們停時，影子也停；他們動時，影子必動。但是，他們說話，影子不語；他們唱歌，影子不吭；他們怒吼，影子沉默。影子為何不對聲音做出對等的反應？影子真的信奉沉默是金的法則嗎？這難道不是值得我們沉思的一個問題嗎？現在，室外的秋雨下個不停，室內既沒有陽光，也沒有燈光，因此我在夢裡看不到自己的影子。但是，我可以把燈打開呀！活人難不成要被自己的尿憋死？燈一開，世界就完全變了，變成一個現實的世界了。我發現，影子不出現在夢境中，影子只出現在現實的世界裡。我相信沒有人在夢境裡見過自己的影子。我很有自信，沒有人比我更了解影子了。燈一開，影子就出現了，這是一個百試皆靈的規律。我看見影子

出現在燈光的現實世界裡。我走時，影子必走；我跑時，影子必跑；我停時，影子必停；我動時，影子必動；我側立，影子必側立；我倒立，影子必倒立；我金雞獨立，影子必金雞獨立；我躺下，影子被我壓在身下；我走到無影燈下，影子淡化成許多個幾乎看不出來的影子。但我說話時，影子卻不語；我唱歌時，影子一聲不吭；我怒吼時，影子保持沉默；我叫罵時，影子裝沒聽見；我罵累了喘息時，影子無動於衷；我安靜時，影子和我一樣安靜；我出門時，影子立刻消失不見了。

　　我夢見我在細微的秋雨裡慢慢地走。天地間沒有人，但我知道影子忠誠地跟著我。我不告訴你們它在哪裡，但我告訴你們它一直跟著我，而且永遠不會背叛。因此我並不感覺孤獨。我走過平時人流如織的公園、車水馬龍的街道、學子如潮的大學。現在，室外沒有什麼人，人們大都待在開著燈的室內，看書、學習、喝茶、交談、吃飯、做愛。但當我走過有燈光的門廊，或走進商場時，我的影子就第一時間出現了。我停下來，欣賞著我的影子，它的忠誠是舉世無雙的。我走時，影子必跟我走；我跑時，影子必跟我跑；我快走時，影子必跟我快走；我慢行時，影子必隨我慢行；我停下時，影子必隨我停下；我有舉動時，影子必隨我有舉動；我側立時，影子必跟我側立；我倒立時，影子必隨我倒立；我金雞獨立時，影子必仿我金雞獨立；我在商場的床上躺下時，影子必在我身下為我墊腰。影子的忠誠是無與倫比的。

　　有人曾經想要斬斷影子與自己的關係，這樣的想法夠大膽、夠狠、夠頑強、夠執著。這並不好笑，也不一定是愚蠢的行為，有時候還是必需的。例如，一隻老鷹在天空盤旋時，牠要盡量隱藏自己的影子，因為影子會暴露牠的行蹤，獵物在地面上看到老鷹的影子，就會快速地躲避。一隻飛鳥在海洋上飛翔，牠的影子落在海面上，海水裡的一種飛魚，就會從海

水裡跳起來撲食這隻暴露了自己的飛鳥。

　　不過，影子更多的還是我們每個人最優質、可靠、儉省的寵物或伴侶。我們不用餵養影子，不用單獨給它房間，不用為它布置一個影子窩，不用擔心雨淋到它、太陽晒到它、風吹到它、冰雪凍傷它，不用擔心它會走失，不用擔心它生理期來不用擔心它有情緒。當我們孤獨時；當我們憂愁時；當我們失落時；當我們傷心時；當我們的幸福需要分享時；當我們喃喃自語需要聽眾時，影子都會應召而來，即時出現。為我們分憂；為我們解愁；聽我們的自白；分享我們的幸福；陪伴我們行走，讓我們知道自己仍然活力滿滿，生命旺旺。有了影子，孤寂就再也不能隨我們而行了。孤寂被我們的影子趕走了。

　　立冬這一天，無論陰雨晴暖，我總會挑一本書，今年這一本是《詩經》，泡一杯石斛茶，到北邊的房間，面朝北偏西的方向，坐在椅子上，讀上半天。現在太陽更向南半球漂移了，離我們生活的北半球更遠，天氣越加冷涼了，陽臺和飄窗裡夏天和秋天太陽照晒不到的地方，很快又都能照晒到了，床和地板也要用床單和地毯蓋上，以免陽光長期照射，出現老化現象。雖說是讀，但往往只是半讀半想，有時候沉湎於冥想，有時候和自己腦袋裡的一個知識辯論，有時候做白日夢。

　　我夢見我在雪原上跋涉。我看見從地平線冒出來一個秀麗的小腦袋，我知道那是雪原上的熊，牠很快就消失不見了。我又看見一隻小狐狸，牠停下來看看我，舔舔嘴唇，左右看看，轉過身去，很快也消失不見了。我走過去，看見雪窪裡有一個體型豐滿的女人，衣衫都被撕爛了，露出傷痕累累的肌膚，雪地上都是鮮紅的血，雪地還有滾爬碾壓的痕跡。我趕緊跑過去，看見她還睜著一雙清澈的大眼睛。我動了惻隱之心，伸手想察看她腿上的傷口，可是她突然開口怒斥我，說我想欺負她。我尷尬地站起來。

周圍又找不到人證明。我束手無策地站著，不知道怎樣才能解釋清楚。

我夢見自己在礫石灘上跋涉。我看見一群野狼從天際線上呼嘯而來，又呼嘯而去，那陣勢有點嚇人。我又看見一頭棕熊心滿意足地從天際線蹣跚走來，走到離我夠近時，駐足看了看我，又面無表情地走開了。我走到天際線那裡，看見礫石灘上有一個豐盈的女人，衣衫被撕得稀爛，身上都是鮮血，頭枕在一堆枯草上，微弱地喘息。我趕緊跑過去，看見她還睜著明亮的大眼睛。我動了惻隱之心，伸手想察看她胸脯上的傷口。可是她突然開口痛罵我，說我想戲弄她。我尷尬地站起來，四面看看礫石灘，沒有人替我作證。我無奈地垂手站著，心神不定地看著她。

我夢見自己在寒冷的平原跋涉。我看見一群烏鴉在村後河邊的樹林裡叫，好像是在招呼我過去。我走過去時，牠們往小河邊一個麥秸垛方向蹦跳，然後又一個接一個飛走了。我又看見一隻冬眠的獐子鑽出枯草叢，懵懵懂懂地跑到離我不遠的地方，立起上身，呆呆地看看我，然後又懵懵懂懂地跑掉了，消失在小河邊的一個麥秸垛後面。我走到麥秸垛那裡去，聞到麥草的香氣。我看見麥秸垛後面的碎麥草上，睡著一個赤身裸體的女人。她的腰肢纖細，四肢有力，腳上的皮膚很光滑。但我不知道她是死了還是活著。我動了惻隱之心，伸手想去試試她的鼻息。可是她突然翻身坐起來，痛斥我的流氓行徑。我嚇了一跳，跳到一邊。周圍沒有別人，誰也不能證明我的清白。我惶恐地站在原地，不知她會怎麼制裁我。

我夢見我在一個冰涼的荒原跋涉。我看見幾隻老鷹在天空盤旋，看見有人走過來了，老鷹們就俯衝下去，片刻以後，牠們又升上天空，然後就不情不願地飛走了。我又看見一頭身手敏捷的獵豹，牠像一道黑色閃電，無聲無息地竄過，忽然牠停下來，扭過頭來看我，然後改變路線，轉了九十度的彎，又像一道閃電，朝另一個方向跑去。我走進荒原的草叢裡，

看見一個健美的女人，衣衫破損，鮮血淋漓，躺在草叢裡，大口喘著氣。我想看看她手裡緊握著的是什麼留言。可是她突然發飆，大罵我不要臉。我嚇得滾到一邊。荒原上沒有人，我支支吾吾想辯解卻辯解不清，周圍也沒有人能證明我的無辜。

我夢見自己在一片火苗上跋涉。一群灰白色的飛蛾紛紛張開翅膀，慢悠悠地從火苗上懸飛而去。接著，一群烤蝗蟲也飛起來，從火苗上飛走了，起初牠們向離我遠去的方向飛，飛著飛著，忽然牠們掉轉方向，向我頭頂飛來，從我頭頂飛過，我都能聽到牠們的翅膀發出的轉動聲，還能聞到一股烤焦的味道，牠們很快就飛遠了。一群烤鵝又拍打著翅膀，身上冒出煙縷，哦哦地叫著，半飛半跳著跑開。我走到前方，看見幾顆雪白的鵝蛋旁，躺著一個渾身焦糊的女人。我趕緊衝過去救她。我蹲下去抱起她，突然她睜開一雙明亮的大眼睛，呵斥我不要占她的小便宜。我嚇到一鬆手，她的身軀掉在厚厚的灰燼上，濺起無數草木灰，嗆得我一直咳嗽。我不知道該不該救她。四周也沒有人見證，我不知道應該怎麼辦。

我夢見自己在一條商業街跋涉。一些人向我指點前面的一條小巷，我不懂他們是什麼意思。我繼續往前走。又有一些人從我面前經過，向我指點前面那條小巷。我向他們露出困惑的面容和手勢，可是他們什麼話都不說，只是指著那條小巷。我繼續向前走，又一群人從我面前走過，他們都向我指點那條小巷。我想，那裡必定有什麼事情。我繼續向前走，一大群人從我面前經過，紛紛把手指向那條小巷。怎麼回事？我趕緊跑進小巷。原來小巷裡躺著一個衣衫不整、面黃肌瘦的女人。我衝過去，一條腿跪在地上，一隻手掏出一個白饅頭遞給她，想讓她吃下去。可是她突然舉手把饅頭打到很遠，怒目圓睜，大罵我干涉她的隱私。我手足無措地站起來，用眼神向周圍求助，可是路過的人都向我投射鄙夷的目光。我不知道如何

是好。

　　無論陰雨晴冷，大雪節氣這天，我總會挑一本書，今年這一本是《溼地與沼澤》，泡一杯刺薊茶，到北邊的房間，面朝正北的方向，坐在椅子上，讀上半天。現在太陽更向南半球方向漂移了，離我們生活的北半球更遠，天氣越加寒冷了，陽臺和飄窗裡夏天和秋天太陽照晒不到的地方，很快又都能照晒到了，床和地板也要用床單和地毯蓋上，以免陽光長期照射，出現老化現象。雖說是讀，但往往只是半讀半想，有時候沉湎於冥想，有時候和自己腦袋裡的一個思想辯論，有時做白日夢。

　　隨著冬天的深入，我的心地越來越純潔；我的夢境越來越乾淨；我的思路越來越想向著簡單、透明、寬坦的地方去。我聲名浩大時看到的都是笑臉，聲名消退時聽到的都是質疑，這一定律在冬天似乎不再產生作用。因為我的注意力轉移了。我的心似乎漸靜下來。我的夢似乎越來越清淨。

　　冬天我最常夢見的，是我又走上了雪原。有時能在雪原上見到長成白雪般的麥子，那真是一種奇怪的幻覺，那種體驗是十分獨特的。一個人在雪原上跋涉，當然我知道那只是一種夢境，不過我能聽見自己腳下「咯吱咯吱」踩雪的聲音。夢裡的整個星球都是雪原，因而雪原上的行走無所謂始，也無所謂終。無所謂從哪裡走起，也無所謂要走到哪裡。

　　這時我看見遠方有一片金黃色的冬小麥。起初我並不相信那是冬小麥，但是又想什麼事情都可能在夢境中發生，於是就在雪原上跋涉過去，到那裡去看一看，實地驗證一下。腳上的鞋踩在雪上，「咯吱咯吱」地響。堅韌的表象，都是單調的。因此「咯吱咯吱」的聲音聽多了，而且節奏統一，就覺得單調且乏味。

　　我覺得我必須跑起來才對，這樣才能盡快抵達目的地。於是我就盡力地要跑起來。但是啟動似乎很困難。我的手臂，還有腿，都十分僵硬，很

難啟動。我盡力地晃動雙臂，也盡力地邁動雙腿。但我怎麼賣力效果都不太好。我的手臂和腿都打不開。不一會我就累得氣喘吁吁了。在夢境中，雪麥始終在遠方，我永遠走不到它的近旁。

冬天我最常夢見的，是我又走上了平原。起初一切都很正常，平原上生長著常見的植物和農作物，春天下著雨，夏天打著雷，秋天颳著風，冬天下著雪。可是平原很快就變了。平原上的小麥變成了白雪，白雪又變成了小麥，白雪般的小麥。我有些困惑，這樣的場景似乎有點眼熟。我不明白這是怎麼回事。也許在上一個白日夢裡，我夢見過這個場面。

我覺得我應該跑起來才對，這樣才能盡快看清楚前面的實事。於是我決定跑起來，但是啟動似乎很困難。我的內心很想跑快，但我的手臂，還有腿，都十分僵硬，很難跑動起來。我很著急，我盡力地晃動雙臂，我也盡力地邁動雙腿，但我怎麼賣力效果都不太好。我的手臂和腿都打不開。我喊媽媽來幫我，但媽媽沒有來。我在夢裡抽泣，我坐在雪地上哭，我還想著白雪和小麥的事情呢！我抹抹眼淚抬頭看，在夢境中，雪麥始終在遠方，我卻永遠走不到它的近旁。

冬天我最常夢見的，是我又走上了草原。我看見大河轉彎的地方，有一群黑色的牝牛，正低著頭，專注地吃著夏季牧場上的草。夏季牧場上的草豐美、茂盛。我手搭涼篷，向遠處那群牝牛張望。那附近彷彿有一、兩隻牧羊犬在叫，還有一頂白底藍邊的帳篷，帳篷旁邊有人在忙碌。大河邊有人在為逝者進行水葬，旗幟在那裡飄揚，摩托車一片一片地停在草原上。但我只能看得見朦朦朧朧的，卻看不清楚，看不清細節。我怎麼擦眼睛都看不清楚，我把眼鏡拿下來，用絹布擦拭了很多遍，也發揮不了作用。

我覺得我應該跑起來才對，這樣我就能靠近看清那裡的細節了。於是

我決定跑過去。雖然我內心很想跑快，但我的手臂，還有腿，都十分僵硬，也很重，重得都邁不動。我很著急，我盡力地晃動雙臂，我也盡力地邁動雙腿，但我怎麼賣力效果都不太好，我的手臂和腿都邁不動。我喊人來幫忙，卻沒有人理睬。我明明看見不遠處有一些熟面孔，但他們都聽不見，也不過來幫忙。我想，下次見面時，我要問問他們，問問他們為什麼不來幫忙。也許他們沒聽見，也許他們顧不了。

冬天我最常夢見的，是我又走上了冰原。我看見前面的冰河洶湧奔騰、波浪滔天、凶險無比。不過，那條洶湧奔騰、波浪滔天、凶險無比的冰河，是凝凍了的冰河；是凝凍了的洶湧奔騰、波浪滔天。洶湧的波浪，還有波浪裡的大魚，都凝凍在半空中，都還是洶湧動感的模樣。遠遠地看過去，那些幾公尺長的大魚，甩著尾巴，立刻要從半空中掉入冰河裡的樣子，可是牠們被凍在半空中，就是掉不下去。

我覺得我應該跑起來才對，這樣我就能靠近看清冰河的細節了。於是我決定跑過去。雖然我內心很想跑快，但我的手臂，還有腿，都十分僵硬，也很重，重得都邁不動。我很著急，我盡力地晃動雙臂，我也盡力地邁動雙腿，但我怎麼賣力效果都不太好，我的手臂和腿都邁不動。正在這時，數學小老師又來催促我趕快交考試卷。她對我說，全班只剩我一人沒交了。我焦急地看著她。她說，她可以陪著我，直到我把試卷寫完。有她這句話，我就放了心，坐下來寫考試卷。可是當我抬起頭時，我發現她正在不遠處和幾個男同學說話，還看著我，用手指點著我。我心裡酸酸的，很難受。

無論陰雨晴冷，小寒這一天，我總會挑一本書，今年這一本是《歷史地理學》，泡一杯小火黃茶，到北邊的房間，面朝北偏東的方向，坐在椅子上，讀上半天。現在太陽已經開始向北回歸線歸來了，白天已經開始變

長，陽臺和飄窗裡秋天和仲冬太陽能照晒到的地方，有些在夏至到來以前再也照晒不到了。雖說是讀，但往往只是半讀半想，有時沉湎於冥想；有時和自己腦袋裡的一個臆想鬥爭，它要讓我相信它是真的、正確的，我要告訴它我不相信它是真的、正確的；有時候做白日夢。

我夢見我向一位老年人請教生活經驗。他說：「要聽其言並觀其行。」我說：「這是什麼意思？」他說：「這不是我說的。」我說：「這是誰說的？」他說：「這是孔子說的。」我說：「哦，孔子說的……。」他說：「孔子以前對人，是聽其言信其行，可是後來因此吃了虧，於是孔子總結了半天，總結出一條經驗，叫聽其言觀其行。什麼意思呢？就是對一個人，只聽他自己用言語表白，不能全信，還要看他怎麼做。」我恭敬地說：「受教了。」

我夢見我向兩位朋友請教如何讓友情保鮮。一位說，不向朋友隱瞞什麼就好了。我問她這是什麼意思？她說如果你事事瞞著朋友，那還叫朋友嗎？另一位說，必要時再瞞著朋友就好了。我問她這是什麼意思？她說沒必要太過透明，好壞資訊都湧向朋友那裡，朋友負擔也重，承受不了，久而久之，朋友就沒得做了。我對兩人恭敬地說：「受教了。」

我夢見我向一位在公園草地上玩氣球的小朋友請教對生活的態度。小朋友說保持真情就好。我問他這是什麼意思？小朋友說：「就像我這樣。」我說：「像你什麼樣？」小朋友說：「像我這樣就好。」說著，小朋友放開氣球，氣球升上天空，小朋友拉著氣球的線，腳離開地面，被氣球帶著飛往旁邊的樹林。氣球碰到樹枝，爆破了！小朋友掉在草地上，手揉著腳，哇哇地哭起來。我趕緊跑過去哄他，哄了半天哄不好。我說：「我們到前面去滑草吧！那是一個剛開放的遊樂項目。」小朋友立刻破涕為笑，爬起來拉著我說：「快去，快去。」我說：「這個破氣球……？」他說：「不

要了，不要了。」我被他拉著跑，嘴裡欽佩地說：「受教了，受教了。」

我夢見我向一對夫妻請教對社會問題的看法。先生說：「管理一個大社會不容易，要包容。」妻子說：「必須提出批評，社會才能管理得更好。」先生說：「批評必須是善意的。」妻子說：「批評就是批評，沒有善意、惡意。」先生說：「怎麼沒有善意；惡意？有人批評是為社會好，有人批評是為社會垮。」妻子說：「社會這麼脆弱，一批評就會垮？」先生說：「如果惡意批評，社會就會撕裂。」妻子說：「如果隔靴搔癢，那乾脆不用批評。」先生說：「建設性的批評才有建設性。」妻子說：「真批評才能觸動靈魂。」我手足無措地站著，插不上話，只好喃喃地說：「受教了，受教了。」然後就悄悄地溜走了。

我夢見我向一位成功人士請教怎樣做事。成功人士說要保持底線思維。我問這是什麼意思？成功人士說：「凡事做最糟糕的打算就好了。」我問這怎麼說呢？成功人士說：「比如，你打算下河游泳，最糟糕的結果就是被水淹死，你有這個思維想法，就可以放心下水玩了。」我說：「哦！」成功人士說：「比如你想向女友告白，你愛她。最糟糕的結果是，大不了女友拒絕你，但天並不會塌下來把你砸暈，你有這個思維想法，一切就好了。」我說：「哦，不要這樣，不要有這樣的結果。」我不想向成功人士請教了，因為我覺得他舉的例子都讓我受不了。然而，成功人士仍然滔滔不絕地說。他說：「比如你想把所有積蓄拿去投資，最不堪的結果就是你血本無歸，但你的命還在，老婆也沒跑，孩子仍叫你爸。」我惶恐地說：「受教了，受教了。」

我夢見我向兩位青年請教時尚。小男生說想怎麼做，就怎麼做，不要聽長輩的。小姐姐說享受生活。我問這是什麼意思？小男生說：「長輩總是想把他們的生活強加給我們，但未來總是要我們當家吧！我們為什麼都

要聽他們的？」小姐姐說：「享受生活就好了，不必講那麼多理論。」我說：「可是他們有那麼多經驗、教訓，也包括理論。」小男生說：「可是我們不一定愛聽……。」我說：「也許應該站在巨人的肩膀上……。」說完，我發現他們已經不在了。我尷尬地向他們消失的方向說：「受教了，受教了。」

我夢見我向一位專家請教人性。專家說：「你知道人性善就好了。」我問這是什麼意思？專家說：「人的本性是善的，如果人的本性不善，那社會還有什麼希望？現在誰敢說他生活在一個惡的社會裡？」我說：「那為什麼還有許多謾罵、侮辱、戰爭、凶殺、抹黑、猥褻、暴力？」專家說：「人性還有惡的一面。」我問這是什麼意思？專家說：「人性本來就有惡的一面，正因為如此，人類社會才有種種醜陋和惡行，也才凸顯出教育和文化陶冶的重要性。如果人人天生都是君子，那社會早就大同了。」我說：「還有很多現象，既不是美好的，也不是醜惡的，只是自私的小事，又怎麼解釋？」專家說：「人性還有自利的一面。」我問這是什麼意思？專家說：「人的本性中本來就有自利的一面，人首先要保護自己的利益，然後在可能的情況下，才會考慮別人的利益，這是人的本能。因為如果不這樣的話，人自己就活不下來，更不可能去保護別人了。就像會吵的孩子有糖吃一樣，首先他得自己吃飽，才能長大，才能為社會貢獻。」我虔誠地說：「受教了，受教了。」

平原上的白日夢

平原上的莊周

　　莊周老婆去世了，莊周該吃的吃，該喝的喝，該遛的遛，該做什麼就做什麼，就像這事沒發生。他老婆去世當天，他飯前還拿了兩盞山楂果酒，本來就不勝酒力，喝過後更赤腳敞懷，衣衫不整，叉開兩腿，歪靠在已經去世的老婆床前，胡亂地敲一個泥瓦盆，嘴裡還含糊不清地唱：

　　破草鞋
　　冰涼涼
　　穿它哪能踏秋霜
　　弱女子
　　手纖長
　　用它哪能縫衣裳
　　縫好扣繫好領
　　我送貴人試新裝
　　我送貴人試新裝

　　惠施趕來弔唁。還沒進村，就聽一些村民在村口議論，都是講莊周不好的，說莊周這人怎麼這麼薄情，自己老婆死了，不但不悲痛，還喝濁酒，唱淫歌，想別的女人，以前倒沒看出來。

　　惠施聽了，心裡生氣，又不敢相信。趕到莊周家，推開門一看，果然如此。只見莊周半醉在堂屋的靈床前，半歪在地上，赤腳露體，敞懷裸胸，蓬頭垢面，衣衫不整，手裡胡亂敲著一個破泥盆，口裡含糊不清地哼唱著一首淫曲，家人和幾位弟子想扶他又扶不起來，搓手相覷，不知怎麼辦好。

　　惠施見狀，氣得七竅生煙。上前奮力一腳，把莊周踢翻在地，又連上幾腳，然後一腳踩住莊周，一手指著他罵道：「你個隨便的薄情郎！人家嫁給你，辛辛苦苦給你做飯洗衣，端水盛湯，生兒育女。夫妻恩愛一場，你不領情便罷，卻在這裡淫聲穢語，玷汙天地，看我打你這個沒良心的人！」

　　莊周家人和弟子趕緊上前抓住惠施，勸慰消氣。惠施罵罵咧咧地隨莊周家人去屋裡洗了臉，整飭了衣裳，再轉回堂屋來看莊周，莊周卻已就地睡著了，臉上紅撲撲的，嘴裡流著口水，睡得很香。惠施又氣又惱，又萬般無奈，嘆了口氣，搖了搖頭，也只得屈腿在莊周身旁坐下，悲傷的撐著頭。

　　三日後，辦了喪儀，逝者入土為安。莊周送惠施歸鄉。兩個人走到濠水的木橋上，莊周說：「惠施兄還記得當年的話題嗎？」惠施說：「當然記得。」莊周說：「當年我倆在這裡遊玩，看見濠水裡有許多白鰷魚，正在水裡靈活地優游，我不由就說『鰷魚從容地出遊，魚真快活呀！』」惠施說：「我就反駁說，莊周你又不是魚，你哪知道魚的快活！」莊周說：「我就接著跟你爭辯，我說，你惠施不是我莊周，你怎麼知道我不知道魚的快

活！」惠施說：「我又回你，我說，我惠施不是你莊周，我當然不知道你知不知道魚的快活；但莊周你也不是魚，因此莊周你當然也不知道魚的快活！就這麼簡單。」莊周說：「於是我就狡辯說，那我們從頭再釐清一遍。」惠施說：「我上了你的當，我也說，那我們就從頭再釐清一遍。」莊周說：「我說，惠施你是不是說過，你哪知道魚的快活，這句話可是你說的？」惠施說：「我當時承認說，這句話是我說的。」莊周說：「我當時說，那好，你是問我從哪裡知道我知道魚的快活的，我現在就告訴你，我就是剛剛在這座橋上知道的。」惠施說：「我當時被你混淆了，我說，就算你剛剛在橋上知道，那又怎樣？」莊周說：「我當時說，惠施你只是問我是在哪裡知道魚的快活的，這說明先生已經默認我是知道魚的快活的了。」惠施說：「我當時說，先生的狡辯術算得上一流了。」

兩人說得興起，不由在濠水橋上坐下，手臂靠在橋欄上，兩腳懸在水面上，在水面上踢踏著。

原來橋北不遠，就是濠水的入淮口。小小的濠水，匯入大大的淮水。入淮口岩石夾峙，時而水花激盪，時而風平浪靜。

莊周說：「惠施兄那幾腳，把我踢得好痛。」

惠施說：「我也是一時氣不過，並沒往要害裡踢。」

莊周說：「我是說，把我的心踢得好痛。惠施兄誤會我了呀！」

惠施說：「我沒誤會先生，你看當時先生那姿態，我只怕踢得還不夠狠。」

莊周說：「惠施兄，不是這樣的。她剛過世時，我怎麼可能與眾不同，不傷不悲呢？可是我倒敘回想，她最初本就沒有性命；不僅沒有性命，甚至原本連形狀都沒有；不只沒有形狀，甚至原本連氣息都沒有。她雜混在恍惚莫辨之中，漸漸演變有了氣息，氣息又演變為形狀，形狀又演變成性

185

命，現在又演變為死亡。她的這種演變，和春夏秋冬四季的運行，有什麼兩樣嗎？假如人家已經安息在天地之間了，但我還跟在後面連哭帶叫，那我是不是太糊塗了呀？想到這些，因此我就不再為她悲哭了。」

惠施驚訝地張了張嘴說：「嗯嗯⋯⋯。」

莊周說：「我記得早些年，鬧春荒我家沒有隔夜糧，她對我說，先生只得厚著臉皮，到監河官家裡走一趟了，看可否能借點糧食來，度過春荒。我知道先生臉皮薄，開不了口，但因為先生家先人曾有恩於監河官，或許有一線生機。我聽了她的話，也是被逼無奈，只好鐵了心，上監河官家裡借糧去。

到了監河官家，我厚著臉皮，結結巴巴地說明了來意，沒想到監河官一口答應了我。監河官說，沒問題，沒問題，我借給你。我正要感激涕零地謝他，沒想到他接著又說，你不就借三笆斗糧食嘛，沒問題，沒問題，等到夏秋糧食收成了，我借三百笆斗給你，你說好不好？我被他這麼說氣到變了臉色，非常惱怒！但那又有什麼用呢？再說人家本來就沒欠我，就算他以前欠我家先人的人情，人家不認那個情，你又能怎麼辦呢？

我氣得牙癢癢，把牙咬得咯吱咯吱響。我對他說，我來的路上，碰見一樁怪事。他問什麼怪事？我說，我正在路上走著，忽然聽見附近有個聲音呼喊『救命呀！救命呀！』我回頭四處看看，沒有人呀？這時又聽見有人喊『救命呀！救命呀！』我仔細一看，原來路上的車轍裡，有一隻鯽魚，躺在那裡呼救。我很驚訝，對牠說『你躺在這裡幹嘛呢？』那條鯽魚說『我是東海水族社會裡的大臣，落難在此，先生給我一口水喝，就能救我的命，今後一定湧泉相報。』我聽了鯽魚的話，馬上一口答應，『沒問題，沒問題，我馬上啟程前往南方的大江，說服江神，用最大的水來迎接先生，先生不必著急，在這裡等著就好。』鯽魚聽了我的話，大怒道

『先生是人嗎？先生你說的是人話嗎？你不給就不給，有必要這麼說嗎？我現在只要一口水，就能活命，你叫我在這裡等個一年半載，到時候你去乾魚店找我吧！』

　　從那以後，我就陷入苦惱當中，我苦苦地想，人生到底是為了什麼？人與人之間，到底應該是什麼關係？到底什麼叫好，什麼叫不好？到底什麼是對，什麼是錯？我苦苦地想，想不明白，我就叫我家那個她，幫我打了個小包袱，裡面裝上草鞋、粗布衣、粗糧餅。我背上小包袱，出門找答案去了。我沒日沒夜地在平原上走，走到哪裡，就在哪裡睡覺，走到哪裡，就在哪裡喝水，走到哪裡，就在哪裡向人家要一口飯吃。我什麼都不想，我只想弄清楚我心裡的這些問題，解開我心裡的這些疙瘩。

　　這一天，剛下過雨，我走近平原上的一片樹林，那裡有河灘，有樹林，有灌木，也有草灘，也有砂薑瘠地。我聽見雨後的樹林裡有一些輕微的響動，就冒險走進去看。只見一個很小的人，正用手輕輕拍著大腿，在潮溼的樹林和灌木間，專心地往前跳著走。我驚訝得邁不開腳。我想，這一定是個神奇的人。慌忙上前向他請教說『老先生，老先生，您是誰呀？』那個小人頭也不回地講『鴻蒙』。我緊跟著他問，『老先生，老先生，您為什麼這般舉動？』老先生不理我，幾步就跳了開來。這樣一來，我倒更覺得他神祕了，就趕緊慢跑地跟著他不放，問他這是在幹什麼呢？老先生愛理不理地說『閒遊』。我趕緊說，『鴻蒙老先生，我有問題請教您呀！老先生。』老先生望了望天上的雲，裝傻道，『啊？』我死皮賴臉地跟上去問，『請問，人與人失和，人與天失諧，這可有什麼好辦法調節？』老先生說『不知』。我上前懇切道，『我求教是真心的。』那個小人不再理我，往前猛跳幾步，鑽進雜樹林裡不見了，把我一個人丟在那裡發呆。

　　過了幾天，我在雨後的原野裡又遇見了那個小人，他正在草梢上跳來跳去，不知道他要跳到哪裡去。我趕緊跑上前去，跪在他面前說，『老先生，鴻蒙老先生，您不記得我了嗎？我是您的崇拜者呀！我們前兩天見過。』鴻蒙懷疑地搖了搖頭，表示不記得了，轉身向另外一個方向跳去。我又跑過去攔住他的去路，向他求教說，『請問如何找到自己的人生？』那個小人說『閒遊』。說完就跳開了。我著急上火，帶著哭腔追上他說，『求您幫我解決問題吧！我見您一次不容易，閒遊又有什麼用呢？這段時間我天天閒遊，卻沒見有什麼起色。』小人邊跳邊吐出兩個字『養心』。養心？我連滾帶爬追在鴻蒙身後問什麼叫養心？小人說，『你不用關注你的形體，你要拋開你自認為的聰明，你要融入萬物不分彼此，你可放鬆心情，茫然無感，渾然淳樸，如此這般，萬物便可自生了。』小人跳得越來越快，他的聲音越來越小，很快就見不到他的身影了。我趴在地上，連著磕了幾個響頭，才站起來走開。

　　我一邊思索著鴻蒙的話，一邊在平原上步行。這一天，我和弟子們走到一個叫奢的地方，據說古代的高人都在那裡居住過。只見前方混沌一片，雲來霧去，恍如夢境，叫人十分嚮往。我們正充滿期待地走著，我突然發現我的臂彎裡長出一個雞蛋大的肉瘤。說實話，我起初有點心煩，可那種念頭一秒鐘就過去了，我就不煩了。我的弟子們圍過來問我，『老師討厭它嗎？』我說，剛開始有幾秒鐘，我的確有點心煩意亂，可是這種念頭很快就過去了，生命都不過是一種借助，就像這個肉瘤，它本來並不存在，本來只有灰塵和泥土存在，可是不知怎麼的有了組合，它就成為一個越長越大的生命了，它的生和死，應該就像白天和黑夜的輪替一樣，自然而然吧！現在它長在我的臂彎上，我正好借此機會，觀察生命的此消彼長。

我天天在平原上行走。有一天，我猛然發現，事物都是源起於那些極細微處的。先是有土有水有氣。有土有水有氣，就能變化出一種生命來。這些生命長在水和土的過渡地帶，就長成了青苔；長在丘陵山地，就長成了車前草；車前草得到糞肥的養育，就變成了蒲公英；蒲公英遇到寒潮，就變成了刺兒菜；刺兒菜的根變成蟢蟷，刺兒菜的葉子變成蝴蝶；蝴蝶喝了露水，就變成了黃鵬；黃鵬落到棗樹上，就變成了酸棗枝；酸棗枝在灶下燃燒，從火裡飛出鳳凰，鳳凰活到一千天，就變成一種翼天之鳥；翼天之鳥的唾液落在草裡，變成一種菌絲；菌絲遇水遇物，變成香醋；香醋灑到竹林裡，變成一種不長筍的竹；不長筍的竹老了，就生出一種叫狗獐的小動物；狗獐跑到河邊喝水變成馬；馬變成人，天天勞累不已；人死了變成另一種菌絲；另一種菌絲死了，變得極細微，肉眼看不見；極細微的物質分裂得更細微，萬物都由這種極細微裡出生。所以說，萬物都從極細微之中生長出來，而最終都會回歸到這種極細微中去。

　　這一天，我來到東海的海岸邊，看見一個披頭散髮的人，正要往大海裡跳。我趕忙跑過去，匍匐在他腳下，拉住他的腳說，『先生，先生要到大海裡去嗎？』披頭散髮的人說『你這個愛管閒事的東西，你不要管我。』我抱住他的腳說，『先生，先生，我不是愛管閒事，我是想向先生請教，為什麼要到大海裡去？』披頭散髮的人稍微消停了些，對我說，『我很好奇，大海作為普通的世上一物，怎麼往裡面灌水，也灌不滿；怎麼往外面舀水，也舀不乾，我要去探個究竟。』我說人世間也有很多值得好奇的事情，先生為什麼不先探探人世間的事情呢？披頭散髮的人說他不想做那樣的人。我問先生想做什麼樣的人？披頭散髮的人說，他想做這樣的人：普天之下，大家好處均攤我就高興，大家都得到財物我就放心，我天真的時候就像找不到媽媽的嬰兒那樣無助，我沒心沒肺就像走著走著迷了路一

樣不存心機，財物豐足我從不在意從哪裡來，飲食足夠我也不關心來自何處，我只願意摒棄俗務與天地同樂，萬物混同並且復歸真情，這就是我的意願。

又有一天，我雲遊到灘水的一條小支流，偶然碰到一個正在專心拾柴的無名人，我就向無名人請教說，『我請教您，怎樣才能生活得更自在？』沒想到無名人很粗暴，怒斥要我滾開！說沒見過我這種粗鄙無知的傢伙！我嚇得倉皇後退，絆到樹根，跌倒在地。我趴在地上，不敢站起來。我爬到他的腳邊，誠懇地說，『高人息怒，我不是有意的，我只是想請高人解開我心中的疙瘩。』無名人怒氣衝衝地說，『你怎麼不咳一聲就發問呢？你這個沒教養的東西，你嚇到我了！此刻我正在跟造物者結為好友，正要乘輕盈之氣逸出天外，悠遊於什麼都不存在的元氣清虛之境。正在此關鍵時刻，你卻用躁狂浮熱的俗問來打斷我，你這個粗鄙無知的東西！』我跪在無名人的腳底下，大氣都不敢出。我知道，發自內心的謙遜並不是自卑，我不是被虐狂，一個人想要學到真東西，就必須身段放軟，匍匐在最低的地方。無名人罵夠了，這才一腳把我踢開，背著柴捆，揚長而去。

又有一天，我乘船渡過潼水，船上有一位少年，正坐在船頭，默默落淚。這時，一位長鬚長者看在眼裡，便上前問他，少年為何在船頭默默掉淚？少年回說，他不知道如何度過他的人生。長者說，『你應該灑心去欲，遊於逍遙之野。』少年問灑心去欲是什麼？長者說，『灑心去欲，就是洗心去欲。』少年說這個他願意，但就是做不到。長者說，『你可往淮水左側一遊，那裡有一個混沌群落。那裡的人單純而質樸，很少有私念，清心寡欲；他們懂得耕種卻不懂得藏私，幫助別人但不求回報；他們無拘無束，想做什麼就做什麼，只管腳踩在大地上；他們活著時盡享歡樂，他們死了後也可以得到安葬。』少年為難地說，那地方路途遙遠、險惡，可

能還有河流山嶺阻隔，他沒有船和車，怎麼辦呢？長者說，『你不要姿態傲慢，也不要貪戀現狀，你把謙卑等觀念當車用即可。』少年說那地方道路幽遠無人，他能跟哪個當鄰居呢？他沒有糧食，沒有吃的，怎能順利到達呢？長者說，『減少你的耗費，清淡你的欲望，即便沒有糧食，你仍很富足，即便沒有鄰居，你仍很充實。』

　　有一天，我去拜訪賢者丙丁，可是丙丁乘風出行了，他駕著風，在各地輕快暢遊，十五天後才回來。像丙丁那樣追求自在的人，天地間是很少見的。雖然丙丁能夠禦風，免去徒步的不便，但他畢竟還要依賴風力而未能達到超然之境。那些真正能夠順天應時的人，哪裡還需要借助風力的推動呢？

　　丙丁對我說，早年他剛問學的時候，有一天看見市場上來了一名術士，他能測知人的死生存亡、禍福壽夭，並且能夠預知具體的時間，就像有神相助，市場上的百姓見到他，都趕緊逃亡般攜兒帶女地跑走，怕被他看出命門來。丙丁也嚇壞了，跑回學堂，報告老師甲乙說，『老師，不好了，大事不好了，市場上來了位術士，能看破人的命門，這個國家的人有一半都逃難到鄰國去了，我本來以為老師您是世界上最高明的，可現在我知道世界上還有更高明的人，老師您不要怪我膽小，我要趕緊去收拾我的包袱，我怕跑慢了被他看出破綻，丟了小命。』他的老師甲乙說，『何必如此恐慌，不如你明天約他來，幫我看看命途，那時再跑也不遲。』丙丁既不敢答應，又不敢不答應。不答應，但這是老師的指示；答應了，又怕老師有什麼災難。甲乙說，『你大膽明天約他來，出了事，我不會要你負責。』丙丁只好答應，一整晚都沒睡。

　　第二天，術士應約前來，離開時偷偷對丙丁說，『你老師快死啦！他活不過十天啦！死神正要落在他的頭頂上，你看他面如死灰，表情僵滯，

你趕緊替老師準備後事吧!』丙丁哭著回到學堂,衣襟都哭溼了,他對甲乙說,『老師,您就要死啦!活不過十天啦!嗚嗚,老師您走了,我可怎麼活呀?』甲乙要弟子莫慌,『我今天向他呈現的,正是死神的降臨,你約他明天再來。』第二天,術士又應邀而來,離開時他歡快地對丙丁說,『你唱起來,跳起來吧!你老師遇到我,命運有了轉機,死神已經離他遠去,性命重新回到他身上,他的腳後跟都開始紅潤啦!』丙丁高興得又唱又跳,回到屋裡,對甲乙說,『恭喜老師呀!死神已經離您遠去,性命重新回到您的身上,您的腳後跟都開始紅潤啦!』甲乙說,『嗯,我今天給他看的,正是我性命的旺盛,你約他明天再來。』

第二天,術士又應約而至,離開時小聲對丙丁說,『你老師心緒不寧,情緒不穩,因此我現在無法給他看命,你讓他穩一穩情緒,我明天再來。』丙丁回到屋裡,把術士的話告訴老師。甲乙說,『剛才,我向他顯露了極度的虛靜調和,但實際上我在頻繁地調動體內的物質,因此他無法看透我生命的本質;魚在水流迴旋的地方徘徊那叫深潭,水聚集不動的地方也叫深潭,水流不止的地方還叫深潭,深潭一共有九種狀況,有九個名稱,此前我展示給他看的,僅是其中的三個;且看他明天怎樣說。』

第二天,術士又應約而來,進了屋,腳跟還沒站穩,張眼望見甲乙,大叫一聲,失控轉身向門外竄逃而去。甲乙大叫,『把他給我追回來!』丙丁追出門去,不一會回來報告說,術士已經跑得遠了,影子都見不到了。甲乙說,『此前我展示給他的,都不超出常規的理念,因此他還能應付;今天我展示給他的,已經超越了正常的人倫,因此他受到驚嚇,只得快快竄逃。』從此以後,丙丁知道自己要學的東西太多,他回到家鄉,三年沒有離開,他幫妻子燒火煮飯,他餵豬就像給人東西吃一樣用心,他打磨自己回歸質樸,像大地那樣渾然一體、個性鮮明,雖置身塵世,但他總

在內心保留一塊淨土，並且執守這方淨土，直到生命的終止。

　　有一天，我和弟子們在淺山裡行走，我們看見一棵大樹，枝葉茂盛，但伐木人即使在它旁邊逗留，也都不會動斧砍它。我們都很好奇，就向伐木人問不砍這棵大樹的緣故。伐木人回答說，這棵樹什麼都做不了，砍它有什麼用，白白浪費力氣而已。我聽了很感慨，不由得說，這棵樹由於無用，而能夠活滿天壽呀！我們從淺山裡走出來，走在平原上，住到一位舊友家裡，老友很高興，安排童僕殺鵝烹煮招待我們，童僕詢問說，一隻鵝會叫，一隻鵝不會叫，請問殺哪隻？主人說殺不會叫的那隻。第二天，我們離開老友家，走在路上，學生們問我說，昨天山裡的樹，由於無用而能夠盡享天年，可是主人家的鵝，卻因為無用而被殺掉，『老師打算選擇哪種生存方式立身呢？』這個問題真是超難回答的。我認真想了想，說，『我將選擇有用與無用之間的生存方式立身，游移於有用與無用之間，像他們卻不是他們，以平衡恰當為準則，漫遊在萬物育生的初始狀態，把外物當作身外之物而不因物欲受制於外物，這就是我的行為準則呀！』

　　又有一天，我去拜訪高士大卷，大卷剛剛洗了頭，披頭散髮地坐在席子上，雙眼緊閉，嘴唇緊閉，看起來面容枯焦，就像一具乾屍。我嚇壞了，以為他死掉了，可我又不敢冒昧地喊救命，只好跪在他面前，頭叩在地上，大氣不敢喘，靜待事物出現轉機。過了很久很久，我聽見大卷微弱地吐了一口氣，我知道大卷的魂靈重新附體了，我心裡的一塊石頭才放下來。大卷說，『你是哪一位？』我說我是莊周。大卷說，『我不認識你。』莊周說，『先生剛才像一段枯木，把我嚇壞了。』大卷說，『方才我正專注於萬物的初始狀態，我拋棄了外物，脫離了俗世，正自立於獨在之境。』我求教問先生這是什麼意思？大卷說，『內心糾纏不能確知，嘴張開來卻說不清楚，吃草的動物不擔心改變草澤，水裡的蟲子不擔心變換

水域，甕裡的小飛蟲，快樂不快樂，只有牠自己知道。』我還想從大卷那打聽點什麼，但大卷已經閉上雙眼，不再理我了，我只好磕了幾個響頭，退著爬出門，離去了。

又有一天，我率領眾弟子去沱水灣拜見一位高士蒼株，我的徒弟甲牽牛，我的徒弟乙趕牛車，我的徒弟丙徒步跟車侍候，我坐在牛車上。快到沱水灣的時候，漫天起了大霧，我師徒四人因此迷了路。待到大霧消散，我看見前方河灘的草地上，有個牧童，正騎在牛背上，拿一根竹笛，豎著吹起來。我們便上前討教，問他可否知道沱水灣在哪裡？牧童說他知道。我們又問他此地離沱水灣還有幾里？牧童說還有五里。我們又問他可否知道高士蒼株住在哪裡？牧童說他也知道。我們覺得驚奇，心想這小孩非同尋常呀！這位牧童莫不就是位高士？於是我們就向他請教，『小師傅教我，您可知道怎麼治理天下？』牧童說他知道。我慌忙請教道，那該怎麼治理？牧童道，『治理天下，就像我牧牛一樣，牠要來，牠就來；牠要去，牠就去。牠來，牠去，並不關你的事。』我慌忙又請教他該怎樣養性？牧童道，『像我這般悠閒即可。』我慌忙說，偶遇不易，請小師傅多講幾句。牧童說，『你可乘坐陽光之車，漫遊在這無涯之野；你可乘坐輕風之車，漂浮在這平原草地；我從小就自遊在天地之間，這叫遊世；我又打算自遊於天地之外，這叫遊心。』這是驚世之言、駭世之語呀！我連忙率眾弟子在草地上跪下來，叩著頭說，『受教啦！受教啦！』我們連叩了幾個頭，才小心翼翼地爬起來，倒退著離去。」

惠施說：「哦，這便是聽聞已久的遊世與遊心……。」

莊周說：「正是。人遊於天地之間，便是遊世；心遊於天地之外，便是遊心。這麼多年，我雖然走得臉瘦毛長，但我心裡，卻慢慢變得踏實了。入無窮之門，遊無極之野，真是有大滋味的！」

過了些年頭，有一天，莊周給一個逝者送葬，恰巧經過惠施的墓，不由得撲過去，在惠施的墓前痛哭起來，哭得一把淚一把鼻涕，很久才止住。莊周抹了抹鼻涕，回頭對同行的人說：從前，楚國有個人，他鼻尖上抹了些白泥，薄得就像蒼蠅的翅膀，他叫匠石把這抹白泥削去；於是匠石把斧頭舞得呼呼生風，他任憑匠石砍削，白泥削盡了，鼻子還完好無缺，楚國這人也面不改色地站著。宋國有個君主聽說這件事，就召見匠石說，試著為我削一次。匠石說，『小人的確曾經能削，雖然能削，不過能把身家抵押給小臣的人早就死了呀！』自從惠施先生離世，我莊周就沒有配得上的對手啦！我莊周就沒有說得上話的人啦！嗚嗚，嗚嗚……。

　　又過了些年頭。有一天，莊周在濮水裡釣魚，水面上突然旋起一陣風，莊周就變成一隻大鵬飛走了。大鵬拍擊水面飛行了三千里，又盤繞著暴風直達九萬里高空，所有的風都在牠的翅膀下面，這樣牠就能充分地憑藉風力了，牠背對著青藍色天空，因此也沒有什麼可以阻礙牠的飛行。高空中像野馬一樣無拘束的水霧氣、空氣中的塵埃、各種微小的生物，都因各自微小的氣息而相互擾動。天的顏色茫遠深藍，這才是天的本色。牠飛了六個月才會停歇一下，吃一些楝棗子，再接著飛。牠要飛到南海去。牠就這樣一直不停地飛，往南飛。

平原上的莊周

平原上的小麥

　　我從城裡出發前往鄉下，不是去麥田，就是去水邊。

　　在黃淮地區，從西曆四月到六月，都是小麥抽穗、灌漿、成熟的時期。在這段時間裡，我會控制不住自己，即刻就要起身前往原野和麥田，去回應那種聽不見聲音的生命呼喊。有時我步行前往；有時我騎腳踏車前往；有時我搭農村客運班車前往；有時我乘鐵路慢行客車前往；有時我自己開車前往。有時我會去到城郊；有時我會去到離我生活的城市稍遠些的麥田裡；有時我會去到離我生活的城市比較遠的地方；有時我會去到離我生活的城市有近千公里生長著小麥的平原上。有時我上午出門下午回；有時我當天去當天回；有時我會在當地的小旅館裡住一晚；有時我會在當地的小旅館裡住好幾晚；有時我會連續在當地多個鄉鎮小旅館住好幾晚。都不一定。

　　西曆四月到六月，是黃淮海平原小麥抽穗、灌漿、成熟的季節。平原一片溫熱，麥子特別的香氣越來越足，從五月中下旬到六月上旬，整個平

平原上的小麥

原都籠罩在一片蒸麥粉饅頭的蒸籠香氣裡。只要到了有小麥生長或黃熟的麥田裡，我的心情就平靜下來了。我有時在麥田裡步行，有時在麥原的河流邊閒逛，有時在平原的土坡高地上俯瞰整個麥原，有時把麥原裡的墳塋一個一個細細看過，有時坐在麥田之間的田埂上聽鳥叫，有時仰躺在麥田中間的一棵大榆樹下，嘴裡咬著一根鮮草，讓溜溜的小風吹過。有時我會想起已經去世的父母和其他親人，有時我會感嘆生命的起源，有時我能悟出一些生活的規則和道理，有時我突然明白了人與人關係中的一些為什麼有時我什麼都沒想，就是感受著麥田裡的溫熱、成熟、香芬和時光。

小麥的原野、河流、蘆葦叢生的溼地、平原、樹林、果園、河流轉彎處的村莊、鄉道盡頭的小鎮，都是一段生命的完美組成部分。

或許我能在熟熱的平原麥田裡，坐在乾爽的麥壟一頭，聽見那種天命的運行。在城市裡我聽不到麥原裡那種熟悉的天命運行，在城市裡我或聽到的是另一種天命的運行。其實在麥原裡聽到的天命運行並不神祕，它們不過是流散在麥壟間的一種氣息；不過是瀰漫在麥原上空的一種溫度；不過是沾染在蛇麻花花序上的一種苦香；不過是通場而過的一種季節風；不過是河流和麥田之間一小片柳樹林裡枝葉間的一種張弛；不過是平原一片鮮黃的那種色彩；不過是平原上所有平凡事物的一種組成，不過如此而已，但也已經完全不是不過如此而已了。只要有一種組合，那就是一種天命。那就不可能是不過如此而已了。

或許我能在平原的麥壟間撫摸到父母和其他親人的體溫與氣息。一般我總是能聽見他們不知覺的呼吸聲的。對他們來說，不，不，是對我而言，他們的呼吸聲變得那麼重要。如果能聽見他們的呼吸，那就說明親人仍在你的身邊；如果你聽不見他們的呼吸，那就說明親人已經離你而去，你只能帶著心底的傷痕，默默地、孤寂地生活在人世間，無所謂大小；無

所謂美滿；無所謂盈虧；無所謂喜悲；無所謂時光。那一絲絲帶有小麥香氣的空氣竟然無比重要，牽連到一個生命的存在；一個美滿的幸福；一個溫熱的依戀；一個心底的慰藉；一個回家的理由；一個奮鬥的動力；一個生活的底質。我想要伸手抓取一把麥隴裡的空氣，看看它們到底有怎樣的神祕，或怎樣的神奇。可是我抓不住空氣。麥原已經索然空寂。

　　或許我能在麥隴裡尋找到時光的意義。我經常一大早乘坐農村班車前往鄉鎮。在鄉鎮街道的一頭下了車。別人都往小鎮裡去，他們到鄉鎮來，都是有事做的，都有具體的目的，要麼探親，要麼訪友，要麼趕集，要麼議事，因此都匆匆忙忙地趕時間。而我卻無具體的事情要做，我也並不往鄉鎮的街道裡去。下了車，我直接就離開公路，一頭轉到小麥正在香熟的麥原裡去了。我走到麥田與麥田之間的一道田埂上，當我站在那道田埂上的時候，我就高出麥穗們半個身高，也能看見原野上的一切。當我坐在田埂上的時候，我比麥穗們矮一個頭，我看不見原野上的一切，原野上的一切也看不見我，我只看得見我面前和附近的麥穗。這時我看見的麥穗和我平時籠統一看的麥穗不一樣。小麥每一顆都總是從根部先枯黃，然後再一點點往上枯黃到麥穗的梢頂；它們每一顆高矮不同，穗長有異，粗細有別。這或許就像我們人類一樣。當我們籠統地看一群人時，我們不會、不想，也不願去分辨他們，因為他們與我們無關，這時的視角說明我們是不帶感情的。當我們細心地看一些人時，我們能夠、願意，也必須去分辨他們，因為他們與我們有關，他們要麼是我們的親人；要麼是我們的朋友；要麼是我們的熟人；要麼是我們的同事；要麼是與我們有各種關聯的人。這時的視角說明我們是帶有感情的。

　　麥田裡當然還有其他時光的意義呈現出來。我下了車，直接轉離公路，一頭轉進香熟的麥原裡去，然後就找到一道乾爽的田廬，在田坡上坐

下來，嗅聞著小麥正在成熟的香氣，察看著小麥的長相、黃熟度和一隻張翅欲飛的七星瓢蟲。我很可能會在那裡枯坐兩、三個小時，然後看著太陽已經轉到頭頂上時，我才不情不願地站起來，拍拍屁股上的灰塵，走回到公路邊停著農村客運車的地方，走進排在最前頭正要啟動的客運車，找一個靠窗的座位坐下來，一個小時後回到城裡的家中。表面上看起來，這一上午的時光似乎沒有意義，但對我而言，這一上午的時光恰恰是最有意義的。我沒有虛度。正因為我找到了適合自己的生活方式，而且也能夠光明正大地享受這種生活方式，我的時光才是有意義和有價值的，才不是虛度的。

有時候我會一直在麥田的田埂上靜坐兩、三個小時，安逸而且閒適。這時夏天的太陽照在身上，照理說是很晒的，但這完全取決於心態和心情。有時候我會翻過來翻過去讓太陽照晒，甚至是烤炙。我一會把胸脯和臉的一面朝向太陽，讓太陽照晒我的正面；一會把後背和屁股朝向太陽，讓太陽照晒我的背面；我一會把左側暴露在太陽下，讓太陽照晒我的左臉、左臂、左腰、左腿和左腳；一會又把右側暴露在太陽下，讓太陽照晒我的右臉、右臂、右腰、右腿和右腳。我用長達數小時的時間讓夏天的太陽烤晒，但我並不覺得這有什麼不妥，或有什麼不適，或有什麼不可。太陽猛烈地照晒我，而且是長時間和免費地照晒我，這是一種多麼美好的賞賜！我的身體不但能足夠地吸取必需的能量，讓我身體的動能更加充足，陽光還能殺死我身體內外那些看不見也用不著的病毒和細菌。我的頭腦在太陽長時間的照晒下，變得越來越清醒、越來越有條理。這種安逸和閒適的時光，才是我生命中最享受的時刻。

有時候我在麥田的田埂上閒坐兩、三個小時，看一隻土蛤蟆從田埂右邊的麥田裡，跳到田埂左邊的麥田裡，向田埂左邊麥田裡的一隻土蛤蟆示

愛或挑釁。有時候牠向對方射出尿水，有時候牠轉身向對方刨起塵土。兩隻土蛤蟆都是土灰的顏色，牠們的大小也差不多，都大約有小醋碟大小，牠們都有一個半露天半地下的土窩，牠們的土窩都是半個橢圓形。麥田田埂左邊的土蛤蟆是浮躁型的，牠總是不停地在窩裡進進出出，東張西望，並且不時前往田埂右邊騷擾。田埂右邊的土蛤蟆是安靜型的，牠總是安安靜靜地待在自己的窩裡，如果出來到門口閒逛，也總是小心謹慎，稍有風吹草動，牠就趕緊跑回土窩裡去。麥田左邊的土蛤蟆總是主動的，牠在自己的窩裡待不了多久，牠總是按捺不住地要到右邊騷擾挑戰，牠到右邊折騰一陣子累了，就跑回自己的窩休息片刻，再去挑逗。麥田田埂右邊的土蛤蟆總是被動的，如果田埂左邊的土蛤蟆不主動騷擾，牠就一直待在牠的半地下土窩裡，一會伸頭向外張望張望，一會躲在土窩裡不動。一直看不出來牠們是競爭對手的關係，還是異性相吸的關係。一直都看不出來。

　　小麥香熟的時節，天空和原野的色調為黃色。首先是整個原野的小麥，都成為貴黃 —— 貴是貴重的貴。小麥的籽實沉甸甸的，又是在平原上生活的人們的主食，因而它無比珍貴，它在當地人心目中有著實的分量，既是糧食，也是人的生命。麥熟時節，大杏也成熟了，一樹的杏子，都成為鮮黃；從麥田轉彎那個池塘邊的杏樹上搆下幾顆麥黃杏，兩手一掰，熟杏就分成了兩半，露出沙沙的杏瓤；扔一半在嘴裡，呱唧呱唧地吃著，既粉且甜，還帶點幾乎感覺不到的鮮酸，這是正宗麥黃杏的特徵。麥熟的季節，月季都開成麗黃 —— 麗是豔麗的麗。這裡的人家喜歡種月季，因為月季潑辣，不操心，好養活；村中心人家密集，就用月季做隔擋的籬笆；村邊緣人家稀疏，也把月季種在門口、路邊；這裡的月季開黃花的多，開紅花的少；麗黃的月季在小麥香熟的時節，挨挨蹭蹭地開出碗口大的花，麗黃麗黃的，適合這個季節。小麥香熟的時節，陽光成為一片火

黃;早晨太陽噴薄而出時,就像湧起了一團火;日升中天時,整個天空都
是一片火黃;傍晚太陽落下時,西邊的半個天,都燒成一片雲火。

　　小麥香熟的時節,平原上各有風情。由大地上生成的風叫地升風,或
地生風;這些風從麥田的一端升起,至麥田的另一端停息;或從河堤的堤
腳下升起,至另一條河流的堤腳下結束;或從平原的一角生成,至村莊外
的小樹林結束;或從大麥田的田埂上生成,至小鎮麵粉廠的圍牆外結束。
由天際生成的風叫天升風,或天生風;這些風多由天際升起,掠過平原和
麥田;西曆四月時多流行偏東風,偏北風也不時來襲;西曆五月時會有西
南熱風吹來,西南風會吹熟小麥,幾天西南風吹過,小麥就黃熟,就可以
收割了。由河流水澤生成的風叫澤升風,或澤生風;這些風從河流、湖泊
或水澤上升起,微微地吹向附近的平原大地、麥田農居;西曆四月的澤升
風飽滿潮潤,滋生萬物,西曆五月的澤升風豐厚溫熱,催熟諸物。由地表
各種事物生成的風叫物升風,或叫物生風;這些風可由地表所有事物生成;
從高坡的半坡生成的半坡風不吹向坡腳,反而吹向坡頂;從棗樹抖動的樹
葉間生成的棗葉風不吹向臭椿樹,只吹向香椿樹;從一塊麥田生成的麥田
風只吹向隔壁的另一塊麥田;從泡桐樹上生成的泡桐風吹不出去十公尺遠
就會在空中消散;從浮萍上生成的萍升風會在附近的水面吹起幾波幼小的
皺紋;從空中飛鳥的翅膀尖生成的風,卻能被停留在一千公尺外一棵楊樹
上的喜鵲探知。由內心深處生成的風叫心升風,或叫心生風;這些風經由
不同的形式,或不同的介質,吹向另一個心靈,吹向另一些心靈;或由動
物到植物,或由植物到動物;或由無生命物到有生命物,或由有生命物到
無生命物;或由高而低,或由低而高;或由寬而窄,或由窄而寬;或由凝
固的到流動的,或由流動的到凝固的;或由瞬間的到永恆的,或由永恆的
到瞬間的。

在成熟或即將成熟的麥原步行或者騎腳踏車，最能貼近麥田的實況，也最能感知事物的真味。一個人的腳力，來源於他的心力；心靈的動機才是他的動力。我可能一整天都在小麥原野裡行走，我穿著一雙已經穿了兩、三年的牛皮鞋，一條有多個口袋的布褲子，一件黑色的短 T 恤，還背著一個在火車站旁的小店用一百元買來的廉價書包。我清晨在一個村莊的早餐店裡吃過早餐，就開始了我一天的行走。我走出小村，沿著幹白的土路走到小麥原野裡。太陽熱滾滾地升上來，照射在大平原上，這樣赤辣的陽光對正在成熟的小麥無疑是最好的。清晨的風有點涼爽，但空氣很快就乾熱了。但這些對我都不是事。我喜歡平原上小麥成熟時的一切，包括晴晒和乾熱。我在麥田夾道的鄉道上一直往前走。我走過一片正在開花的棗林；我走過一個發紅的磚廠；我聞到一股異味，知道前方那片低矮的建築是養豬場；我走過一段楊樹夾道的小路，有兩個上學的孩子從前方的十字路口跑過；我走過麥田裡孤零零建立的小學校，小學校建在一小片高地上，有一排兩層的小樓，小樓前有個小操場，小操場上有個旗杆，一位老師從一個教室的門裡出來，又走進另一個教室的門裡；我走過一片大池塘，大池塘裡長滿了菱角；我走過一個牆壁都漆成紫紅色的小村莊，小村莊的路邊還有路燈，這是很罕見的，不知道路燈晚上會不會亮；我走上一個高坡，我聽見高坡下的村莊有個女人吆喝的聲音，還有個駝背的老男人背上背著什麼重物，正沿著蛇形路向高坡上走來，不知怎麼的我想起了我父親，雖然我父親並不駝背，也比他高大許多，但人生本不會有根本的區別，我趕緊從高坡的另一面離開，我怕我無法面對一個陌生人的人生；我走過河灣，一個男人坐在家門前乾淨的平地上吹笛子，有些生澀，但感覺他有很多想法，只不過他完全不為人知，但又為什麼要為人知？我走過小麥原野裡的一切。我讓毒辣的太陽曝晒著，卻不做任何隔擋。我覺得這樣

真舒服。是完全敞開的那種，因而沒有任何心機和掩蓋，心靈輕鬆無比。

　　麥田裡有各種樹，它們是平原植被多樣化的象徵，雖然跟更早先的平原相比，現在的平原已經不是那麼多元化了。桑樹的葉緣是波紋形的，它們還沒有長老，還顯得十分鮮嫩，不知道把蠶直接放到桑樹上吃桑葉，會是什麼情況。榆樹的葉緣也是波紋形的，只不過它們比桑葉的面積小，它們已經顯得老熟多了，不知道一隻雨後的蟬爬到榆樹上吸食嫩汁，蟬身上會長出什麼樣的保護色來。杏樹的葉子也有波紋，杏樹的樹幹呈亮紅色，葉子是小圓臉，不知道杏壇下孔子可還在聚徒授業。楝樹的樹幹上麻麻點點，楝果子正開花結果，楝有戀音，所以許多楝樹種在土墳邊，象徵著思念，不知道南方的怪鳥落在楝樹上時會不會嘗嘗楝果子的味道。楓楊樹的葉子是長卵形的，夏末時楓楊樹的枝條上就掛出一串串小飛機般的果實，成熟時它能隨風飛出一小段距離，在新的土地上發芽、生根、長大，不知道蜜蜂喜歡不喜歡楓楊樹開的花。楮樹的葉子是個大圓臉，又軟又毛，顯得不那麼俐落，但麥地裡只要有了一棵楮樹，沒過幾年那裡就會生出幾十棵、上百棵楮樹來，它還都是自生的，不用人來栽種，不知道小松鼠會不會被楮樹毛茸茸的葉子黏住。柳樹的葉子是長條形的，它樹姿婀娜，枝條柔媚，但就是喜歡生鑽心蟲，樹幹上總是有紫紅色的樹渣，不知道啄木鳥愛不愛吃鑽心蟲。槐樹的葉子是個小圓臉，光光滑滑的，怪不得螳螂最喜歡在槐葉上打架。

　　一隻白花狗從村莊裡跑出來，匆匆忙忙穿過麥田，跑向遠方的一小片刺槐樹林，別問牠要去幹什麼，牠自己都不一定知道牠要去幹什麼。一位缺牙露齒但身體健壯的小個子老太太，臂彎裡背著一個大竹籃子，慢慢地從剛收穫的大蒜地裡走過來，向麥田裡的一個小石橋走去，小石橋那裡有幾棵大樹，別問她去那裡做什麼，老太太都不一定知道她去那裡到底要做

什麼。一隻青蛙從麥田裡的蜿蜒池塘裡跳出來，渾身水淋淋的，牠努力跳過麥田之間的小路，向另一塊乾燥的麥地裡跳去，難道乾燥的麥地裡有很多可以吃的小蟲子在等牠嗎？難道青蛙也很喜歡吃還有些青嫩的麥粒嗎？不要問牠要去幹什麼，牠自己都不一定知道自己要去幹什麼。麥田之間種了一小塊早熟品種的西瓜，西瓜授過粉後，快速地膨大起來，很快就看得出西瓜那種青翠的模樣了，從早晨到傍晚看不出來西瓜長大了多少，但是過了一夜，早晨再去看，就能看出西瓜又長大了許多，不要去問西瓜為什麼要匆匆忙忙長大了給人吃，它自己都不一定確定地知道它為什麼要匆匆忙忙地長大，再匆匆忙忙地成熟了給人吃掉。從麥田裡曲折流過的小河裡，有一條魚在正中午潑剌剌的在水面上撥出一些水花，把水花潑剌到岸邊的麥穗上，牠又沉到水底去，再也見不到牠的影子了，陽光酷熱的正午又恢復了平靜，不要去問這條魚為什麼要在正午把水潑剌到河邊的麥穗上，牠自己都不一定知道牠為什麼要這樣做。在夏日的麥田裡，你總會遇到許多無目的的事物。這是夏日麥田裡的常態。因此，你不用問那麼多，只管對此習以為常即可。

小麥原野永遠有相輔相成、相依相轉的兩種力量在博奕。強勢的一方永遠有能力並要求所有事物選邊站，弱勢的一方無力要求所有事物選邊站，但永遠希望所有事物不完全選站在強勢的一方；而所有事物都必須一方面適應強勢一方的規則以便進化成長，另一方面又要暗自為弱勢轉強而預留場面。正在成熟的小麥在白天接受酷烈陽光的照晒，夜晚則接受陰溼的滋潤，將營養轉化成果實；池塘樹蔭下的小麥既要順從地接受樹蔭的遮蓋，又要在陽光出現時盡力進行光合作用以便成熟；柳鶯利用白天獲取食物和養料，又利用夜晚消化貯存白天獲得的資源；蘆葦一類的挺水植物被水淹沒後只得在大水中扎根，但它們又把莖葉伸展到空中，呼吸空氣並且

接受陽光的照晒;一隻驚起的野兔飛速跑向高坡背後,牠既要利用地面與腳掌的摩擦跑得更快,又要盡力克服與地面的摩擦以便跑得更快;下大雨的夜晚知了從地下挖洞而出,牠必須借助雨水浸泡地面才能逃離地面,牠又需借助晴暖和陽光的照晒才能長硬翅膀飛翔;從樹枝上牽一根絲線懸掛在空中的毛毛蟲可以安全地化蛹成蝶,可是牠又必須回到樹枝上生活、產卵、孵化下一代。利用多種資源是生物的本能。

有時候我能很輕鬆地記住麥田裡的片斷,很久很久以後還能記住,甚至永遠忘不掉。比如我看見偏僻的鄉村土路上落下來一隻斑鳩,咕咕地叫著,牠昂首挺胸,在乾爽的土路上散步,兩邊都是正在香熟的麥田。因為正值夏天的正午,土路所在的地區又比較偏僻,因而沒有人看到這些。又落下來一隻斑鳩。兩隻斑鳩咕咕叫著,交互一下脖頸,都昂首挺胸的,在乾爽的土路上散著步。由於牠們所在的地方位處偏僻,平時鮮少有人走過,夏天的正午就更沒有人看見牠們的這一段生活了。所有的斑鳩都長得挺拔、俊俏,這兩隻斑鳩尤其如此。牠們在鄉村土路上咕咕叫了一會,散了一會步,低頭在土路上啄了幾啄。然後,牠們就飛到附近水塘邊的柳樹上去了。鄉村的土路重新恢復了寂靜。此前的一切似乎都不曾發生過。

比如有時我開著車離開城市,經過市郊,進入平原上的麥田。我下了車。我從麥田之間的小路上一路走過去。有時候我俯身看小路旁長些什麼野草。小路邊的野草以蛇麻花居多,它們開著傘狀的白花。有時候我會坐在小路邊看這些蛇麻花。我會把手機斜放在蛇麻花白色傘狀花的側下方,背景是夏天有太陽的天空,拍幾張照片,放到我的朋友群裡,但不留什麼文字,也不流露任何畫面以外的情緒,因為此時的情緒說不清道不明,無法言說。麥田的主角是小麥,具體的一個麥穗上,分明看得清它黃色的花粉。小麥是自花授粉作物,它用自己的花給自己的蕊授粉;但當它失去自

花授粉的機會時，它也能接受異花授粉。麥田裡所有的大麥都高於小麥，它們的麥芒顯得長而鋒利。麥田裡少量遺存的燕麥最容易識別，燕麥的果實像一個個小燕子，很有動感，也很神奇。我會在麥田裡的小路上看看、走走、坐坐，或坐坐、走走、看看，一直到傍晚。回到城裡時，我知道此刻的我，已經不是此前的我了，我的內心已經完全變化了，我已經丟棄了以前的我。

比如有時候我會在嘴裡銜著一根自己倒伏斷裂的麥稈，靠在逼近河岸的麥田地埂上，在太陽的照晒下睡著。當我醒來時，我的身體乾爽且涼快。我並不立即起身，而是就地原姿勢安享人生的這一個時刻。我瞇著眼看著無人但豐熟的小麥原野，長時間地看著，一動也不動。偶爾有一群小螺蟲飛來，在我眼前和臉上擾動、再擾動、再飛走，我也不為所動。我想，我們的時光都是由一個一個這一個時刻組成的，能夠安享許多這個時刻，這是我們的福氣。

有時候我一整天都在小麥原野裡感受和體驗天地之間的動、靜、剛、柔。大群麻雀，或許有五百隻，甚至有上千隻，隆隆落到存放小麥的麥場上吃香噴噴的麥粒，這時候從遠處看牠們是靜的；突然有人吆喝了一聲，牠們像無數片樹葉飛起來，又黑壓壓地飄走，這時牠們就是動的。一面高坡上正在成熟的小麥都一動不動，忽然一陣大風從我身邊掠過，吹向高坡上的麥田，於是一整個高坡都湧動起來，你看見的不是小麥在相互推擁，你看見的是一整面高坡在移動。柳樹的樹葉晃動是柔和的，但楊樹動起來聲勢就很浩大，楊樹的樹葉都很硬，動起來嘩啦嘩啦地響，或畢畢剝剝地響，不會溫柔。水邊的再力花的葉子很硬，但卷毛菜的葉子又絨又柔。傍晚的風特別剛強，但清晨的風特別柔和。瓢蟲很剛強，蟓蟲很柔和。楊樹上的黑牽牛很剛強，柳樹上紅色斑駁的毛毛蟲很柔軟。我的心緒很剛強，

但我的身體很柔軟。正午時分，我眼睛裡看到的香麥原野是靜的，一絲風都沒有，甚至連一點聲音也聽不到，但我內心可能正起風暴，我內心或憤怒，或因故有一點點小漣漪，或如大海湧潮，看似靜卻動，看似動又靜。小麥原野在暴風雨到來之前看似很安靜、很肅穆，但其實內心正翻江倒海、忐忑不安，暴風雨到來後小麥原野看似翻江倒海、驚恐萬狀，但由於恐懼已經頓然釋放，其實內裡已經回歸平靜，只消順勢而過即可。

平原上的河流

在瀝河的下游

　　我出來已經五天了，我的假期也即將用完，梨花鎮距瀝河進入纏河的入河口還有將近二十公里，今天應該能夠結束沿著這條河徒步行走的全過程。早晨東方天際剛剛打算發亮，我就起床了。洗漱完畢，我坐在旅館的簡陋床頭，定定神，隔著窗戶看一眼窗外迷濛的原野。其實就算在白天，這間旅舍窗外的原野也看不遠，因為窗外是大片玉米田，這些高拔的玉米把視線截得很短。高拔的玉米正在秀穗，在打開的窗裡，伴隨著一陣陣清涼空氣的湧入，能聞得到初秋田野的蓼氣，還有玉米的味道。田野的味道是植物入秋的成熟味，玉米的味道是玉米結實的嫩香味。

　　把早就準備好的泡麵從後背包裡拿出來，用水瓶裡的開水泡開，再加入兩根火腿，打開一小袋甜絲絲的榨菜，一頓誘人的早餐就安排好了。

平原上的河流

　　早餐後走出房間，走到旅館的大院裡。室外似乎比屋子裡要黑很多，但天際確實已經泛出些梨花白了，所以院子裡朦朦朧朧的，所有的東西都還能看出個大概。昨天就見過面的那條看家的黑狗，從柴棚下站起來，伸了個懶腰，也不叫，也不過來，又躺在地上，伸長了狗嘴，把下巴擱在水泥地上，裝睡了。我走到大門口，昨天老闆已經交代過的，大門的鑰匙就放在大門旁的一個磚洞裡，果然一伸手就摸到了。開了院門，出去，再關上，門吱吱一聲，響得好遠。

　　平原的小鎮上，家家都還關門閉戶，沒有一點光亮，只有一家賣早點的老闆剛開了門，把煤爐打開，上面放一把鐵壺，澆點開水備用，不讓爐火浪費。唯一的一條省道兼街道上，一位六十多歲的當地老人家，騎一輛三輪車，往田野裡去。車上載了幾件農具，有一把鐵鍬，一個糞耙子，一個竹筐，還載著他的老伴。他老伴穿一個黑布小襖，頭上綁了一條暗花毛巾。

　　我走得較快，逐漸就趕上老人家的三輪車了。便一路跟他說些話。

　　「老人家這是要下田的嗎？」

　　「嗯哪。」

　　在當地的方言裡，「嗯哪」就表示肯定。

　　他又問我：「你這要上哪去？」

　　我說：「我要去前頭。」

　　在城市裡要是這樣回答，就等於沒回答，人家就會覺得十分不禮貌，對話就進行不下去了。但是在平原的鄉村卻沒有關係，因為在平原的鄉村，這樣的對話只是一種純粹的說話，不是真的要問你去哪裡。

　　我說：「你老倆口這麼早就下田了？」

　　老人說：「不早了，我倆天天這時候醒，再睡就睡不著了。」

　　我說：「那恐怕是早睡早起習慣了。」

老伴插話說：「到這年歲，就睡不著了。」

我說：「是的，是的。」

老人說：「老了。」

我說：「是的。」

我又說：「這時候下田能幹什麼活呀？」

老人說：「碰見什麼活幹什麼活。」

我說：「那要是碰不到活呢？」

老人說：「那我就遛遛。」

我說：「就騎著三輪車遛遛？」

老人說：「人家城裡人早上起來跑步，我們就在野地裡遛遛。」

我說：「城裡哪有鄉下空氣好。」

老人說：「誰不說哩！鄉下的空氣都甜，那一點都不帶假的。」

老伴插話說：「怎樣都能碰到活。」

她還停留在稍早的話題裡。

我說：「能碰到什麼活？」

老伴說：「拔個草、放個水、趕個羊，都是活。」

老人說：「要是眼裡有活，就哪都是活。」

我說：「那倒是的。」

說著說著，不覺來到了瀝河邊，老人和他老伴要過橋往東去，我要沿河往北走，便就此告別，各走各路去。

這時，天已濛濛發亮，原野裡的河坡上，還清寂無比，只有一條人踩出來的便道，顯得有些灰白。原野清晨的氣溫比小鎮的旅館要低一些，顯得十分清涼，氣息也比小鎮上豐富許多。空氣的溼度飽滿豐厚，腳上的鞋很快就潮溼了。玉米的氣味當然更加甜嫩了，黃豆的氣味略顯蒼老，河流

的氣味摻雜著一些鮮腥，柿子樹的氣味有點甜膩，蘋果樹的氣味略帶酸澀，鴨棚的氣息混濁，微風的味道清淡，晚稻的氣味有點溫厚，河坡外村莊的氣味略帶點溝塘的腐草味和機械的機油味。我大口地呼吸著天地間這些熟悉的味道，並且拉開身軀，甩開雙臂，甩開大步，用力往前走。我真的太喜歡這種無目的的行走了。當然這也不是無目的，這也算是有目的的：我要按照計畫，今天要步行走到瀝河入河口，瀝河要在一個叫峽石嘴的地方，進入它的母河纏河，它的母河再向東流入大海。

太陽脫雲而出。田野裡穀物類散發出的蓼氣，由於清晨水溼氣的逐漸乾淡，越來越明顯了。陽光從一側照晒我的身體。我步伐均勻地大步往前走，這是我身體的狀態，我的身體一直不停地運動著；同時，我的大腦也一秒沒停止運轉，它一直都在思考，一直都不斷地閃現著圖片、形象、思想的片斷、語音、對話和感覺。我的身體只要走動，我的大腦就會不斷轉動，如果我的身體停止了走動，我的大腦也會因動力不強勁而節省能量，變得懶惰，顯得運轉不靈。不停走動的身體好像一臺永動機，能源源不斷地給大腦提供胡思亂想的動力。

我靈感乍現，想到一個警句：「一個人攻擊心太重，早晚得倒在自己的炮火中。」或「一個人如果攻擊心態過重，那他早晚得倒在自己的炮火中。」

我又想到的一句話是：「自以為是明白人的所謂明白人，或許永遠弄不明白什麼是明白人。」

我又想到：所謂白露降，是說天地之間的露水，都出現在夜晚，因為夜晚氣溫相對較低。夏天夜晚的露水，是清水；秋天夜晚的露水，顏色變白，因此叫白露。隨著天氣越來越涼，露水也越來越白，到了冬天，露水就變成白霜了。

　　我又想到：所謂聚旗效應，就是在一個社會裡，不管這個社會的領導人表現如何，如果此時出現重大危機或災難，人們都會在出現危機的時刻聚集在領導人的旗幟之下，以求度過危機；當然，狼來了的次數不能過多，領導人的表現也不能過於糟糕，次數過多或過於糟糕，聚旗效應就可能反轉。

　　我又想到：生活體驗和文學創作的關係，有兩個方面。一方面是密不可分，一方面是毫無關係。密不可分是說文學創作直接建立在生活體驗上，一個人不親歷戰爭，很難寫出戰爭的體溫感。毫無關係是說有多少思想就有多少生活，生活體驗並不等同於文學創作；生活體驗豐富的人不一定都能成為作家；生活體驗豐富的人即使想努力成為作家，也未必就能成為作家；而生活體驗單調貧乏的人卻有可能寫出輝煌和經典，這說的就是這個道理。

　　我又想到：自然界中邊飛行邊成長的例子不勝枚舉。已經滅絕了的翼龍就是邊飛行邊成長的，非洲草原上剛出生的小角馬、小羚羊等，都是邊飛奔邊成長的典型，牠們一出生就必須面對殘酷的現實，如果不能盡快跌跌撞撞地學會奔跑或飛行，那麼等待牠們的就只有死亡。人生必須向那些邊飛行邊成長，或邊奔跑邊成長的動物學習，必須不斷完善自己，必須不斷催促自己去感受那一個個激盪心靈的內心體驗。是內心體驗，而不一定非得是社會的實際體驗，人可以在內心進行物質和思想的高峰體驗，在內心變得無所不能、擁有無數財富、擁有無上的權貴，但不一定非得透過實際的社會操作。夢想可以獲得一切。

　　我又想到：我現在正在進行快閃式的自由聯想，但我的快閃式聯想真是自由的嗎？我的聯想真是快速閃現的嗎，還是本來就存在於我的腦海之中？我的思緒真是一種看似無關卻極有內在聯繫的聯想嗎？或者我的意識

和思考的結果早已由各種起因決定了？但我的思考不是起因之一嗎？

　　升起的太陽晒乾了原野上所有的露水。陽光的烈度有些顯得像秋老虎那般模樣了。在越顯乾燥和炎熱的原野裡，農作物的氣息更加濃厚了。河岸上有一大片花生地，花生葉子已經老青了，有七、八個中老年人，正在田地兩端收花生，他們全用人工，都蹲在地裡，用手一叢一叢地拔花生，然後攤排成一排，放在地面上，讓太陽晒。我站在花生地的這一頭，看他們在花生地的那一頭拔花生。我想過去和他們說說話，但又怕耽誤人家幹活，就沒有過去。

　　我仍沿著河岸往北走。我腳下的小路越來越乾燥了，掃在我腳上的草梢也越來越乾硬。我的身體被太陽晒得發熱，河流的兩岸也一時看不到有人走動。按照往常的規律，我在行走時的思維活躍程度，總是行走開始時非常活躍，兩個小時後逐漸衰減，接下來進入一個穩定期，再往後就越來越少，直到思維消失，進入不動腦子的慣性思維階段。我的身體也是這樣，總是行走開始時渾身是勁，兩個小時後略覺衰減，接下來進入一個疲乏期，再往後越來越疲乏，堅持下去以後，進入一個慣性行走階段，直到進入某個小鎮，找到街頭的某個小旅舍。

　　我感覺我已經走進了原野的腹地，因為我覺得原野變得越來越深、越來越厚了。我好像也有很長時間沒有看到人了。沿著河流轉了個彎，這時我看見前方的河道上，出現一座嶄新的大橋，大橋的水泥護欄顯得很白，護欄的頂端還刷上了鮮亮的紅漆，很有鄉土氣息，在無人的鄉野間，顯得很搶眼。

　　我加快腳步走過去，從大橋的西端上了橋。這果然是一座剛剛建成的大橋，橋西路上的槐樹，是移栽不久的，土還是新的，還沒長出野草。大橋上還留有一些廢棄的水泥殘塊，和一小堆碎石子，沒有清除掉。我走到

大橋的中間，站在護欄邊看一看瀝河水。瀝河有些彎曲，這正是自然河流的特徵，如果是人工河流，河道都會比較寬直。大橋附近十分清寂，既沒有村莊，也沒有人，也沒有車，甚至因為沒有大樹或樹林，因此連鳥叫也沒有。能見到的人工痕跡，除了橋，就只有大橋兩端的道路了，在這樣的地方，道路竟讓人感覺很親切，因為它是人類在這裡留下不多的幾件東西。

我想到橋東去看一看，看看那裡和橋西有沒有不同，或那裡是一種什麼樣的原野和風景。我順著乾爽的道路走到橋東。橋東有一個和緩的堤坡。到了堤坡上，才發現路到橋東和緩的堤坡上後，分成了三個岔道，從堤坡後面，一條直往東去，一條沿堤坡直往南，另一條則沿堤坡直往北。橋東的原野竟是一片寬闊無比的草場，草場裡綠草茵茵，粉花片片，草場裡有一條時寬時窄的河流，河流兩邊的草場上，有幾群黑底色的山羊，邊移動，邊低頭吃草。草場上的風也有點大，吹得羊的毛往一邊翻動，風吹到堤坡上的時候，秋陽的燥熱頓時就去了許多。

我的心和視野立刻寬闊起來，像是一下子擴張了成千上萬倍。我驚奇得幾乎要張嘴叫喚起來，要知道，這裡不是西部的高山草甸，不是草原民族的牧區，這裡只是東部的季風平原，是傳統的農耕地區。

這時我看見堤坡下十字路口靠堤坡的一邊，有一個很小的人字形草棚，棚子外有兩棵不算大的刺槐樹，刺槐樹下有一張用秫秸製成的箔子，放在兩個 X 形的木架上，箔子旁坐著，或蹲著三個男人。我走過去，跟他們點頭、打聲招呼。在鄉野裡，點過頭，打聲招呼，就算熟人了，也不失禮。

「天有點熱了，這秋老虎。」

「這天就這樣。」他們說。

「還有點風。」

「對,有點風。」他們都贊同。

「天快涼了。」其中的一個說。

「就是,時候到了。」我附和著說。

「你是做什麼的?」另一個看著我問道。鄉下人問話都很直接,不轉彎,但他們並不是非得打聽你的隱私,大家只不過是說說話而已,沒有明確的目的。

「我是走路的。」他們就不再問了。

我在箱子旁邊找到一個土坯,我把土坯短的那一邊豎起來,坐在上面。這時,我才有空細看周圍的情況。那三個男人,一個有六十多歲,他應該是在這裡臨時賣早點兼茶水的,因為箱子上有兩個用方形玻璃蓋住的茶碗,茶碗裡是微暗發紅的涼茶,另外一個小瓷盆裡,還有賣剩的兩根油條和三、四塊糖糕。另一個男人四十多歲,身上圍著灰白色的圍裙,他應該是個賣肉的,因為箱子上還有一小塊五花肉,一小塊暗黑色的豬肝,一把尖刀。最後一個男人三十多歲,皮黑肉糙,他蹲在小刺槐旁邊,有時則坐在乾泥地上,靠著刺槐樹,他應該是放那些羊的牧羊人,因為他手裡總是擺弄著一根柄短鞭長的羊鞭。

看見涼茶、油條和糖糕,我就餓了。

「這都是賣的嗎?」我盯著糖糕看。

「你要吃你就吃吧!」

我從瓷盆裡捏起一塊糖糕來吃,真香。人餓的時候,吃什麼都香。我一邊吃,一邊站起來,裝作好奇的樣子,走到人字棚裡,去看棚子裡的情況。人字棚裡面空空蕩蕩,但棚裡的泥土地面,已經被人踩得又平整又光滑又實在了,說明這裡時常有人來往,棚梁上掛著幾個鐵鉤,其中的一個

鐵鉤上掛著一個油膩的竹籃。我的猜測是，在新橋修好之前，這裡以前應該有一座老舊的橋，但因為來往這裡的人不多，因此未能聚集成一個村落。雖然這裡來往的人不多，但畢竟還是有一些人，而這些人還有生活的需要，因此這兩個男人，一個早晨在這裡賣些豬肉，另一個在這裡賣些早點、茶水。有需求就有供給，雖然他們的收入不多，但想必是固定的。

我走回箱子旁，繼續吃剩下的油條和糖糕，喝碗裡的茶水。

「這裡是什麼地方？怎麼有這麼大的一片草場？」我向大片的草場努努嘴。

「這裡原來是軍馬場。」賣肉的男人說。

「軍馬場早就不辦了。」牧羊人插話說。

「後來才租給私人的吧！」賣肉的說。

「你可知道是哪年租的？」牧羊人說。

「那沒有十年，也有八年了。」賣肉的說。

「十一年了。」牧羊人說。

「哪有十一年，頂多十年。」賣肉的說。

他們之間爭論起來，沒我的事了。

「我說十一年就十一年，你叫我大爺說。」牧羊人說的大爺，應該是那位賣茶水早點的大爺。

「二子說得對，」賣茶水的大爺說，「他天天在這牧羊，你說他哪天不來？」大爺說的二子，指的是牧羊人。

「那也就十年多幾天的事。」賣肉的說。看樣子他們天天在這鬥嘴。

「多幾天也是多。」牧羊人笑嘻嘻地說。

正晌午時，眼看沒有人經過了，這平常的半天也如常地過去了，他們三個男人都起了身，要各自回家了。他們把 X 形的木架、箱子和屁股下坐

的土坯收進人字棚裡。賣肉的把剩下的一小塊豬肉和豬肝扔進油膩的竹籃裡，哼著歌曲往西邊的大路上去了。牧羊人甩著羊鞭，往草場去趕他的羊了。我付了茶水和早點錢，賣茶水和早點的大爺把碗和瓷盆收拾收拾，把上衣往上一披，往南邊的小路上走去，走了幾步，又回過頭來叮囑我。

「走的時候把土坯放到棚子裡，放外面下雨就淋散了。」

「大爺，放心，我懂這個。」

他們都走了，我一個人坐在小刺槐樹下的土坯上。我默默地坐著，眼睛盯著下面無邊際的草場。後來，我又把地圖從後背包裡拿出來，仔細看著。牧羊人早把他的羊趕得不知去向了。正午的陽光很熱、很辣、很晃眼。我瞇著眼睛，看著遠處。隨著陽光的移動，小小的樹蔭很快就遮不住我了，我就把土坯往樹蔭下挪一挪，過一會再挪一挪。我似乎都忘了我來幹什麼的了。我是來走這條河流的呀！而且按計畫，今天應該走二十公里，走到這條河的入河口呀！但這又算什麼重要的事嗎？就算我今天走不到河口，就算我現在回家，就算我從來就沒在這條河邊走過，那又怎麼樣？又有誰會知道或關心？與大千世界又有什麼妨礙？可是，不過，這就是我的人生，是我喜歡的人生，這點自由我還是有的吧！

太陽已經有點往西偏了，我終於決定離開這裡，繼續前行了。我按照大爺的叮囑，把屁股下坐著的土坯搬起來，放進人字棚裡，然後四面張望一番，把後背包在肩頭背好，沿著河坡上的小路，繼續往北走去。

下午陽光依然燦爛、晒人。從新橋那裡開始，我不再多想什麼，只是一個勁地、持續地順著河岸往前走，既不走得過快，因為那樣無法持久；也不走得過慢，因為那樣很容易懈怠。我保持一種巡航速度，走得既不過快，也不過慢。正像我前面說的，按照往常的規律，我在行走時的思維活躍程度，總是行走開始時非常活躍，兩個小時後逐漸衰減，接下來進入一

個穩定期，再往後就越來越少，直到思維消失，進入不動腦子的慣性思維階段；我的身體也是這樣，總是行走開始時渾身是勁，兩個小時後略覺衰減，接下來進入一個疲乏期，或叫倦怠綜合症時期，再往後越來越疲乏，堅持下去以後，進入一個慣性行走階段，直到進入某個小鎮，找到街頭的某個小旅舍，或者到達了目的地。

　　河岸上的小路現在變得十分乾燥，河岸邊和原野上現在更沒有人了，既沒有種地的，也沒有牧羊的，也沒有修路修橋的，也沒有行走的，也沒有閒散的。太陽已經偏西了，按照以往的經驗，我大概能在天要黑不黑的時候，到達瀝河的河口，不過這是在一直不停下腳步的情況下才能完成的任務。我全神貫注地往前走，腳步越來越實在，越來越有動力，也越來越有緊迫感。太陽越來越偏西了，和夏天的太陽不同，夏天的太陽偏西或降落時，氣溫不會大幅度下降，但秋天的太陽就不一樣，秋天太陽偏西時，氣溫會急速下降，除非人在運動，不然就會有明顯的涼意襲來。

　　我手邊的河流在逐漸變寬，水流逐漸變得平緩，這是這條河快要到達自己的河口、流入另一條大河的特徵。我看見河岸的前方出現一片很大的村莊，那應該就是那個叫峽石嘴的村莊。

　　村莊看起來很大，顯得白晃晃的。村莊被一大片灰色的霧氣籠罩著。我覺得很奇怪，不知道這座村莊為什麼是這種顏色。

　　我加快腳步走進村莊。村莊裡的聲響很大，一輛接一輛重型卡車在村莊裡緩慢地、歪歪倒倒地行駛著。村莊寬闊的村道被這些重型卡車軋得一個大坑接一個大坑。這些運送石粉的卡車駛過時帶起的塵土封閉了村莊的道路和道路兩邊的房屋。這一輛重型卡車帶起的塵土還未落下，另一輛重型卡車帶起的塵土又籠罩了村莊，看這個樣子，村莊至少在白天的十二小時裡，是被大量粉塵籠罩著的。不過奇怪的是，道路兩邊人家門口，坐著

一些老年人，他們看起來心態安詳，手裡要麼剝著花生，要麼摘著黃豆，要麼說著話，要麼安然地看著不斷駛過的重型卡車。他們或許沒有更好的去處吧！他們或許還要靠這些運送石粉的重型卡車生活，他們或許已經習慣了這種場景。

我加快腳步走出村莊。村莊以北不遠處，大概也就兩、三公里遠吧！就是瀝河的入河口。太陽幾乎落下去了。路邊的野草被一層灰厚的粉塵蓋住。我兩手抓住後背包的背帶，開始用均勻的速度，向河口的方向小跑起來，我低下頭的時候，能看見我的鞋已經變得灰白了。那些重型卡車在我身邊的道路上行駛，我並不在意它們。它們在按照自己的節奏運轉，我在按照自己的節奏生活。

太陽就要隱沒的時候，我終於站在瀝河進入纏河入河口的河岸邊了。這裡不像一般的入河口那樣，顯出一種原荒的景象。這裡現在是一個繁忙的石粉碼頭，各種重型卡車來回穿行，碼頭旁擠滿了裝運石粉的貨船，碼頭上的大喇叭在不停地大喊大叫，指揮著帶編號的貨船進港、離港。附近幾座代表性的峽石山幾乎已經被炸平，山腳下粉塵滾滾，碎石機震耳欲聾的雜訊彷彿永無止息。

我站在碼頭臨水的水泥地上，望著瀝水進入纏水的地方。陽光已經消失了，夜的大幕已經拉開，碼頭上的巨燈已經亮了。我想，我今晚應該會住在這個粉塵飛揚的大村莊裡了，如果這個大村莊還有旅館的話。如果這個村莊沒有旅館，我會離開這個叫峽石嘴的村莊，向東偏南方向繼續步行大約五公里，在當晚八點左右，到達一個叫纏河的小鎮，因為那裡是一個行政機構的所在地，人員來往稍微多一些，所以那裡一定會有哪怕是簡陋一點的小旅館。這些都是在今天的行走之前或行走之中就謀劃好了的。

因為有已定的計畫，我並不慌張，也不急著要走，只是站在碼頭上看

河、看水、看船，感受隨機而來的現狀。粉塵和雜訊對我好像沒有什麼影響。我覺得我很能隨遇而安。我想，這是必須的，人生沒必要挑挑揀揀，所有的生活都是好生活，不好的生活只是因為我們心情不好。

洄河：從源頭到入海口

　　河流都是從山區或高地發源的，平原上的河流也是這樣。平原上的河流大多發源於平原周邊的山地和高地，少數發源於平原內部的低山或高地。發源於平原周邊的山地和高地的河流，流域面積會比較廣寬，發源於平原內部的河流，流域面積則會比較有限。

　　粗河就是發源於大平原邊緣低山區的一條河，它有著河流典型的源頭、上游、中游、下游和入海口等幾大部分。五月，我們到粗河源頭所在的南北溪鎮去。南北溪是一個古樸的山區小鎮，只有一條主街道，主街道其實就是穿鎮而過的省道。街道兩邊是統一蓋成的兩層或三層商業店面樓，這些店面樓都是下店上宅的形式，即樓下的店面做店家，樓上當住宅使用。樓下的店面有各地常見的飯店、理髮店、百貨店、傢俱店、雜貨店，更多的卻是山貨店、茶葉店和竹編店。山區盛產茶葉、山貨和毛竹，因此周圍群山裡的山民，在不同的季節，要把不同的山貨，運到建設在谷地小平原上的南北溪鎮來出售，再把日常生產、生活需要的物品買回山裡去。

　　洄河源頭山區的農事是清晰的。在農作物方面，逐級降低的梯田裡，一年種植一季水稻；各種山間隙地則分時種植玉米、山芋、黃豆、蔬菜等。山區的大宗經濟作物是茶葉、竹木和林果，茶葉的旺季在春末夏初，竹木和林果的旺季則在秋冬。

　　山區和平原的狀態有很大不同。山區經濟對人口的承載能力很有限，

因此山區的人口總是很少的。這種情況的出現，是由於平原相對於山區，能種出更多的糧食來，而山區看起來面積大，但絕大部分為山嶺而不是農田，不能養活更多的人口，在看不見的生物本能的調節下，山區人口的一般出生水準與土地能養活的人口之間，就總能保持一個大體的平衡。

河流與平原有直接、密切的關係。地球上的平原大多是河流沖積成的平原，少部分是侵蝕性的平原。由於生物特性，人類必須逐水而居，因而河流帶來人流；人流帶來物質流；物質流帶來交通流；交通流帶來民族流；民族流帶來生活流；生活流帶來語言流；語言流帶來資訊流；資訊流帶來思想流，文明就是這樣逐漸累積起來的。在河流中下游的堆積或沖積平原上，由於人口密集、交通便利，因此人們的交流溝通十分緊密，合作的程度也更高，競爭也更激烈。這正是人口密度與文明程度成正比關係的道理。一般來說，人口密度越大，文明程度就越高，而人口密度越低，文明程度也就越低，這就是社會學界所謂文明不上山的理論。所以法國歷史學家布勞岱爾說，文明可以沿地平線傳播，但無法垂直傳播，哪怕一、兩百公尺都不行。大致而言，與平原地區相比，山區的思想、創新、科技、資訊水準都是較低的，或總是滯後的，當然，反過來說，這還是由於山區人口密度低、交流不充分、競爭不激烈造成的。

涸河的源頭在南北溪鎮東南方五公里的蜈蚣嶺上。出南北溪鎮，北行數十公尺，右轉，很快就走出山鄉的小鎮，進山了。初夏時節，剛下過幾場雨，山裡到處都溼漉漉的。山路沿山谷往前，一邊是山嶺、山坡，另一邊是大樹和一條叫涸溪的溪流。由於山區的潮溼，溪旁的大樹和巨石上，長滿了厚長的苔癬，如果彎下身細細觀察，除了大量的苔癬，還能在樹縫裡、石縫裡，找到「肢節」如米粒般的石斛，這樣的石斛又叫米斛，在山外是極其珍貴的飲品，但在當地，卻尋常多見。

　　石斛正是要生長在這幾種獨特的環境裡的：一是山谷，山谷裡溼暖；二是水旁，水旁潤澤；三是石上，石上無澇漬；四是林下，林下陰溼。石斛的名字，大概就是由斛生石上這種特性而來的。原生態野生的石斛，都喜歡生長在山谷裡、溪水邊和樹蔭下的石頭上，和苔癬、松樹皮、溼潤的石屑以及腎蕨等古老的孢子植物生活在一起，組成一個個小型的植物群落。千萬年來，默默地，也是自在逍遙又不受打擾地生生滅滅著。我猜想，古代的有道之人，見到石斛也不由得發自內心歡喜，便就地為這種仙草起個名字，叫它石斛。

　　石斛的「斛」字，或許又是從石斛的形狀來的。石斛各個肉質的「肢節」，和古代稱量糧食的容器斛極其相似，當了地方官的儒生，喜歡進行社會干預，下鄉勸農或收取賦稅時，在林下石上，見到仙草般的石斛，又不知道它姓什名什，只知它酷似收糧用的斛器，便為它命名石上之斛，簡稱石斛。米斛的「米」字，則必定是從米粒的形狀來的，米斛肉質的「肢節」，像極了一粒粒飽滿的米，山人砍柴耕作時，見到石斛，不知道如何稱呼，便運用聯想的方法，與常見的米粒類比，再為新發現的事物命名，叫它米斛。

　　山坡上有一些粉紅色的映山紅，正在大片大片地開放，映山紅的旁邊，有位山人正在挖竹筍。我們走近去看他挖。山裡的土肥厚，腐植質多，挖起來是輕鬆的。只見他先挖開竹筍周圍的山土，又小心地把一棵葉子對生的小草撥到旁邊，然後揮動長嘴鋤，只一鋤，就把嫩筍挖出來了。他放在旁邊的布兜裡，已經放了幾根大竹筍了。我們問他這要怎麼吃，他說，這是要拿到南北溪賣掉的。我們問他一斤能賣多少錢，他說，在山裡賣不出價的。我們又問賣不完怎麼辦，他說，那就拿回家吃掉。我們問當天不吃不行嗎，他說，當天不吃也得燙煮出來，不燙煮出來它連夜長，那

就長老了。我們七嘴八舌地問竹筍煮什麼最好吃，他說，煮有肥有瘦的五花肉最好吃。我們問為什麼，他說，筍子刮油。我們聽懂了，都說，怪不得山裡沒有胖子，原來油水都被筍子刮掉了。有個細心的問，剛才你挖竹筍，為什麼把那棵野草往旁邊撥一撥，像是怕碰到它的樣子。他說，那是黃精，長大了是要當藥材用的。我們都「噢」了一聲，都聽懂了。

我們爬到當地叫落鵲嶺的一道山脊上，溪的源頭就在山脊最頂端的一些巨石縫裡。原來落鵲嶺是一道分水嶺，從這些巨石縫裡流出來的泉水，如果從東邊的石縫流出，就東南流入東海了，如果從西邊的石縫流出，就先北再東，流入黃海了。當地人告訴我們，從這些石縫裡流出來的泉水，從來就沒斷過，曾經有生產礦泉水的商家，帶著技術專家來化驗，這裡的泉水富含人體需要的礦物質，不過人家把生產礦泉水的工廠，設在下面的清泉鎮上去了，其實那裡哪有什麼清泉。

銀鈴家就在落鵲嶺下的鮮花臺上。鮮花臺是這個只有五、六戶人家的小山村村名。銀鈴家有一棟三間兩層的小樓，樓前有一塊不小的平地。剛剛又下了一場雨，雨後的鮮花臺，天清氣爽。

銀鈴搬了一個小方桌放在門外的平地上，又把昨晚剛炒出來的新芽茶拿出來，泡給我們喝。據說新茶都是上火的，但誰又能忍得住新茶和涧溪水甘香的誘惑呢？喝幾杯甘甜的香茶，再去路邊折幾根嫩生生的蕨芽在嘴裡嚼一嚼，小火氣自滅，還營養豐富。銀鈴家屋前的平地沒有遮擋，遠遠看去都是一重重山。這時有人講，據說能看到三重山，就能擁有好運，看到的山越多，好運就越多。大家都抬頭往遠處看，看能不能數出三重山來。數來數去，有的人數出了四重山，有的人數出了五重山，沒有人數出六重，不過都超過了三重。銀鈴的父母正在自家的山坡上採花。我們說是去幫他們採一些，但實際上只是去玩，拍一些影片傳到網路上，算是直播

帶貨了。有人發現茶園旁邊的石崖上架著一個蜂箱，就問銀鈴的父母這是做什麼用的。原來這是引蜜蜂用的。春天蜜蜂會來這裡占巢，秋天冬天就能割取蜂蜜了。有人擔心的問，那要是被別人拿走了怎麼辦，又不能時刻在這裡看著？銀鈴的父母說，不會的，這裡家家都有十幾個蜂箱，都不稀罕。

　　洄溪從源頭流下，跌入一個叫九嶺潭的深潭，再沿九嶺穀，一路流至南北溪鎮，從鎮東穿過，進入野蜂峽、竹哨溝、母子崖、佛息嶺，蜿蜒近百里，一路接納小溪流水，河面變得開闊起來，水量也越來越大，小一些的峽谷已經束縛不住它了，它由南而北再嘩嘩流過楓楊塢、散花販、清泉鎮、太平尖、青楓岩，再由西南而東北過竹笥甸，最終由聽風口流出山區，進入微丘崗地。洄河在山區的這一段，就是洄河的上游。

　　到竹笥甸時，已經是小傍晚了。這裡是山區和丘陵崗區的交接地帶，沿洄河驅車而下，逐漸又進入低山的幽深處。晚涼慢慢地沁上來，人的疲困也漸漸消退了些。山路右邊是蜿蜒曲折、流水潺潺的洄河，河邊是或寬或窄的砂石河灘；左邊山間時有時無的小塊平原，偶爾看得見衣著樸素的山民、山婦，沉靜地在山間平地上做事，拔草或砍柴，但聽不見半星人聲，只感覺到山間越來越濃的深幽。幾輛車上的人都安靜著，涼意還在越益濃厚地沁上來，車上人的眼光卻慢慢都轉移到右手邊粗河時寬時窄的砂石河灘上了，只見河灘上一種叫楓楊的樹越來越多，越來越搶眼；它們大的或有一、兩簍粗，小的也有盆口粗細，它們粗壯彎曲的根由於汛期洪水的沖刷，都暴露在砂石河灘上，看起來蜷曲扭動、悲壯蒼涼。眾人大驚，忙停下車細看。原來沿洄河的洩洪灘上，生長著無數棵巨大的楓楊樹，它們的根雖然由於洪水的沖刷部分暴露在外，但它們仍能扎根地泉、競望藍天、枝繁葉茂！它們有著超強的適應能力。

平原上的河流

　　涸河奔流出聽風口，北行，又東北行，又東行，先進入微丘崗地，後進入海拔較高的純平原地區，這一段就是粗河的中游。在粗河中游段，洞河的多條一級支流匯入，加上地勢越來越寬闊、平坦，落差越來越小，河的水量也變得越來越大，河面越來越寬，流速則變得越來越緩。在涸河源頭和上游山區常見的林果穀物，譬如板栗、茶葉、石斛、竹筍、蘭草、映山紅、蕨類、磐竹、野櫻桃、毛竹、核桃等等，逐漸遞減或消失不見，取而代之的則是葡萄、酥梨、柿子、藕荷、菱角、蘆葦、蒲草以及大面積種植的楊樹、水稻、油菜、玉米、花生等等，進入純平原區後，地表作物變成了冬小麥的天下，廣大無邊的平原上，冬小麥無邊漫野，成為涸河中游地區的代表性作物。

　　中游的行蓄洪區也多起來，在涸河主幹的南北，一個接一個，一直延續到涸河的下游。所謂行蓄洪區，是行洪區和蓄洪區的統稱。行洪區是汛期洪水借道通過的地方，行洪區不蓄水，但透過增加河道的辦法，減少乾流水量，降低乾流水位。蓄洪區是儲蓄汛期洪水的地方，面積由數平方公里到數十、上百平方公里不等，透過對汛期洪水的分蓄，達到減少乾流水量和減少乾流水位的目的。

　　河流的行蓄洪區本來是自然河流汛期行蓄洪水的地方，但由於那些低窪地土地廣闊，肥沃無比，又無人管理，因此成為農人爭相開墾的地方。為了方便在行蓄洪區進行農事活動，農人又在河流的行蓄洪區壘起高臺，在上面搭屋居住，這樣的高臺當地人稱為莊臺。莊臺有大有小，小的面積有限，只能住幾戶或十幾戶人家；大的比較高大，能容納幾十戶甚至幾千戶人家居住。在莊臺居住和在行蓄洪種地，有著很大的不確定性和危險性，汛期洪水較小或來得較晚，對莊稼和莊臺影響不大，但洪水來得較早並且較大的話，地裡的莊稼就不保了，莊臺也有可能被洪水淹沒，造成人

員和財產損失。

　　暮秋時節到蓄洪區的操檯子去。操檯子是粗河中游蓄洪區裡最大的一個莊臺，住著數千戶人家。很多年以前的一個冬天，我到過操檯子。當時操檯子的十字街口，有一家小餐館，叫「操檯牛肉湯」。那裡的牛肉鍋貼滿有水準的；牛肉湯也很好吃，肉雖然不多，但味道卻夠，略麻，稍辣，熱氣騰騰的，很有氣氛，在降溫的冬天，與窪地原野裡呼嘯的西北風，互為陣勢。當晚住在一座簡陋的小旅社裡，兩房之間，有一架共用的空調機相互連通。半夜時，隔壁來了兩位本地客，他們一邊洗腳，一邊吸菸，還一邊說話，他們並不顧忌「隔牆有耳」。

　　我就在這種氣氛中睡去了。第二天早上，又在這種氣氛中悠然醒來。我看看手機，才清晨五點，隔壁間的他們已經開了燈，抽著菸，我能聞到新鮮的香菸味，他們調小了電視機聲音，正在繼續他們昨晚的談論。當天夜裡下了小雨，清晨起來去看粗河和操檯蓄洪區。粗河和操檯蓄洪區都正溼潤、安然著，視野裡不外乎青麥、薄霧、已經落盡樹葉的楊樹林。一位勤快早起的老太太，身裹棉襖，頭包粗布圍巾，把一隻黑羊、兩隻白底黑花羊、三隻紫頭白身羊和一群全白的羊，都趕在麥地裡啃冬麥，這年的冬天暖和，小麥有點瘋長，在春天小麥拔節之前，讓牛羊廣泛地啃一啃，有利於冬小麥的越冬。

　　多年以後，再到操檯子，沒想到那個小旅社還在，操檯子十字街口附近，還有一個新招牌。操檯子是回民的集中聚居區，集鎮當地，也有數千名回民，他們大多住在操檯子南街上。南街上有一座線條簡潔的清真寺，青磚、小瓦、木門窗，依然保留著古代伊斯蘭建築風格。清真寺房屋不高，面積也不大，但整潔乾淨，院裡樹木蒼勁。這裡是當地回民的禮拜中心、文化中心、活動中心和會議中心。除宗教活動外，有事沒事，人們都

會到這裡來，有事議事，無事交流，增加感情和凝聚力。

這天我們到操檀子清真寺的時候，清真寺裡已經坐滿了老人、婦女和小孩。在我眼中，這些回族民眾，有很好的宗教文化規範，他們一般穿戴整齊，講究衛生，心性平暢，溫潤待人。

當地回族食品多為傳統麵食，特別是油炸的零食，花樣繁多，美不勝收。但也有棗糕一類，用糯米製作，可見南北飲食文化的交流互動。操檀子大酒店餐桌上的清真菜，自然以牛、羊肉為主，不過都是用小盆送上的，看起來十分驚人，只見牛骨沉沉，羊蹄儼然，令人振奮，如果喜歡吃牛、羊肉的話，就會食慾大開！和我們交流的回民，大多是男人，或男性長者，可見回民文化中還沉澱著許多傳統觀念。習武也是回民文化中不可缺少的一項內容，南街村的村主任已經過了六十歲，卻還能舞刀弄棒，拳腳相加，讓人大為驚嘆。

操檀子依偎在涸河的一道大河灣裡，出產一種罕見的特產，叫涸河蜒子。說它罕見，是說它在涸河的其他地方，很難見到。這種涸河蜒子，只生長在河底的硬泥地上。有淤泥的地方，就不適合它了。操檀子的這一段河灣，由於彎度大，河床表面的淤泥都被沖走了，因而適合蜒子生長。蜒子是當地人引以為傲的美食，在當地也發展出多種烹飪方法，可清蒸，可蒜蓉，可清湯，可濁湯，可淡煮，可濃煮，不管怎麼煮，都味美無比。不過由於蜒子數量少，又要有人潛到河底去挖，因此賣得很貴，一般人都吃不起，留給飯店賣給外地來的人。

操檀子附近的大平原盛產泡桐樹，這是一種玄參科泡桐屬落葉喬木，但如果生長在熱帶地區，則成為不落葉的長綠喬木。泡桐生長迅速，但木質鬆軟，於是操檀子當地人用它製作各種觀賞性的碗、盤、掛飾、擺飾等。操檀子蓄洪區裡又到處都生長著一種叫杞柳的灌木，這是一種多年生

的柳屬灌木，它發達的主根可在鬆厚的土壤中深紮一公尺多，能有效防止水土流失。每年夏秋時節，當地百姓把杞柳條割下，剝皮晒乾，用來編製籃筐等各種器物和各種工藝品。操檯子街上有大大小小柳編廠數十家，三三兩兩的中老年婦女，散坐在廠區各處，一邊說話，一邊手裡用杞柳條編製各種東西，顯得淡然而悠閒。

　　洄河進入下游後水量更大，河面也更寬闊。像所有河流一樣，洄河下游的水面，也顯得豐厚且飽滿，總像是要鼓出河面似的，圓潤的波浪翻滾而下，永無止息。無例外地，洄河的下游出現了更多大水結、湖泊和一望無際的溼地。河流下游水中富含各種有機物，河底砂石和淤泥較多，河水相對比較混濁，這些地方是各種魚蝦以及溼生或水生植物的天堂。

　　河流下游直至入海口常常會形成巨大的河流三角洲，平坦而無比寬闊，一眼望不到邊。除了豐富的魚蝦和溼生、水生植物外，這裡也是各種水禽的天堂。河流下游及河口三角洲大多地勢低窪、毛細血管般河網密布。河流好似大自然不知疲倦的搬運工，會持續不斷地隨水帶來上中游各種泥沙和雜物，在入海口附近填海造陸。

　　洄河下游的湖灣和淺水溼地裡，生長著大量蘆葦，仲春以後，這種根系發達的挺水植物開始萌芽、生長，起初是一片淺紅的芽頭，然後整個溼地變得一片嫩綠，到暮春時節，無邊的蘆葦都變成了老青。

　　粗河的轉彎處有時會出現一片蒲草沼澤。蒲草是多種香蒲的泛稱，一般包括香蒲、小香蒲、水燭、長苞香蒲等。蒲草是多年生的草本，孟春後期，蒲草陸續從淺水或溼地裡萌芽，伸出它們劍刃一樣的尖葉，初夏剛到，它們就迫不及待地結出暗紫色的蒲棒了。這些蒲草獨自或混合形成沼澤或溼地的植物群落。蒲草的葉由於能夠編織各種蒲包、蒲席而變得非常有名，蒲棒上密集的毛絨是蒲草的種子，是過去人們填充枕頭的好材料。

　　菖蒲常與蒲草等共同組成溼地的植物群落。菖蒲的根狀莖短小粗壯，葉子扁厚，一般能長到一公尺左右，高的可以長到近兩公尺。家養的菖蒲要使用無底孔盆，配上卵石、銅錢草，放置在桌上，顯得雅致、清高。溼沼裡的菖蒲藥味更濃，端午時節，人們從水邊採集菖蒲，用來驅趕蚊蟲、除毒辟邪。

　　在湖泊和溼地裡，水生植物有著明顯的生長分布規律。在靠近陸地和湖水邊緣的外圈淺水地帶，生長著蘆葦等挺水植物；往裡的淺水區和半深水區，生長著全株都沉沒在水中的眼子菜等沉水植物；再往裡的深水區，生長著浮萍、水葫蘆等浮水植物，以及菱和芡實等根著型浮水植物，但浮水植物往往不受水深的影響而在各水區任意生長。

　　毛芋頭在河網地區被大量種植，人們在淺水裡用淤泥堆積出一塊塊大小不等的高田，仲春時種下毛芋頭塊莖，生長季大量施肥，並從田塊旁的水澤裡舀水灌滿，秋季天乾物燥時，即可從地裡將毛芋頭拔起，收穫毛芋頭的地下塊莖食用。

　　水芹在淺水邊緣或溼地裡蔓延極快，它的匍匐莖延伸到哪裡，就在哪裡生根發葉。水芹是一種多年生草本植物，由於它的莖葉略有辛辣氣味，因此被歸為辛辣蔬菜一類。水芹極耐割剪，將大片水芹的嫩莖葉剪割後，它很快又會萌生大量新莖葉，將潮溼的地面覆蓋。

　　但是這種種群密度效應，受最後產量恆值法則約束。也就是說，在一定範圍內，當條件大致相同時，植物的最後產量總是大致相同的，不管種群的密度為何。這也就是說，在水芹生長的這一地方，不管水芹蔓延得快還是慢，它們的最終產量都是差不多的。如果蔓延得快一些，覆蓋的面積大一些，看起來產量可能提高了；而如果蔓延得慢一些，覆蓋的面積小一些，個體產量卻更高。因此這兩者最後的產量總是大概相等的。

　　秋深時到洄河下游的一處溼地去，那裡生長著眾多根狀奇特的池杉樹，它們粗壯的水生根埋在淺水裡，露出水面的那一部分膨脹起來，像一個個放大了數十倍、上百倍的渾圓瓶子，看起來十分奇特。這些池杉樹是一九七〇、八〇年代，當地為了阻滯洪水，而從國外引進的一種溼生樹種。隨著時間的推移、基礎設施的完善以及觀念的變化，池杉阻滯洪水的作用已經消失。在實用價值方面，池杉已經完成了它的歷史使命，變成一種無用之木，一九九〇年代，當地人甚至把它砍來當柴燒。但正是這些無用之木，成就了池杉湖溼地的獨特景觀，也吸引無數珍稀水鳥，在這裡繁衍生息。我們乘一葉扁舟，穿行在池杉樹巨大的瓶形樹根之間。周圍和附近的樹枝上，蒼鷺、牛背鷺、夜鷺、鳩鳥、灰雁和赤麻鴨，你來我往，啼鳴聲不絕於耳。小船繞行在巨根的叢林間，水中有林，林下見水，水林交融。我的眼前逐漸恍惚，只覺得鳥休於林間，鳥又食於水中，魚游於水裡，魚又游於林間，林長於水下，林又矗於鳥中。因而陽光沐浴，溼地和諧，萬物生長。

　　蘆竹生長在湖岸、溼地和洄河入海口的海岸上。蘆竹成片叢生，分節明顯，長得高大健壯。你站在湖岸或海岸上細細觀察就能發現，當飄風持續颳過時，成片成片的蘆竹緊聚在一起，都在盡最大努力抵禦強風。風颳得越持續、越強勁，對成叢蘆竹形成的壓力就越大，而蘆竹就顯得越拼命、越抵抗、越抗壓。有時眼見狂風大作，湖岸或海岸上成叢的蘆竹就要抵抗不住了，它們同時倒向一邊，快要被壓到地面上，但狂風稍減，它們又彈回到接近大風前的狀態了。感覺它們真了不起！真的要學習它們頑強抗壓的能力。

　　水竹是莎草科莎草屬的多年生草本植物，又叫傘草，這是因為它細長的葉片簇生在莖的頂端，活像一柄柄倒置的雨傘。在洄河下游的河漢裡、

湖灣裡、溼地裡，有時能看到水竹的身影。水竹原產於非洲，會聚生在河灣的溼地和淺水裡，只要氣溫不是太低，它就四季常綠。小船停靠在水竹聚生的地方，靜下心來觀察水表下面，不多時就能看見小魚和小蝦出沒，小魚們常常會在聚生的水竹莖稈上啄一口，也許那裡附著各種小水蟲吧！

河灣的溼地和淺水裡還常有荻和芒生長，到秋天，荻和芒開出白色或略帶灰色的花序。當秋風從一個方向吹過荒灣溼地時，數個平方公里的荒灣溼地裡，白茫茫一片花序指向同一個方向，煞是壯觀、悲愴。荻和芒同屬禾本科芒屬，都是多年生草本，都喜歡生活在溼地沼澤或河岸附近。略有不同的是，芒葉中肋明顯，花色灰白，花期一般在孟秋和仲秋；荻葉長形，花色較白，花期通常在仲秋和暮秋。

暮春到庙河的入海口去。到耦耘鎮時已經是傍晚了。地上都是沙土，這是黃河多次氾濫留下的腳跡。沙土地裡除大量種植小麥外，還大量種植大蒜。走到鎮外的農田裡，隨手拔出一棵大蒜，就能見到大蒜超大的紫皮球根。如果清晨早早開車從公路駛過，還能看到許多睡眼惺忪的短期農工聚集在路邊，種蒜的大戶很快就把他們帶走，一天緊張的勞動就開始了，按勞付酬，一天一結，對做短期工的蒜農來說，這樣的合作有很大的靈活和便利性。

耦耘鎮賓館坐落在耦耘鎮西郊，都是平房，一排一排的，門前都帶有走廊，看來這裡大風、雨水較多，建有這種走廊，對房間有保護作用，人也不會出門就遭風淋雨。平房每一排都相距甚遠，可能這個賓館建設時，這裡的土地不值錢，不然不會留這麼大的間距，也不會有這麼大的場面。傍晚在賓館房間裡住好，就走出房間，在賓館的超大廚房、酒店和各處閒逛。

這裡的廚房、酒店也都是平房，都超大。接待我住宿的小姐正在廚房

幫忙，給忙碌不已的大廚打下手。她告訴我，晚上酒店有婚宴，你就在婚宴上一起吃，省事。當然，伙食費還是要付的，不過只照一菜一湯一飯付即可，當晚廚房沒時間為我一人另備飯菜。

天還很亮，還不到飯點。我繼續在超大的賓館裡閒逛。閒逛到花園旁一間無門的棄房時，我看見十幾位休息的勞工，正圍坐在水泥地上打牌，四個人在中間廝殺，其餘的人坐、蹲或站在周圍看，都興致正濃，還有幾個人蹲在門口吸菸。

我對打牌也是感興趣的，因為是在等飯的空閒時段，不由就站在人堆後面看起來。

晚上的婚宴十分熱鬧，結婚的儀式辦得一點也不比城裡差，也有新娘、新郎出場，也有主婚人、證婚人講話，也向雙方父母三鞠躬，新娘、新郎也互相表白，也交換戒指，也喝交杯酒，主持人插科打諢，十分賣力，雖然過頭了點，但很有鄉土氣息，大家都很開心。

酒店安排我坐婚宴大廳最後面的備桌，備桌另外還有三個人，一個三十多歲的女性，肩上背一個片刻不離身的包，她是男方家收紅包的人，隨時要起身離桌，參與各種事務，還不時有人拿紅包過來交給她。另兩位是來參加婚宴的人，他們在備桌上坐了一會之後，就分別被男女方家人發現，被請到前面去了。

大部分時間我一個人獨占一桌，我開心地大笑，認真地聽主婚人和證婚人講話，也有人來給我送喜糖和香菸。備桌的菜有點縮水，因為大部分時間只有我一個人在吃，但也很豐富，開頭我猛吃幾分鐘後，戰鬥力立刻就垮掉了。後來，我就離開婚宴大廳，到外面空曠的大院裡閒逛閒逛，然後回房間睡覺了。

耦耘鎮離粗河入海口只有十幾分鐘的車程，如果步行的話，則要大約

一個小時。路是簡易的河堤路，上面長滿野草，這樣的路雖然不怎麼高檔，但很實用，哪怕下過大雨，路面也不會稀爛。

越接近涸河入海口，迎面撲來的海風越大，涼意也越來越濃，地面上的荒草也越旺盛。涸河河堤盡頭面海的深草叢裡停著一輛皮卡，起初我以為那是一輛被廢棄的車，但當我從車旁走過時，駕駛室裡突然有一男一女坐起來，嚇了我一跳。驚慌中我沒能看清他們的面貌和模樣。我像做了錯事一樣趕緊從車旁走過去。待我走出二、三十步以後，我聽見身後有發動機的聲音，回頭一看，那輛皮卡緩緩地在堤上轉了個彎，開走了。我心想，這裡荒無人煙，一個人都沒有，人家就是圖這個清靜的，沒想到還是被人撞見，只得再換個地方。

涸河入海口附近的弧形防浪堤上，生長著一叢叢高大粗壯的蘆竹，從海面颳來的大風不時把它們壓向陸地的一側，但是風勢一減，它們就又彈回原來直立的狀態和形狀了。涸河河口的海面上濁浪翻滾，一些白色的海鳥或在海面上的烏雲底下展翅飛翔，或貼近海面掠飛，或降落在海浪上，隨波浪起伏。

我站在防浪堤上，居高臨下看著無盡的涸河水翻滾入海，看了很久以後，我突然看見濁浪裡還站著一個人。不仔細看，以為他是濁浪裡的一塊浪花，灰濁的顏色；仔細看時，才能看見那是一個人，穿一身泥灰色的膠皮衣，和濁浪是同個顏色。他站在齊胸深的水裡，撒出漁網後，慢慢地往回拉，要很長時間才能把網拉回來。

我看了很久很久。他終於從海水裡走上來，走到防浪堤上來了。原來是位健壯的中年男人，他的網裡網著一條八、九斤重的大魚。他費力地提著漁網，我驚叫著走過去看那條魚，他就把漁網放在深草叢裡，讓我看。

「我拍張照片可不可以？」

他點頭後，我用手機幫大魚和他拍了照片。

「搞了一早上，就弄到這一條。」他一口當地腔。

「不搞了？」

「不搞了。」他說。

「是弄回家吃，還是拿到城裡賣掉？」

「當然是搞到城裡賣掉。」

「拿到城裡賣掉，能賣多少錢？」

「一家老小，一天伙食費夠了。」

「哦，那值得拿到城裡賣掉。」

「那是當然的。」

說著，他轉身去那一大叢蘆竹後面了。

我以為他要去尿尿，心想，他還滿講究，男人之間，轉過身不就尿了。卻沒想到，他轉身到蘆竹叢後面，推出一輛簡易版高架摩托車來，車上什麼都沒有，只有兩個車輪，一個車頭，一個汽油發動機，連車燈都沒有。車後輪上綁著一個大魚簍，他把魚放進去，把漁網捆到一起，綁在魚簍上，向我揮揮手，騎著直冒煙的簡易摩托車走了。

河堤海邊現在真的一個人都沒有了。粗河的淡水仍然一刻不停地翻滾入海。海風也不減小，吹得我摟著臂膀，臉都有點涼了。

在漲河對岸

那一年初冬，我到漲河和澡河交匯的漲河鎮拜訪。當晚的清燉鴨、泥鰍掛麵和漲河小刀魚真好吃！清燉鴨用的大白鴨，都是在漲河和澡河裡捉小魚、吃螺蜘長大的，肉質鮮甜得不得了；在製作方法上，只有清燉最能展現出漲河大白鴨肥美不膩的特質。泥鰍掛麵是漲河、澡河這一帶的傳統

美食，泥鰍是漲河和澡河裡的特產，又以澡河產的泥鰍最佳。這兩條河裡
的泥鰍有一個共同的特點，就是身材短小、身體渾圓、色澤清淡，這與漲
河、澡河澄澈的水質有關，如果河水比較肥厚、混濁，長出來的泥鰍個頭
就大，色澤也會深暗許多。漲河、澡河流域又盛產小麥，當地人以麵食為
主，因此把掛麵和泥鰍結合起來，有葷有素，營養豐富，成為當地經久不
衰的傳統美食。

　　當地還出產一種多年生草本植物，叫茵草，全株有氣味，屬辛辣蔬
菜。飯店上涼菜時，或家庭做涼菜時，都會拔幾片茵草的葉子，用清水沖
一沖，放在涼菜上，夏天有驅除蒼蠅蟲子的功用，吃下去能提神醒腦、健
體強身，冬春則有祛瘟避疫、提鮮和養胃的功用。但茵草只在漲河、澡河
附近生長，為當地人食用，離開了漲河、澡河地區，就看不到這種神奇的
植物了。

　　漲河小刀魚盛產於漲河和澡河，但由於漲河河流較大，澡河水面較
小，是漲河的支流，因此都用漲河小刀魚來稱呼漲河和澡河共同出產的小
刀魚。漲河小刀魚的特色是長不大，它們成群結隊在漲河和澡河的淺水
裡、河岸邊嬉遊、覓食，牠們喜歡見到人，如果有人到水邊了，牠們立刻
會游過來，搖頭擺尾，感覺如果牠們不是魚，而是陸地動物，牠們馬上就
會被馴化跟人回家似的。漲河小刀魚肉質香厚，煎炸後放在盤子裡，冷熱
都好吃，沒到吃飯的時間，肚子又餓了時，伸手到盤子裡拿一隻，放在嘴
裡慢慢嚼，醇香無比，在當地飯店裡，客人剛到包廂坐下，服務生總會端
上一小盤酥炸小刀魚放在茶几桌上，當作零嘴。

　　晚上吃得豐盛，見到許多新鮮的人物、聽到許多新奇的故事，晚上又
睡得好，第二天早晨醒來，頭腦特別清醒。起來洗漱後，坐到院裡的小方
桌邊吃兩個現炸的糖糕，喝一碗用煮得稀爛的稀飯，就一碟雪裡蕻肉絲小

菜。吃飽喝足，太陽已經升到院裡紅棗樹的枝梢上了，我跟親戚打聲招呼，說到河邊走走，就離開親戚家，心滿意足地慢慢逛，逛到鎮外，逛到漲河與澡河交匯處的大橋下的河坡上。那裡面對南方的太陽，河坡上的草地半枯半鮮，乾燥柔軟，我不由就在草地上半躺下了。

從我半躺的地方，能十分清楚地看見對面漲河鎮的高低建築，能清楚看見對面河堤上的大路，能更清楚地看見右手邊的漲河大橋，能清楚地看見大橋那邊進入漲河的澡河河口，還能更清楚地看見河坡下的漲河河水。

所有從鎮裡街道出來，經過對岸河堤大道，再經過漲河大橋遠去的人、畜或車，都全程在我的視野裡。初冬的太陽正面晒在我身上，晒得真暖和。我想，我這是在做紀錄片嗎？而且還是自然主義的。我的眼睛是鏡頭，我的大腦是記憶體，它還能做一些必要的編輯工作。不過這樣真的滿好的。難得能有這種拜訪親戚的機會，現在誰還會對拜訪親戚這麼感興趣？難得在初冬的陽光下這麼心靜，難得找到這麼一個絕佳的位置和契合點。

有一個男人的頭髮先冒出來，臉又冒出來，脖子又冒出來，上身冒出來，下身冒出來，他全身都冒出來，是一位五十多歲的普通農民，走路顯得很強健；他全身都到了漲河河堤大路上，然後他向他的左邊轉，一步一步地，每一步都清清楚楚，像他的人生一樣；他順著河堤走兩百公尺左右，再往他的右手邊轉，轉上漲河大橋，他一步一步走過漲河大橋，一直向南走，直到在大路邊的一片夾竹桃後面消失不見。

又有一個人的黑頭髮冒了出來，臉又冒出來，脖子又冒出來，是個三十歲左右的女性，綁著兩根辮子。她上身從下面的街道上冒出來，她身邊又冒出來一個小孩子的頭髮，她下身冒出來，小孩的頭和上半身也冒出來了，原來她手牽著一個小女孩，小孩子大概三、四歲，一邊往上冒，一

邊一蹦一跳的；她們全身都冒出來了，她們開始往她們的左邊轉，小女孩一直蹦蹦跳跳的，有可能嘴裡還唱著兒歌；她們順著河堤大道走了兩百公尺左右，一步一步地，每一步都走得清清楚楚，連女人右腳底下踩到一個小石子，右腳往右偏了一下，我都看得清清楚楚；她們走到漲河橋頭，往她們的右邊轉，轉上大橋；可能是應孩子的要求，她們走到大橋的護欄旁，伸頭往橋下的河水裡看，又往河流的遠方看，手指指點點的，她們肯定也能清楚地看到大橋不遠處河坡的草地上，半躺著的一個人；她們又順著橋往前走，直到走下橋，走到路邊綠化區裡的夾竹桃後面，走出我的視線。

先是聽見汽車喇叭聲急躁地響著，接著看見一輛黑色的小汽車從下面的街道冒出來，先是車頭，再來是前車身，再來是後車身；小汽車時不時地響起刺耳的喇叭聲，有時是短促急躁的聲音，有時是較長時間的聲音；它有點不耐煩地開上漲河大堤上的大路，然後向左轉，仍然不停地按著喇叭，催促路上的行人、電動三輪車、人力車閃開。他真的有什麼急事？還是平常就養成了這種習慣？還是有先天的優越感？喇叭聲一直沒有停息，在安詳的鄉村顯得十分刺耳、不耐煩和浮躁。小汽車開始右轉、上橋，橋面稍微寬敞一點，但仍然有一些「障礙」，於是小汽車時不時還要鳴笛催促。它終於過了橋，一陣焦急的馬達聲後，它快速地消失在夾竹桃後面，天地間的平靜得以恢復。

一位頭髮整理得整齊有致的男人從堤路後的街道冒出來，他個子不高，腰身挺拔，走路矯健有精神，相貌儒雅。他上身穿一件黑色中式外衣，下身穿一條黑色的燈籠褲，右手握一把紙摺扇，時不時習慣性地一甩手，摺扇就甩開了，他揚起摺扇往身上搧兩下，或在大腿上拍兩拍，再一甩手，又把摺扇折起來了，仍在手裡拿著。他上了堤上的大路後，和大多數人一樣，照例往左轉，往大橋的方向走；碰到一個熟人，從大橋的方向

往漲河街道裡去，兩人面對面遇到，對話的聲音都聽得一清二楚。

「老三，上哪去？」

「三缺一。打牌去。」話音裡聽得出一些戲腔。兩人對話著，腳步並不停，對話完了，也就各奔東西了。這位儒雅的男人我認得，昨天親戚在家裡擺家宴，也有請他來，他跟我家親戚有親戚關係，這不是重點，重點是兩人處得非常好。他看起來大概有五、六十歲，實際年齡已經七十二了。是當地泗州戲的傳承人，也是當地泗州戲劇團曾經的臺柱，在當地流行泗州戲的十幾個縣裡，沒有人不認識他。因為他在家裡兄弟間排行老三，因此當地人都叫他老三，反而沒人知道他的本名。他一路走到漲河橋頭，不右轉上橋，卻徑直前行，往澡河匯入漲河的入河口那裡去了，我親戚家就住在那裡，說不定他們上午照慣例就要摸兩圈呢！

這時我突然想到，人與國家，還有所謂的文明、文化，大都擺脫不了一個規律，就是年幼的時候模仿學習，青年、中年爭功創利，到一定年歲後自我完善。年幼時不模仿學習，以後就只能走上歧途了；青年、中年不爭功創利，就荒廢沒個性了；到一定年歲不自我完善，人家就不尊重你了。到底要怎麼做，只有你自己看著辦了。我翻身從褲子口袋裡掏出紙和筆，趕緊把剛才想到的這幾句話記下來。又在紙上記下時間和地點，並自認為這是這天上午在漲河邊晒太陽看風景時，最有特點的一些想法。

我接著想到，緘默知識（內隱知識）真的非常厲害。所謂緘默知識，就是說不清楚的知識，是無法開口言說的知識，那種知識明明存在，但是卻說不清道不明。緘默知識是一種隱性知識，與隱性知識相對應的，是顯性知識。顯性知識是我們已經明了的知識，是我們已經掌握了規律的知識。我們學習駕駛汽車，都是同一個老師教的，但有人學得很快，有人卻怎麼都學不會，這就是緘默知識在作怪、在發揮作用。同樣是作家，有的

作家文學感覺好，寫出來的作品就有靈氣，有的作家文學感覺不太好，寫出來的作品就缺少文氣，這也是緘默知識在支配。

我突然又想到，我現在躺在河灘的草地上晒太陽，一言不發、一事不想，這應該是生活的最高境界了吧！我現在雖然一言不發，但我反倒覺得此刻語言最飽滿，有無數的語詞可以隨時奔湧而出。我現在雖然一事不想，但我反倒覺得此刻思想最活躍，畫面最清晰，思維最縝密。

一架花圈慢慢從堤後升上來，在所有的事物中，花圈總是最刺眼、最吸引眼球的，因此人們總是能第一眼就看到花圈。花圈慢慢地從對面河堤路升上來、升上來，全部升上來以後，卻只能看見一架很大的花圈，還有花圈下面有規律行走的兩條腿，扛花圈那個人的臉和上半身，統統都看不見。這人有親朋去世了，我第一時間這樣想。花圈一路往漲河大橋的方向走，既不快，也不慢；既不著急著要去，也不拖延著不去。因為行走的花圈十分顯眼，面積又大，因而堤路上行走的人，三輪車、摩托車，甚至小汽車，都成了它的背景，顯得虛化不清晰。我不願意猜測去世的是什麼人，不管是什麼人去世 —— 大人、小孩、男人、女人、普通的人、有頭有臉的人、生病的人、出事故的人 —— 都會有人傷心。花圈到橋頭後往右轉，上了橋，往橋南邊行走。還是只能看見花圈和兩條腿在行走，看不見扛花圈人的頭、臉和上半身。花圈走到夾竹桃後面，就消失不見了。

我的思緒開始飛舞。我想起一本古書裡說到的一些事情。古書裡說，那時候的人，一般不會活到六十幾歲，大多都在六十歲以下去世，少數能活到一百多歲，那已經十分少見了。一個人只能活五、六十歲，一個國家大概只能活一、兩百歲，一個王朝頂多活四、五百歲，可是一個天和一個地，能活多少歲呢？沒有人見過天和地的死亡，可見天和地都能活得很長久。如果一個人死了，在墳上立一塊石碑，上面刻上一行字：「這裡面埋

葬了很多錢財、美玉、寶器、極品。」這個人就能因此而長久嗎？肯定不能。但什麼樣的人才能長久？古書裡沒說，但我一直在想，只要有時間我就會想到這個話題，卻一直沒有合適的結論。但此刻我似乎忽然有了結論。我的結論是：能永遠活著的，是那些從不想著留名，卻天天想著把自己的智慧都呈現出來的人。因此，呈現智慧的人才能永垂不朽。不知道我的這個結論對不對。我再次從褲子口袋裡掏出紙筆，把剛才的結論記下來，以後再慢慢推敲。

　　一輛農用三輪車突然竄出漲河河堤，因為它竄上來的速度太快，有些超出常規，因此嚇了我一跳。這還不夠，它還一路竄上來，一路帶著嚎叫聲，我連忙定睛看去，原來是一輛運豬崽的農用三輪車，三輪車上用鋼筋自行焊了個籠子，籠子裡擠塞了十幾頭黑色的小豬崽。由於車開得快，小豬崽們又沉不住氣，因此一路嚎叫。這輛三輪車還有出人意料的地方，它一下子竄上河堤後，本以為堤路上人多車多，它要麼減速慢行，要麼就會撞到人或車，可是它非但不減速，反而加速行駛，眼看要撞到人和車了，它卻往它的右手一轉，轉到和大橋相反人車稀疏的堤路上，加快油門，一路往西狂奔而去，感覺它真是有創意！我的慣性思維總覺得人和車是要往大橋方向走，要過橋的，卻沒想到往相反方向的堤路，也會有人去走，雖然往那個方向走的人很少。三輪車「哆哆哆」超大的發動機聲和小豬們的嚎叫聲混雜著，一路遠去。

　　一輛摩托車後座上載著一個少婦躍上河堤，駕車的應該是丈夫，後座上的應該是妻子。妻子什麼時候都是能幹的，就算她不駕車，除了頭臉，她的身前身後也塞滿或掛滿了各種東西：一大捲塑膠紗網，五個塑膠雞用飲水壺，一大捲農膜，一網袋蘋果，一串花花綠綠的氣球從她和駕車的男人之間升起並隨著風飄動、抖動，她背後還背著一個後背包。摩托車躍上

河堤的大路,也沒有往他們的左手邊轉,而是往右邊轉,轉往人車稀少的那個方向去了。現在,這種情況已經不會出乎我的意料了。摩托車開始加速行駛。車子一顛,從駕車的男人和後座的女人之間,露出一個小孩毛茸茸的頭來。原來這裡還有一個,怪不得那一串氣球從兩個大人之間升起呢!摩托車更快地加速駛去,家裡肯定有一堆工作等著他們。

　　一個老太婆慢慢從堤路後面的街道上冒出來,慢慢地冒出來,慢慢地全身都出現在河堤的道路上了。她個子不高,精瘦精瘦的,看起來年齡不小了,走路卻很有精神。她臂彎裡背著一個小籃子,裡面可能有一點東西,不過看起來不重。她上了堤路後就往她的右手邊轉,順著河堤上的路,往行人稀少和大橋相反的方向走去。當她越走越遠時,從街道裡冒出來一輛電動三輪車,一個少婦駕車,車上坐著年齡相仿的婦女,還有兩個正全神貫注吃東西的小孩。電動三輪車也轉往行人稀少的方向,並且很快追上了徒步行走的老年人,我遠遠地看到,電動三輪車停了下來,駕車的少婦下來把老太太扶上車,電動三輪車又開走了。

　　當天晚上,老三叔在漲河鎮街裡的酒樓請我家親戚等幾家(也包括我)吃飯。人一上席話就多。在席上大家都七嘴八舌,你一言我一語,我這才知道,漲河當地的名門望族,歷史上一直都是姓梗的這一族;梗這個姓,在百家姓裡都查不到。老三叔也姓梗,漲河、澡河這一帶,是梗家的地望。春秋戰國時期,梗家就有先人在當時的楚國、齊國做大官。梗家的堂號叫三車堂,是從宋朝傳下來的,地球上所有姓梗的,都得認這個堂號。相傳宋朝梗家的祖先在漲河這裡生活,有一位祖先到京城汴梁做官,被人構陷後貶官回鄉,家財被沒收充公,靠自製的三輛板車,幫人拉貨運物謀生,聚起萬貫家財,於是就興教倡文,讀書做官,造福鄉里,在當地留下了絕好的口碑。

晚宴熱鬧得不得了，酒過三巡之後，在眾人的起哄下，興致甚高的老三叔，站起來唱了泗州戲經典劇碼《拾棉花》中的一段經典唱段。泗州戲的特點，是曲調悠揚，接地氣，極富生活氣息，甚至非常土，在漲河、澡河大平原這一帶，粉絲很多，人氣特別高旺，小孩子都能隨口哼幾句。

這時，看那一桌人，有的擊掌，有的敲碗，有的打節奏，有的跟著哼，有的搖頭晃腦，有的閉目享受，有的拍照，有的用手機全程錄影，連門口的服務生都能跟著哼唱。

電魚的男人

這是西曆七月下旬的一天。

天很熱。因為這是一年裡最乾熱的時段，每天都有白晃晃的太陽直射大地，氣溫會竄升到攝氏四十度，人即使躲在屋裡，也覺得酷熱難耐，甚至喘不上氣來。

下午四、五點鐘，豐堆叔騎著「電驢」（當地人對摩托車或電動車的俗稱），從偏僻的城郊地帶，穿過粉紅色的工業爐渣鋪成的簡陋小路，進入那個只容得下一人通行的一人巷，「咯噹」一聲，直接用摩托車撞開院門，騎進了自家小院。

豐堆叔是個健壯的中年男子，他上身穿一件淡紫色的舊背心，下身穿一條灰舊短褲，他的手臂和腿又粗又壯。他把摩托車停在靠牆不妨礙的地方，一條腿著地，熄了火，另一條腿跨下車，把車架起來，從摩托車後座上卸下電瓶、魚簍等物品，都扔在地上。然後，他甩了腳上已經裂開的破拖鞋，又脫了背心和短褲，露出全身紫紅色的皮膚和肌肉，大步走到院牆的一個水池旁，開了水龍頭，大把大把地撩起水來，沖洗著頭臉、手臂、胸脯、陰部和大腿、小腿。

屋裡傳來一個女人的尖叫聲。

「省點水！水不用錢呀！」

豐堆叔好像是習慣了這套程式化的流程和步驟。

「我知道。」

他咕噥了一聲，屋裡的女人未必能聽到，但是他要流程式地回應女人一聲。如果他不回應一聲，每天幾乎固定的生活模式就打亂了，就不完整了。

「強還沒回來？」

「現在哪能放學！」屋裡的女人尖聲回覆。

豐堆叔並不覺得討了個沒趣。

「花今天可回來？」

「今天才禮拜四，花怎麼能回來！」屋裡的女人又尖聲回覆。

男人並不覺得屋裡的女人是在生氣，因為這是幾乎每天都上演的一齣程式化的話劇，臺詞都是固定的。花是他們的女兒，在一所國中住校讀九年級，強是他們的兒子，在附近一所小學讀六年級。

「噢。」豐堆叔好像明白了，「我忘啦！今年要到八月分，學校才放假。」

他嘩啦啦洗好赤裸的全身，用力甩了甩手上的水，用眼打量一眼自己強健的身體，然後大步流星走進屋裡。

屋裡的光線比明亮的室外略微有點暗。女人像每天一樣，正在窄小的廚房裡忙著晚上的餐食，熱得一頭一臉都是汗。她上身穿一件花布小背心，下身穿一條褪了色的紅色三角褲頭，頭上用紅皮筋綁一個辮子，她個子不高，但腰身細長，顯得小巧玲瓏。

照往常慣例，健壯的男人走進屋，聽見廚房裡有動靜，便徑直去了廚

房。他靠在廚房破舊的門上，從背後看著正忙個不停的女人。看到女人的時候，他的下身立刻膨脹、舒張起來，並且照例精準地對準女人的背影。

「回來啦？」女人即使不回頭，也知道身後的狀況。

「今天怎麼樣？」女人接著說。

「搞到頭十二三十斤。」

豐堆叔聽到這個話題，有點興奮，這是他今天一天的漁獲，比往日要多不少。頭十二三十斤，是當地的一種說法，就是一、二十斤、又接近三十斤的意思，理解成「二十多斤，不到三十斤，但遠超過十幾斤」比較正確。

「噢，那今天是搞到不少！」女人聽到很是高興，又帶上一句說，「下學期開學，倆孩子要繳不少錢。」

女人說著，忙裡偷閒，回過頭看一眼男人。

她一眼看見男人劍拔弩張的下身，忍不住撲哧一聲笑出來。

「又來啦！」女人表面嫌棄道。

突然，女人尖叫起來，比她平常的嗓門還高、還尖。

很快，男人抽身出去了，光裸著身子，大步流星地走到院裡的水池前，開了水龍頭，用水沖洗大汗淋漓的身體。女人手仍撐在小飯桌上，喘了一會兒氣，像是想起了事情，趕緊直起身，用手捂著下體，走進了窄小的浴室。

「我得趕緊把魚拿去賣掉。」她自言自語地對自己說。

說話間，女人已經從浴室出來，臉洗得乾爽爽，頭梳得俐落，眼上畫了淡眉，嘴上塗了口紅，上身換了一件乾淨短袖，下身穿了一條棗色長褲，手裡拎著一把遮陽傘。她一邊急忙地出門到院裡，把魚簍裡的魚拎進一個小三輪車裡，推著往院外走，一邊回頭對正在擦身體的男人說：

「聽說有人在河裡放生，還有放蟒蛇的，你下次小心點！」

男人心不在焉地「嗯」了一聲。

「你有聽到嗎？」女人不放心，出門前又回頭厲聲叮囑道。

「我知道。」男人說。

「給我兩百元。」

男人已經穿上了短褲，一邊用毛巾不停地擦頭，一邊用命令般的口氣說。

女人愣了一愣，想起來這是幾乎每天固定的流程，於是煞住三輪車，收起遮陽傘，從褲子口袋摸出一個零錢包，在裡面翻找，找到幾張兩百元紙鈔，挑了一個破舊的，往院裡的水泥地上一扔，再把遮陽傘撐開，用力把三輪車蹬起來，頭也不回地往菜市場方向去了。

半小時後，豐堆叔穿著乾淨的背心、短褲和拖鞋，出現在洇河景觀帶大橋下乘涼的人群裡。這裡是兩年前才建成的遊樂地，這一段河岸建成了景觀帶，地上鋪了透水磚，平坦的地方建了小廣場，方便大媽大姐跳廣場舞。越河而過的大橋下面，搭了一些水磨石檯，供人們打牌、休息，夏天的傍晚，沒有比這裡更合適的乘涼地了。

豐堆叔往人堆裡一湊，就有牌友招呼他。

「老輸，又來啦！」

叫他「老輸」，一方面是諧他姓名裡「叔」這個音，但主要是說他打牌總是輸，很少有贏的時候。這是牌友們幫他取的外號。豐堆叔辛苦一天，也就每天晚飯前這一、兩個小時，能來大橋底下見見牌友，跟人說說話，放鬆放鬆。

不過，豐堆叔也是有分寸的人，他打牌是有底線的，大橋下打牌不准賭錢，大家只圖個娛樂，但茶錢要輸家來付。豐堆叔手裡只有老婆給的兩

百塊，每天無論輸贏，就這兩百塊。如果到飯點沒輸完，他就心滿意足地回家，把剩下的錢交給老婆，他不菸不酒，口袋裡裝錢沒用處。如果輸完了，也到飯點了，他也很滿足，站起來，哼哼唧唧、優哉游哉地回家吃飯，態度堅決，不黏不戀。如果錢輸完了，還沒到飯點，他就起身讓別人打，自己站在旁邊看，他也不羞不惱。

如果這一天竟然破天荒贏了，喝到了輸家請客的茶，他更是一路哼唱，回家把錢還給老婆，晚上高興地多吃一碗飯，老婆看他那神態，早知道他贏了，表面上卻故意罵他。

「喝人家幾杯茶，也不見回家少吃一碗飯。」

「那不一樣！我這是憑本事吃飯！」豐堆叔反擊道。

「好，好，你明天繼續給我贏。」老婆也不掃他的興。

「嗯，那還得看我手氣好不好。」他知道說話得給自己留餘地。

「這話怎麼講？」

「人算不如天算，手氣好我閉眼贏，手氣不好，我有透視眼都輸。」

「噢，你這還是靠天吃飯。」

「那可不！哪能贏得了天！」豐堆叔振振有辭。

但老輸這個外號，在大橋底下這個環境使用有效，豐堆叔也認可，你叫他老輸，他不覺得有失尊嚴，有時還不自覺地應答。但如果換個地方，那就不行了。幾年以前，豐堆叔難得去接剛上學的兒子，學校門口都是接孩子的人，這時碰見一個牌友，沒有分寸，當著許多女人的面，特別張揚地跟豐堆叔打招呼，好像很熟的樣子。

「老輸，今天怎麼你來接孩子？」

豐堆叔頓時怒目咬牙，上去就是一拳，把那個牌友打得滿眼金星，鼻子出血，趴在人家接孩子的電動三輪車上，半天起不來。

豐堆叔罵過了，孩子也不接，罵罵咧咧地轉身回家了。

從那以後，豐堆叔再也沒到學校去，他老婆也沒再叫他去接孩子。

豐堆叔一來，橋下牌場的氣氛就熱烈了。每天這時候，牌友們都盼著他來。他一到，人們就不僅僅是打牌、爭輸贏了，還有了許多話題，也有了調侃對象。

「喲，老輸駕到，讓一個，讓一個。」

「來，老輸，我讓你。」

豐堆叔也不謙虛，一屁股就坐上去了。他是個直爽人，知道自己就吃飯前一、兩個小時時間，他就是來打牌的，不搞客套。

「老輸，今天收成怎麼樣？」有人問。收成指的是漁獲，牌友都知道豐堆叔是電魚的。

「就那樣。」豐堆叔邊打牌，邊回話，不冷落人。

「電魚違法啦！」人堆後面有人尖聲開玩笑說。

「電魚違法，我不違法。」

「電魚違法，你怎麼就不違法？」

「我不電公家的魚。」

「電私人養的魚也違法。」

「我不電私人養的魚。」豐堆叔心平氣和。

「那你電什麼魚？」

「我電野河、野溝裡的魚。」

「那也違法。」

「那違什麼法？葦子法？」豐堆叔還滿幽默。

「老輸，我說不過你，沒想到你口才還真好。」

「沒火了。」豐堆叔懊惱地說。他把話題回到手裡的牌上了。當地

把「摸蛋」裡的炸彈叫火或槍，如果說沒火了，或沒槍了，就等於說沒炸彈了，那就只有眼睜睜地看著別人跑了，自己就輸了，就得出錢買茶請客了。

豐堆叔掏了錢，接著摸下一把。

「老輪，聽說有人放生，連大蟒蛇都放了，你有遇到過嗎？」

「遇到過什麼？」

「大蟒蛇。」看客裡的聲音說。

「什麼大蟒蛇？」

「大蟒蛇就是大蟒蛇，花的，四、五公尺長的都有。」

「我沒遇到過。」

「要是你遇到了怎麼辦？」

「我沒遇到過。」

「要是，要是你遇到怎麼辦？」

「我遇不到。」

「我是說要是，要是你遇到怎麼辦？」

「要是我遇不到呢？」

「哎，你這人耍嘴皮子吧！要是你遇到了呢？」

「那還能怎麼辦？」

「那你怎麼辦？」

「我又沒火了。你看這爛牌！」豐堆叔甩甩手裡的牌，抬起頭，委屈地向看客們求助。

「那怪老Ｘ！」看客們只有風涼話扔給他。

豐堆叔求助不得，只得認輸，再摸下一把。

「那你怎麼辦？」看客裡的聲音還記得上一段話。

「什麼怎麼辦？」

「要是你遇上大蟒蛇。」

「我遇不到。讓你遇到吧！」豐堆叔頭腦清楚得很。

「這個人！真讓你遇到你怎麼辦？」

「我還能怎麼辦？」

「我問你怎麼辦！」看客裡的聲音滿頑強。但不是一個人發問，人人都能接著發問。

「我不能怎麼辦。」

「不能怎麼辦是怎麼辦？」

「不能怎麼辦就是不能怎麼辦。」

「哎，你這個老輸。」

「我就是被你說輸的。」

「又沒火了？」

「又被你說得沒火了。」

「那就掏吧！」

眾人哄笑。

豐堆叔掏錢買茶，又摸下一把。

「來火！來火！」

他一邊用力摸牌，一邊嘴裡叨念，期待多來幾把火，好贏人家。

「老輸，你是誰家的叔？」

摸牌這時間，看客們又開始說話。

「來火！來火！」豐堆叔現在只知道來火，沒有火，他又會輸，再輸，他差不多就得回家了。

「終於來火啦！哈哈。」看客們都歡呼起來，為豐堆叔高興！

「來了幾把火？」不跟豐堆叔對局的那倆人故意問。

「來了三把火。」看客們故意說。

「你看看，你看看，你們把我的牌都亮出去了。」豐堆叔嘴裡這樣說，其實並不生氣，他知道大家只圖個樂子。

「老輸，你是誰家的叔？」看客接著前面的話題說。

「我不是誰家的叔。」

「你怎麼不是誰家的叔？」

「我就不是誰家的叔。」

「你敢說你不是誰家的叔？」

「我怎麼不敢說，我就不是誰家的叔！」

「你要不是誰家的叔，你名字裡怎麼就有一個叔？」

「那我也不是誰家的叔。」

「我問你，你是叫豐堆，還是叫豐堆叔？」

「你說我叫豐堆，還是叫豐堆叔？」

「我說你姓豐名堆，你不叫豐堆叔。」

「你怎麼這麼能來？」

「那你說你叫豐堆，還是叫豐堆叔？」

這個人的意思，是說豐堆叔是豐堆的叔，這是變相罵豐堆叔和豐堆叔族人的，所以豐堆叔不能認可。但豐堆叔又有侄子，因而他又不能說自己不是別人的叔叔。

「我有火，我就叫豐堆叔。」話已經岔到一旁去了。

「你說，你到底是誰家的叔？」

「我是你家的叔。」

「你爹還真會取名字，見人高一輩。」有人插話說。

「我有火！我見人就高一輩！」這兩句話，說的是兩件事。

豐堆叔終於贏了一把。

他高興得把牌摔光，喝了茶，抬起大汗淋漓的臉，看看天光，覺得時間不早了，就站起來把位置讓人，又站在人後看了一局，才哼著地方曲，從粗河大橋下轉回家去。

這也許是眾人最後一次見到豐堆叔，也或許是聽到他親口說的最後一些話。

據當地警察機關通報，七月二十六日下午四點，有人在涸河附近的淺水灣，發現一個電魚的人躺在淺水裡。那人身材中等，體格健壯，上身穿一件淡紫色舊背心，下身穿一件灰色舊短褲，水邊有兩隻長筒膠靴，相距六公尺左右，呈無規律散放狀。發現電魚人的是三位釣友，當時他們開兩輛車，前後相跟著，從兩公里外的另一處河岸，轉場來到事發現場。據警察機關通報，電魚人被發現時，已經因窒息而死亡。

從此以後，涸河大橋下的牌場，就再也沒見豐堆叔出現過。

那幾天，大橋下的牌友議論紛紛。

有的說豐堆叔是被自己電魚的工具電死的。

「他做這行都做十幾年了，還能電死自己？」

「那不一定，人都有失手的時候，淹死的都是懂水的。」有的說豐堆叔是被蟒蛇纏死的。

「是被大蟒蛇纏死的。」

「你猜的吧？」

「網路上都這麼說。」

「網路上消息你能信？那都是騙流量的。」

「警察局不也這麼說？」

「警察局怎麼說的？我怎麼沒看見？」

「哎，警察局通報，你怎麼沒看見？」

「通報說是大蟒蛇纏死的？」

「死者被發現時，已經死亡，是窒息而死。窒息而死，你懂不懂？那就是被大蟒蛇纏死的，不然怎麼能叫窒息而死！」

「你看看你！被水憋死了，喘不上氣，那叫什麼？那不叫窒息而死？」

很快，大橋下的市民，就像他們分在不同的堆一樣，分成了幾派。

打牌的都是男人，大多覺得出了事雖然很遺憾，但豐堆叔不聽勸告，違法電魚，自己要承擔很大責任。

跳舞的大都是女性，又以大媽居多，因此總體傾向，是覺得他老婆和孩子可憐，從此沒人照料，生活會變得艱難。

景觀帶有好幾個舞群，最大舞群的組織者是個中年女性，開婚紗店，是旗袍協會會長，熱心公益，就借跳舞的平臺，張羅捐款、捐物，給死者家裡送過去。打牌群裡有人聞聽消息，也捐了些錢物。

網路上的輿論和留言一面倒，都是譴責電魚行為的。網路上的人來自四面八方、國內國外，他們的這種想法可以理解，因為他們和死者的距離遠，所以只能理性判斷。

平原上的河流

平原上的國家

夏天我常到朱集村去，在那裡度過小學和國中的暑假。我一到朱集村的二叔家，第一件事，就是甩掉書包，丟掉涼鞋，脫掉背心和長褲，背上糞箕和鏟草的鏟子，跑到麥場旁的牛棚裡，和同伴們一起，把牛都牽出來，吆三喝四地，騎在牛背上，騎著牛下湖，邊放牛，邊玩去了。

當地的所謂湖，一般就是指村外長著各種植物的農田和原野，但湖同時也指原野裡的窪地。村莊東邊的田野裡，離村莊近的是農田，夏天的莊稼都長得綠蔥蔥的，有玉米，有大豆，有芝麻，有番薯，有的高，有的低，一望無際。離開村莊越遠，地就越低窪，再往前走，就見不到莊稼，只能見到青草了。湖窪地裡的青草也不稠密，那是因為那裡太窪凹陷了，夏天幾場暴雨一過，窪地裡就積滿了水，淺的地方能淹沒腳踝，深的地方，能淹沒人的大腿。淹的時間稍長點，被淹在水裡的草都死了，但如果有那麼十天半個月不下雨，湖窪地裡的水慢慢又乾了，草又很快能長出來一些。

　　夏天下過暴雨以後，同伴們最喜歡到湖窪地裡撩水洗澡去。夏天的暴雨，一般都是過了晌午醞釀，雲層變厚，雲速加快；緊接著，又烏雲翻滾，狂風呼嘯，十分駭人；下午兩、三點鐘，電閃雷鳴，暴雨傾下，萬物莫見；半個小時，或一個小時以後，暴雨驟停，雲開風息，雨過天晴，彩虹滿天。雨一停，我們在各處躲雨的同伴，立刻又在原野裡出現了，就好像原野裡的各種小昆蟲、小動物一樣，遇到大自然翻臉時，誰也不知道牠們躲在哪裡，但風平浪靜時，牠們又出來活動了。

　　雨一停，一眨眼我們又從各處跑到湖窪邊了。那時，湖窪裡水天一色，不知道有多少里寬，有多少里長，湖窪的對面，只能隱隱約約看到利民河河坡上的幾棵大楊樹。但我們都知道湖窪裡的水不深，同伴們把牛放開，讓牠們在湖窪邊大口大口地吃鮮嫩可口的青草，我們都跑到水裡撩水、洗澡，在水裡瘋跑，你追我趕，跑著跑著，忽然在水裡絆倒了，咕嘟咕嘟，喝了幾口有點混濁的雨水，也顧不了了，爬起來再跑。

　　跑著跑著，有時候不知不覺蹚過了一整個湖窪子，從湖窪子的西邊，跑到湖窪子的東邊了。同伴們相跟著跑到湖窪和利民河之間的土坡上，土坡上的那幾棵大楊樹端莊地站立著，樹葉在雨後細微的小風裡抖動。雨後上漲的河水裡，沖過來一條比木盆大不了多少的小船，被枯樹枝鉤在利民河的河灣裡，動彈不得，只能在原地隨著波浪的起伏而上下左右地晃動。同伴們想把小船拉到河岸上，但是我們搆不到，又不敢下到水裡去，搆了半天，我們才剛剛能碰到小船的邊沿，最後只好放棄。

　　我們離開河岸，跑到土坡上那幾棵大楊樹下，向利民河對岸指手畫腳。現在，因為剛下過暴雨，利民河水面很寬，水流很急，水也比較混濁。其實平常大多數時間裡，利民河都不太寬，能看見河對岸的樹林、田地，還有遠處的樹林，有時候還能隱隱約約地看見農民在地裡耕田，還能

看見人在田野裡走動，只是看不太清楚罷了。

利民河在我們的心中很神祕，也有點讓我們害怕，因為同伴們沒有一個人到河對岸去過，朱集村也沒聽過哪個大人到利民河對岸去過，平常利民河這裡也沒有人來，顯得很荒涼，這次要不是有一、二十個同伴一塊，大家也不敢來。有時村裡大媽嚇唬小孩，就尖聲大嗓、大聲吆喝著對小孩說：「再哭鬧，就把你扔到利民河那邊去！」小孩就嚇得不敢哭了。

我們在土坡上看了一會利民河對岸，又找一塊半乾的平地，分成幾夥，玩了一會五子棋。忽然，我們發現太陽快落到湖窪對岸的樹林裡了。同伴們都害怕起來，大家扔了作為五子棋棋子的砂薑，都飛快地跑向湖窪子，撲進水裡，嘩啦嘩啦，向對面隱約能看見牛的方向去。大家都嚇得一聲不吭，說不出話來，一時間，只能聽見「嘩啦嘩啦」的水聲，還能聽見同伴們嚇得「呼哧呼哧」的喘氣聲，同伴說話的聲音卻一聲都聽不見。

忽然，有個落在後面的同伴嚇得號啕大哭起來，其他的同伴一下子被他的哭聲嚇壞了，頓時哭的哭，嚎的嚎，有的跌倒在水裡，嗆了幾口渾水，有的坐倒在水裡，兩手在水裡直划，但就是不挪一步，有的在水裡一直用腳打水，卻原地不動。好不容易渡到湖窪地對面，吃草的牛看得越來越清楚了。看見體型龐大而又熟悉的大水牛、大黃牛以後，同伴們膽子又大了，利民河也離得很遠了，同伴們互相看一眼，都哈哈大笑起來，指著別人大叫：「膽小鬼！膽小鬼！」大家都倒在淺水裡滾著，向別人撩水、潑水。太陽就要落下去時，也玩得盡興了，同伴們才爬上牛背，跟著牛走，慢慢逛回朱集村去。

上高中，尤其是上大學以後，暑假我再到朱集村，就不再和同伴們一起放牛玩了。一方面，同伴們都長大了，有的已經結婚成家了，天天工作賺錢養家，忙得見不到人影；另一方面，牛早已分給私人，集體牛棚也早

不見蹤影了；再一方面，我正在大學上學，放暑假到鄉下來，喜歡一個人，穿個短褲、背心，背個糞箕，裡面放著一本《文學概論》、一個筆記本、一支筆，到處跑跑、逛逛。常常吃過早餐以後，太陽竄上來，氣溫也開始上升，我坐在二叔家小院棗樹下的小方桌旁，看一會書，抄幾段書上的文字，寫一段讀書筆記，有點疲倦了，我就背著糞箕，裡面放一把鏟草用的鏟子，做樣子的，還放上一本書、一個筆記本，出門進行文學采風加田野考察去。

我赤著雙腳，光著頭，穿一條灰短褲，一件藍背心，離開朱集村，走向村東的湖窪地。盛夏時節，時間還早，但陽光已經十分酷烈了，這是陽光給我們的饋贈，是在幫我們補充能量呢！我走到湖窪子邊，湖窪裡水勢浩大，蒼茫一片，前兩天才下過暴雨，湖窪地裡的水還沒蒸發完。我像當年和同伴們在一起一樣，沒有猶豫，直接走進水裡，向湖窪子對面的利民河走去。湖窪子裡積的水，已經被早晨的陽光晒得有點溫了，腳放在水裡，既柔和，又適意。淺水底下的泥地和野草都看得一清二楚，因為湖窪地蓄水才兩天，因此水下的野草都還挺立著，綠茵茵的。

湖窪地的水面沒有任何遮攔，似乎一望無際。我一邊涉水，一邊四面遠望。除了陽光，天地間靜悄悄的，既看不見人，也看不見動物，更沒有什麼多餘的聲響。我涉到湖窪地的對面，從水裡上來，走到湖窪子和利民河之間的土坡上。鄉村的變化總是十分緩慢的，有時候許多年過去了，地形、地貌和地表的附著物，都還是老樣子。我走到土坡上那幾棵大楊樹下，樹蔭裡，我和同伴們用砂薑在地面上畫的五子棋盤還在，基本上還是老樣子，只不過被暴雨沖得模糊了一點，我們用來當棋子的砂薑散亂地扔在地上，被後來的暴雨濺起的碎泥封糊著。

利民河河灣裡那艘被水沖來的小小船，仍然歪斜在水岸邊的枯樹枝

上，模樣還是那個模樣，只是色澤更灰淡了一些。我跑過去，就像是事先計畫好的一樣，我跑到河岸邊，把小船推進水裡，然後我先把糞箕子扔進船艙，自己再跳進船艙，順手從水裡撈起一塊半朽的木板，向河對岸划去。

陽光把水面照得明晃晃，利民河現在風平浪靜，但河面仍然十分寬展，河水幽深、暗藍。我用半朽的木板慢慢划著水。不知怎麼的，雖然我並不害怕，但我身上卻陣陣發緊，頭皮也陣陣發麻。四野無人。我不時看著對岸，心裡也一陣一陣興奮起來，以前總是聽村裡人說，利民河對岸也是大片湖窪地，但沒有人親眼見過，我就要成為那個親自到過對岸的第一人了。

小船慢慢泊到岸邊。我從小船上跳上岸，把小木船拉到岸上，把那塊半朽的木板扔在船艙裡。和那邊一樣，這邊利民河河岸上也是一個土坡。我走上土坡，土坡上也有幾棵大楊樹，大楊樹的樹蔭下、地面上，也有幾個隨手畫的五子棋棋盤。土坡外是一望無邊的稻田，明烈的陽光照晒著正在旺長的稻苗，長勢強旺。我從糞箕裡拿來筆記本，從背心上拔下圓珠筆，記下渡河過程和登岸的過程、見聞。

有幾個人正站在坡下的水稻田頭說話，還有一個稻農模樣的人，手裡拿著一把稗草，一隻腳站在乾地上，一隻腳踩在稻田的泥水裡，另一隻手指點著稗草，正不停地說著什麼。我看見有人，就走過去，想和他們說說話，問問當地的一些情況。稻田裡和稻田邊的人，正說著話，看見有一個陌生人，光著腳，背著糞箕走過來，像是同行，就停止了說話，都看著我。那位一隻腳站在水裡，一隻腳站在田埂上的人，率先和我打招呼。

「來啦。」

我回答他說：「來啦！」

「怎麼稱呼？」

「叫我輝好了。」我說，「先生怎麼稱呼？」

「我叫峰。」一隻腳站在稻田裡的人說。

他又指著一位衣著講究的人說：「這位叫呀，是當地浪河里的里長。」

他又指著一位偏黑壯的人說：「他叫峰，小麥專家。」

他又指了指一位個子矮的人說：「這位叫哇，舟船專家。」

他又指了指一位中等身體精幹的人說：「這位叫嗚，著名工匠。」

他又指了指一位較豐腴的人說：「這位叫喧，民俗專家。」

呀則指著峰說：「峰先生是著名水稻專家。」

「哦呀！幸會，幸會！」我連連拱著手。

這時，我已經仔細觀察了他們一番，看峰、哇和峰粗手粗腳的相貌，感覺他們和朱集村的人沒有什麼區別，大概也都是長年務農交通，在田野河流裡跑的，我就從糞箕裡拿起筆記本，從背心上拔下圓珠筆，邊實地記錄，邊和他們聊起天來。

「請問，這是什麼地方？」

「我們這裡叫實在國，是一個農業國家。」呀說。

「這種的是什麼？是水稻嗎？」

「是水稻。」峰說。

「實在國種水稻有多少年了？有什麼技術？」

峰說：「實在國種植水稻，已經有近七千年歷史了，累積了豐富的經驗。我們這裡的水稻，大致分成兩類。一類是黏的，叫糯稻，打出來的米，叫糯米；一類是不黏的，叫粳稻，打出來的米，叫粳米。」

「嗯，那怎樣種呢？」我問。

「種稻要先浸種，」峰指了指稻田裡的秧苗，「浸稻種的日期，最早在春分以前，最晚在清明前後，早了，或太晚了，都會減產。稻種長出一

寸高時，才叫稻秧，稻秧長到三十天後，就要拔起分栽。栽秧時，稻田裡乾旱，或積水過多，都不能插秧。育秧期過了，仍不能插秧，稻秧就會變老長節，這種稻秧即便栽種，也結不了幾粒稻米。一畝秧田育出的秧苗，能移栽二十五畝稻田。」

「哦，專業呀！」我感嘆道。

「稻秧栽種後，早熟品種七十天可以收割，最晚熟的，要兩百天才能收割。」峰繼續說，「稻田收割以後，如果當年不再種植其他作物，就應該翻耕晒根，讓稻根稻莖爛在土裡，這樣可以相當於一倍的糞肥；如果拖到第二年春天翻耕，土地肥力不夠，收成就會減少。如果當年按時翻耕了，此後又翻耕第二次，甚至第三次，肥力就會均勻地分布到泥土裡，收成還能增加。」

「那翻耕這麼多次，收成的確能夠增加，但人力勞作，恐怕受不了呀？」我提出了問題。

「這確實是一個需要認真對待的問題。如果用人力翻耕，就要用兩個人在前面拉犁，一個人在後面掌犁，十分辛苦，翻耕的效率也比較不高，一天的勞動只抵得上一頭牛的勞動。如果使用牛力，當地只有兩種牛力可用，一種是水牛，一種是黃牛。水牛更適合在稻作區使用，黃牛更適合在北方麥作區使用。水牛的役力，要比黃牛大一倍，但畜養水牛，也比畜養黃牛更費草費力，冬天要幫牠蓋屋子禦寒，夏天要有水塘幫牠降溫，牠的食量比黃牛大許多，飼養成本更高。」

「嗯，真是個問題呢！」我憂慮道。

「對於不富裕的家庭來說，到底是使用牛力，還是使用人力，要好好盤算盤算。比如有牛的人家使用牛力種二十畝地，貧窮人家使用人力只能種十畝地，但養牛有病死和被盜的風險，冬天還要為牛準備大量飼料，如

平原上的國家

果只用人力的話，這些費用都省下來了。另外，使用耕牛還有一些情況，一定要注意，比如，春分以前牛在田裡幹活會出汗，此時最忌淋雨，快下雨時，要趕緊把牛趕到有遮擋的地方去，等過了穀雨，牛就不怕雨淋了，再大的雨，也不會使牛生病。」

「哦，這水稻種起來，倒有不少操心事呀！」我說。

「其實種慣了，就沒有那麼複雜了。水稻種植沒什麼特殊要求，只要每年更換田塊，就好了。另外，選擇稻田，要盡量選在水源上游，不論何種地，只要水清，水稻就長得好。在種植時間上，農曆三月種植，是上等時令；農曆四月上旬種植，是中等時令；農曆四月下旬種植，是最末等的時令。稻種種下去三天之內，都要安排人員，在秧田裡守候驅鳥。楊樹和柳樹發芽時，稻秧開始長出，這之後八十天，水稻開始孕穗，孕穗後七十天，水稻就會成熟。到收割的時候，要看好節氣，霜降時收割，就割得太早，米粒是綠色的，不堅實，但要是太晚，稻穗又會落粒，會減少收成。」

說話間，太陽已經斜升到半空，天快晌午了。呀抬頭看了看天，道：「輝先生，不如我們邊走邊看，邊看邊聊，晚上就在船棧歇息。」

我也抬頭看了看天，時間是快到晌午了，於是，我收了筆記本，說：「那也好，不如我們邊走邊聊。」

峰從稻田裡上來，一行人跟著呀，迤邐地往前走。轉過一片土坡，突然面前畫風大變，田原裡的稻作景觀，一下子變成了麥作和旱田景觀，只見正在成熟的小麥，漫天遍野，鋪天蓋地，麥原裡點綴著高高低低的各種旱糧。

大家走到麥地邊，欣喜地看著正在香熟的小麥。峰走到麥地邊，拔下一朵麥穗，放在手心裡搓了搓，然後把手掌伸平，嘬起嘴，對著手掌吹口

氣，麥秕隨著氣流飛走，麥粒都留了下來。峰把平攤開的手掌伸給眾人看。「今年又是個豐收年，是個大年！」他肯定地說，眾人都面露喜色。

我連忙從糞箕裡拿來筆記本，打開，從背心上摘下圓珠筆，記下他們的話和表情，又向峰請教道：「請問峰先生，這是什麼麥？」

峰說：「這是小麥中的宿麥。」

「為什麼叫宿麥？」

「宿，就是隔年的意思，宿麥又叫冬小麥，就是秋種夏收，要經過一個冬天的小麥。」

「哦，既然有小麥，那可能還有大麥，既然有冬小麥，那可能還有春小麥，難道麥子還有許多種嗎？」

「是的，麥子有許多種。」峰說，「有一種叫大麥，麥芒長；有一種叫赤麥，麥粒既紅且肥；有一種叫旋麥，三月播種，八月成熟；有一種叫黏麥，很軟很黏；有一種叫穬麥，穬指的是有芒的穀類，穬麥是指一種黑色的麥，後來穬麥就專門用來餵馬了。雖然麥的種類很多，但現在做主糧用的，主要是小麥中的宿麥，其他的大麥、春麥等等，大都用作雜糧或飼料。」

「噢，原來是這樣。那小麥都在我們這裡原產的嗎？」

「那倒不是，」峰說，「小麥原產於實在國西方七千公里的大海邊，什麼時候引進來的，就不知道了。」

「那小麥要怎樣種？」

「大小麥種植前，都要先翻耕土地，讓太陽晒透，這在當地叫烤田或烘田，一方面殺滅病菌，一方面增加土壤肥力。」牟說，「翻耕以後，再上耙把土耙細，這樣翻晒過的土壤，就會通水透氣，有很好的牆情。下種有三種方法。一種方法是隨犁下種，隨下隨埋，這樣用掉的種子可以省下

三分之二，長出來的麥子，棵叢較大，產量較高；第二種方法是犁後撒種，這樣用掉的種子較多，還疏密不均，也不如隨犁下種的麥子耐旱，產量也較低；第三種方法是用樓下種，這種方法要先耕耙田地，再用麥樓下種，雖然麥樓下種法費工費時，但小麥發芽率高，行距固定，鋤草方便，通風好，產量高，收割時浪費少，所以現在都使用麥樓下種法種植小麥。」

「喔，有很多講究呀！」我驚嘆道，「那冬小麥什麼時候種植最好？」

「冬小麥都在秋天種植。」牟說，「農曆八月中旬種植最好，八月下旬次好，八月底、九月初是種植冬小麥最遲的時間，再遲就不能種了。小麥最適宜種植在地勢較低的農田裡，因為小麥需水量相對較大，種植在較低的農田裡，澆灌比較方便，正像一首民謠唱的：小麥種在高高地，有氣無力不結穗，就像男兒在他鄉，家丁不旺空歡喜。」

「哈哈，見識到了！見識到了！」我忍不住歡喜、讚嘆道。

「小麥出苗後，冬天要用酸棗樹的樹枝拖曳一遍，以便把土覆蓋到小麥的根部。冬天下大雪後，要用木鍬把雪壓實，這樣雪就不會被風吹走，雪留在地裡，小麥就能耐旱，麥粒結得也實在。正月和二月，麥地都要鋤一鋤，並且同時把麥溝整平，三月、四月要再鋤，鋤過地的冬小麥，長勢好，草害少，收成可以增加一倍。小麥收割後，可用三種方法脫粒。一種方法是晒乾後，用手握住麥束，用力摔打，麥粒會自然脫落，這種方法適合少量小麥的脫粒；另一種方法叫劇麥，就是把小麥割倒後，鋪成薄薄的一層，順風放火燒燎，火一掠而過，即用掃帚撲滅，然後脫粒，這樣得到的麥粒，整個夏天都不會生蟲；還有一種方法，就是把大量割下的小麥，放在平坦的地方曝晒，晒乾後，用一種牛拉或驢拉的石碾碾軋，讓麥粒從麥殼裡脫出，這種方法適合大量小麥的脫粒。」

「哦，受教啦！但麥為什麼叫麥？」

「麥是有芒的穀類，它一般要秋種厚埋，也就是秋天下種，用土厚厚地埋上，所以叫麥。」

「好呀！那最後一個問題，水稻和小麥，需要灌溉了，水從哪裡來？」

「正好我們要到浪河邊乘船，」呀說，「可以順便到那裡去看一看灌溉站，請鳴先生做點介紹。」

「那好呀！」

我一抬頭，原來前方已經到了一條大河邊。大河邊有一座碼頭，碼頭上停著一些船隻；離碼頭不遠，是一個船廠，河岸邊有一些船隻正在建造中；碼頭的這邊，是一個灌溉站，直立著或大大小小或高高低低的抽水裝置。

我們跟著呀和鳴，徑直走去灌溉站那裡，去看矗立在那裡的灌溉裝置。

一頭大水牛正拉著一座大轉盤轉動。鳴指著水牛和轉盤說：「這叫牛力轉盤車水裝置。先在岸上豎兩根粗木樁，兩根粗木樁上綁一根粗直木，粗直木下面固定住一個平放的大轉盤，大轉盤上有一些均勻的短直木，相當於機械的齒輪；另有一根長直木，長直木一頭有一些短直木，也相當於齒輪；再有一架水車，下半部分在河水裡，上半部分在河岸上。牛拉轉盤轉動時，轉盤上的短直木撥動長直木，長直木撥動水車上的短直木，帶動水車上的水輪，源源不斷地把河水汲上來，倒進河岸上的溝渠裡。」

「哇，精密的機械呀！」我驚嘆。手裡一刻不停地把鳴的話記到本子上，還偷空簡單地速描出牛力轉盤車水裝置的圖形。

「這是踏車抽水裝置。」鳴指著附近一架抽水裝置說。

　　那架抽水裝置上正有兩個農人，站在上面汲水。我們走過去，就近觀看。

　　鳴說：「這架踏車抽水裝置，由兩大部分組成，一部分是岸上裝置，由一些粗木製成，下端的粗木安裝兩個可以轉動的踏輪，上端的粗木作為人的扶手；另一部分是抽水裝置，由一架水車組成。需要抽水時，兩個農人站到岸上裝置上，手扶粗木，兩腳用力踩轉踏輪，踏輪轉動後，帶動水車裡的水輪，源源不斷地把水抽上來。」

　　「這個抽水裝置比較簡單呀！」我說。

　　「簡單是簡單一點，不過使用起來十分方便，出水量屬於中等水準。」呀說。

　　「還有出水量更小的汲水裝置呢！」峰說。

　　「還有更小的？真的嗎？」我說。

　　「那是澆菜園地用的，叫桔槔。」峰說。

　　「看，那邊就有一個。」呀指著前方不遠處說。

　　我們走過去，果然看到一架汲水裝置，有一個菜農，正使用那架汲水裝置汲水，把水一桶一桶地倒進河邊菜園裡的小渠去。

　　鳴說：「輝先生你看，這個叫桔槔的汲水裝置，更加簡單。先在河岸上豎一根粗直木，在粗直木上綁一根長直木，長直木不是兩端一樣長，而是靠岸的一端長、近水的一端短；長直木靠岸的一端，用繩子拴一個適當重量的石塊，平時由於石頭重，因此石頭總是落在地面上的；長直木近水的一端，用繩子拴一個水桶，平時不汲水時，木桶就放在河岸上；汲水之前，菜農已經在河水近岸處，挖了一個陡直的深井，裡面貯滿了河水；到需要汲水時，農人走到河井旁，稍微用點力往下拉，把水桶放進河井裡去，另一端的石塊則吊在空中；水汲滿後，根據槓桿原理，農人稍微用力

提起水桶，由於槓桿另一端石塊的重量，汲滿水的水桶就會較容易地從河井裡提升到河岸上，倒進菜園的溝渠裡。」

「啊！真是一個巧妙的設計呀！」

「輝先生，請你再往河裡看。」鳴指著前方河流轉彎處說。

我抬頭看去，只見河流轉彎處的河水，流得有些湍急，有一架大水車矗立在離岸較遠的河流裡，湍急的流水推動水輪不停轉動，水輪不斷舀滿河水，再借助水流的力量，把水輪裡的水端到半空中的水槽旁，倒進水槽裡，水再順著水槽流到河岸旁的溝渠裡。這種汲水裝置不需要人力和畜力，也不用人管理，它借助不斷流淌的水力轉動、汲水，是全自動的。

「喔唷，這個厲害呀！全自動的。」

「這個汲水裝置，叫筒車汲水裝置，全自動，不用人力，汲水量也非常大。不過它好是好，就是條件要求高，一個要求是河流的水量夠大，水流夠急；另一個要求，就是前期投入大，沒有雄厚的資本，很難建造起來。」

「嗯，這倒是。」我邊記錄著，嘴裡邊回應著。

呀看我們這段話說完了，及時插話說：「好了，水車看完了，時候真不早了，我們趕緊上船吃飯吧！」

「上船吃飯？」我很好奇。

「今天的午飯，我們就在船上隨便吃一些。」呀解釋說，「吃過飯，我們順流而下，傍晚就能到浪河里。」

「浪河里，是個什麼地方？」我問。

「浪河，是這條河的名字；浪河里，就是一個叫浪河的集鎮。」呀很有耐心地對我說。

我點點頭，算是默認了。我心裡想，今天可能回不了朱集村了，明天

回去吧！於是我把筆記本扔進糞箕裡，把圓珠筆在背心前面插好，跟著大夥往碼頭走去。

上了遊船，船頭有一個很大的遮陽敞篷，下面擺著一圈矮桌子，桌子旁各鋪一個座席，各人在桌子旁坐下。

這時，只見下艙的船工從船艙裡伸手用瓢從河裡舀水進去，

我看見了，覺得很好奇，就問呀：「舀這些水是做什麼的？」

「是做水煮魚的。」呀說，「從浪河裡捉上來的魚，掐肚去腮，丟幾顆麥黃杏進鍋裡，撮少許鹹鹽，直接用浪河裡的水煮熟，就可以食用了，味道鮮香無比。」

「里長說得我口水直流呢！」

正說著，船員送上茶水。大家也都渴了，一邊喝茶，一邊居高臨下觀看風景，正好看得見河面上停泊的大小船隻，也看得見前面船廠造船的場面。船廠正在建造一艘大船，幾十位工匠正在船上船下忙。

「那是在建什麼船？」我指了指船廠正在建的大船，向哇提問。哇是舟船專家，里長呀介紹過的，這我沒忘。

「噢，那是漕船，專門漕運糧草的。」哇說。

「喲，這麼大的船，這一船得運多少糧草！」

「嗯，這船深三尺八寸，後頭的斷水梁長九尺，比船底高四尺五寸，船底長五丈二尺，船底板厚二寸，船頭長九尺五寸，船尾長九尺五寸，船底寬九尺五寸，船底前部寬六尺，船尾寬五尺，船上有大梁十四根，支撐桅杆的使風梁長一丈四尺，船尾的斷水梁長九尺，船上的兩個糧倉都寬七尺六寸，共能運載糧食三千石呢！」

「哦喲，請教，用作計量單位的這個『石』，到底讀『石』的音，還是念『旦』的音？」

「哦，據說在你們那裡，漢朝以前只有『石』這個音，那自然念『石』。漢朝以後，因為一石大約等於一擔，因此民間也把石念成擔。」呀插話說。

「這都知道呀！」我敬佩地看著呀，同時把他的話記在本子上。

「做官的，什麼都得知道。」呀說。

這時，船工從下艙把水煮魚端上來了，一人一大盆，湯汁白嫩，鮮香氣頓時瀰漫在整個浪河的河面上。船工又給每人端上來一盤油酥燒餅，那燒餅裡酥外焦，油還咳咳在叫，捲一個咬到嘴裡，不用配菜，一口氣也能吃下去三、五個。

大家也都餓了，不多客氣，各自埋頭吃喝起來。湯足餅飽，天氣炎熱，瞌睡也跟著上來了。於是迷迷糊糊，各找個地方，倒下身子睡去。

睡了不知多久，忽然一陣大風吹過，遊船猛烈晃盪起來。我睜開眼，原來我是臥在利民河的小小船上，不知什麼時候睡著了。只見天空已經烏壓壓黑了一半，遠方電閃雷鳴，近處風狂浪翻。我連忙跳下小小船，脫下背心，把糞箕裡的筆記本和《文學概論》包裹起來，又從河邊找到一片水流沖下來的塑膠片，把它裹在背心外面，摟在懷裡，然後沖進湖窪裡，往朱集村方向踱去。

豆子大的雨滴嘩啦砸了下來，眼界裡很快什麼都看不見了，大湖窪也頓時迷濛一片，水天莫辨了。這時我反倒不急了，我也不害怕，不慌張，心裡享受起來。我懷抱著書和本子，慢慢地往村莊的方向划。嗯，我想，如果不是這場暴雨，還不知道那位叫鳴的著名工匠，還有那位叫喧的民俗專家，會跟我講多少精彩的故事呢！

雨勢逐漸滑落，雷聲也漸漸稀疏了，閃電到很遠很遠的地方閃耀去了，湖窪盡頭吃草的牛看得越來越清楚了，身後的利民河也離得很遠了，

看見體型龐大而又熟悉的大水牛、大黃牛以後，我在水裡停了下來。暴雨過後的空氣顯得十分清涼，綠樹園裡的村莊也顯得青翠欲滴。我不知道我的那些親人還在不在村莊裡。村莊現在顯得很神祕。我不知道我眼前的朱集村是真的，還是假的，因為我不知道我此刻的思想，是真的，還是假的。

後記

　　這本書裡的文字都是互文的。〈平原的四季〉以後的各篇大多是對〈平原的四季〉的細化和詳述。各篇之間相互補充、相互拓展、相互仰賴、相互支撐、相互說明、相互深化；也有零星的文字相互重疊，有時是無意的，多數是有意的。

　　這本散文集裡的所有文字都對同一個審美、同一個趣味、同一個思想、同一個印象、同一個感受反覆述說，以便在這本書裡形成一種有個性的審美和價值，形成一種有意味的認知和觀念，形成一種有特色的散文風味，形成我覺得好的一種生活方式。

　　這本書裡有一兩篇是敘事性的散文，例如〈平原上的莊周〉和〈電魚的男人〉。但毫無疑問，它們都是紀實性的散文，它們的內容沒有虛構，〈平原上的莊周〉是《莊子》內容的重新拼接，〈電魚的男人〉是淮北一條生命的真實紀錄。

　　這本書裡的所有氣息都是相互貫通的。

平原的密碼

作　　　者：許輝

編　　　輯：許詠淳

發 行 人：黃振庭

出 版 者：崧燁文化事業有限公司

發 行 者：崧燁文化事業有限公司

E-mail：sonbookservice@gmail.com

粉 絲 頁：https://www.facebook.com/
　　　　　sonbookss/

網　　　址：https://sonbook.net/

地　　　址：台北市中正區重慶南路一段六十一號八
　　　　　樓 815 室

Rm. 815, 8F., No.61, Sec. 1, Chongqing S. Rd.,
Zhongzheng Dist., Taipei City 100, Taiwan

電　　　話：(02)2370-3310

傳　　　真：(02)2388-1990

印　　　刷：京峯彩色印刷有限公司（京峰數位）

律師顧問：廣華律師事務所 張珮琦律師

定　　　價：375 元

發行日期：2022 年 12 月第一版

◎本書以 POD 印製

國家圖書館出版品預行編目資料

平原的密碼 / 許輝著 . -- 第一版 . --
臺北市：崧燁文化事業有限公司，
2022.12
面；　公分
POD 版
ISBN 978-626-332-958-4(平裝)
855　　　111019293

電子書購買

臉書